欣梦享
ENJOY LIVING

纵马踏花向自由

子非秋月 著

江苏凤凰文艺出版社

图书在版编目（CIP）数据

纵马踏花向自由 / 子非秋月著. -- 南京：江苏凤凰文艺出版社, 2024.8. -- ISBN 978-7-5594-8757-5

Ⅰ. I207.2

中国国家版本馆 CIP 数据核字第 2024RM2553 号

纵马踏花向自由

子非秋月 著

责任编辑	王昕宁
特约编辑	孙一民
装帧设计	莫意闲书装
责任印制	杨　丹
特约监制	杨　琴
出版发行	江苏凤凰文艺出版社
	南京市中央路 165 号，邮编：210009
网　　址	http://www.jswenyi.com
印　　刷	三河市兴博印务有限公司
开　　本	880 毫米 ×1230 毫米 1/32
印　　张	9.5
字　　数	170 千字
版　　次	2024 年 8 月第 1 版
印　　次	2024 年 8 月第 1 次印刷
书　　号	ISBN 978-7-5594-8757-5
定　　价	59.80 元

江苏凤凰文艺版图书凡印刷、装订错误，可向出版社调换，联系电话 025-83280257

【子非秋月，为您讲述】

目录

苏轼
幸福、挫折、洒脱，都不能形容我璀璨的一生……………001

辛弃疾
无法用一生报答祖国，是我这辈子最大的遗憾……………017

李白
人间的荣华富贵，不过是我这谪仙人的一场梦罢了………031

白居易
被称为"诗魔"的我用了一生，才明白开心最重要…………051

杜牧
我用了五十年才明白，人生又怎么可能没有无奈…………073

李商隐
有时回望自己的一生，我真的觉得自己很失败……………101

陶渊明
所谓的桃花源只存在于一个地方——每个人的心里………117

李清照
颠沛流离之后,你还记得曾经的那个少女吗......... 135

王维
被称为"诗佛"的我,将人生智慧融于一首首诗中......... 155

杜甫
比自身生命更重要的,是我的国家与无数的百姓......... 177

岑参
我曾两度出塞追梦,不过千树万树梨花开......... 205

李贺
被称为"诗鬼"的我,也只活了二十七岁......... 223

杨万里
隐藏在童趣之下的,是我用一生践行的文化修养......... 245

陆游
我一生万首诗词,起起落落,不过冰河入梦来......... 261

孟浩然
一生没有入朝为官的我,活在了永恒的山水里......... 279

写在最后的话......... 297

苏轼

幸福、挫折、洒脱，
都不能形容我璀璨的一生

题记

每个人心中对苏轼都有不同的理解。在有的人眼中，他是一位英勇少年，"羽扇纶巾，谈笑间樯橹灰飞烟灭"，如英雄般豪迈；在有的人心中，他是一位深情郎，"十年生死两茫茫，不思量，自难忘"，情意绵绵如浪漫诗篇；还有人看见，他是一位豁达的大叔，"日啖荔枝三百颗，不辞长作岭南人"，乐观豁达跃然纸上。林语堂形容道："像苏东坡这样的人物，是人间不可无一难能有二的。"然而，拥有如此有趣灵魂的人，他的人生经历了几番波折。

他的一生如浮云飘荡，仕途上或是正在经历贬官，或是在贬官之途徘徊；爱情也不圆满，三位痴情的妻子都先他一步离开人世。尽管生活曾屡次捉弄他，他却仍对生活充满希望。

他就是北宋最受欢迎的诗人之一——苏轼。**在命运的荒野中，他仍旧怀揣乐观，如流水般自由洒脱。**

（一）

你的名字，叫作苏轼。

你的前半生如烟花般绚烂，堪称登场即巅峰。嘉佑二年（1057），你随父亲进京赶考。当时的主考官是欧阳修，他阅读了你的文章后，连连拍大腿，赞叹不已："读你的文章，真是让人畅快淋漓，我必须避开锋芒，让这小子有所作为。"

那一年，你们父子三人一同考中了进士，成为京城的名人。而你的文章，惊艳了所有人，你本人更是才情横溢，成为众人追捧的对象。人们纷纷挖掘你之前写的作品，你在开封城里声名鹊起。"一门三进士，父子两探花"，如此美谈便这样流传开来。你的文学才华让众人为之倾倒，成了北宋文学史上的重要一笔。

然而，命运无常，同一年，你的母亲不幸辞世了。

令人痛心的是，她离世时还未得知你和弟弟考中进士的消息。死神如同冷漠的旁观者，手握镰刀，嘲弄着每一个生命。你和父亲、弟弟匆忙赶回家，并和弟弟为母亲守孝三年。当你终于艰难地走出伤痛，满怀志向地准备在官场上有所作为时，好景不长，英宗治平二年（1065），你深爱的妻子王弗也因绝症而离世。

那段时间，你每天清晨都披着晨曦去她的坟墓前清扫，再从午后静坐到深夜，眼神呆滞，心中空荡。没有了王弗，你的生活变得一片混乱，心底也成了一片废墟。但人死不能复生，你不得不正视现实，接受王弗已经离去的事实。

你只好在山岗上、墓碑旁，亲手栽下一株又一株雪松，这成了你思念她的方式。每一颗种子、每一抔土里，都隐藏着你无法言说的痛苦和深深的相思。默默地，你将所有的感受埋藏其中，只让雪松见证着你对王弗的不朽爱意。

那一年，是熙宁八年（1075）。岁月匆匆，十年已过，你早已不再是初遇王弗时的挺秀少年，而是一个在官场沉浮的中年人。十年的相思，泪眼茫茫。在那个夜晚，你透过烛光，忽然看见王弗正对镜梳妆。她的音容笑貌、一颦一笑，宛如当年。你迈步前去，伸手一拭，亡妻的面容渐渐淡去，原来只是梦境一场。这一幕巨大的悲恸在你心头涌现。于是，有了这首《江城子·乙卯正月二十日夜记梦》：

江城子·乙卯正月二十日夜记梦

十年生死两茫茫，不思量，自难忘。千里孤坟，无处话凄凉。纵使相逢应不识，尘满面，鬓如霜。

夜来幽梦忽还乡，小轩窗，正梳妆。相顾无言，惟有泪千行。料得年年肠断处，明月夜，短松冈。

岁月匆匆，所有的故事似乎只是一瞬间，转眼间却已过去十年。

你是否在心中诉说过："妻啊，你长眠于故乡的山岗，时而出现在我的梦里对镜梳妆，三万株雪松在梦里随风簌簌作响。然而，你是否知晓，我心中沉淀了无数个日夜的爱意和思念，渴望向你倾诉？当我醒来时，却发现自己身处密州（今山东省诸城市）的官邸，风尘满面，两鬓如霜，再也不是当年青涩稚嫩的模样。让我欣慰的是，我仍保留着十八岁时最清澈纯真的眼睛。那是我第一次见到你时的眼睛，留存着对你最初的感动和美好的记忆。"

"十年了，我依然记得你的眼眸。"

（二）

让我们把时间拉回到从前，死神似乎对你这位北宋的文学天才格外感兴趣。北宋治平三年（1066），在王弗去世的第二年，你还没有从失去妻子的悲痛中缓过神来，死神又夺走了你最尊敬、最崇拜的父亲。于是，你和弟弟苏辙扶柩还乡，守孝三年。

这一连串的离别与失去让你备受煎熬。然而，你并没有被命运击垮，而是在悲伤与坎坷中坚韧地前行。你用文字倾诉着内心的悲伤和思念，用文学来寄托你对逝去亲人的深情厚谊。之后的你一直被贬，被贬的第一站，你被任命为"杭州通判"。

熙宁五年至七年（1072—1074），你任杭州通判，在与当时已八十余岁的著名词人张先（990—1078）同游西湖时，你写下了这样一首词：

江城子·江景

湖上与张先同赋，时闻弹筝

凤凰山下雨初晴，水风清，晚霞明。一朵芙蕖，开过尚盈盈。何处飞来双白鹭，如有意，慕娉婷。

忽闻江上弄哀筝，苦含情，遣谁听！烟敛云收，依约是湘灵。欲待曲终寻问取，人不见，数峰青。

当时的杭州与现在完全不同，满眼望去，都是贫瘠的盐碱地和偏僻的乡村。然而，经历过亲人离世的你早已学会看淡人生的坎坷。在美丽的西湖畔，你品尝着香气扑鼻的西湖龙井，诗兴大发，于是提笔写道："欲把西湖比西子，淡妆浓抹总相宜。"

这首诗迅速传遍杭州，在人们的口口相传里，引起了京城中王安石的注意。他想：你不是钟情于诗歌和远方吗？好，那我就让你过瘾。

于是，你再次被贬谪，这次是到了遥远的密州。

熙宁七年（1074）秋，你由杭州移守密州。次年八月，你命人修葺城北旧台，并由你的弟弟苏辙题名"超然"，取《老子》"虽有荣观，燕处超然"之义。熙宁九年（1076）暮春，你登上超然台，眺望春色烟雨，触动乡思，写下了这首《望江南·超然台作》：

望江南·超然台作

春未老，风细柳斜斜。试上超然台上看，半壕春水一城花，烟雨暗千家。

寒食后，酒醒却咨嗟。休对故人思故国，且将新火试新茶，诗酒趁年华。

从现在来看，《望江南·超然台作》中仍怀有你在朝廷受排挤后有志难酬的无奈与惆怅，但你已感悟了一些人生哲理，表现了你的豁达与超脱。

熙宁九年（1076）的中秋，你已经在密州担任知州二十一个月。你本以为，密州与弟弟苏辙所在的济南相距不远，或许有机会见面。然而，此时的密州正在遭受三灾（旱灾、蝗虫和盗匪）的肆虐，你只能陷身于繁忙的公务，难以离开。转眼间，将近两年的时间就这样过去了。

再次来到中秋佳节，你与诸友一同站在超然台上畅饮狂欢。醉意朦胧之间，你不禁想起了还在济南任职的苏辙，你们兄弟二人已经分别了将近四年之久。从熙宁四年九月到熙宁九年的中秋（1072—1076），虽相距不远，却整整五年再未谋面。自从出生以来，你们从未有过如此漫长的分别。因此，五年不见，彼此之间的想念之深可想而知。

在这段时间里，你的思念之情日益浓烈，却因各自的身份和境遇，未能与胞弟相见。这份隔阂和遗憾，让你对"世界上的另一个自己"产生了更多的思考。中秋的明月，更是勾起了你对家人的思念。

在热闹喜庆的中秋佳节，你和诸位好友畅饮，心中却难掩对弟弟的牵挂。四年的分别，让你更加珍惜与苏辙的亲情，希望有朝一日能够与亲人团聚，共度欢乐时光。就在这种思念无限涌动、真情无限勃发的时刻，你挥笔写下了那首词：

水调歌头·明月几时有

明月几时有？把酒问青天。不知天上宫阙，今夕是何年。我欲乘风归去，又恐琼楼玉宇，高处不胜寒。起舞弄清影，何似在人间。

转朱阁，低绮户，照无眠。不应有恨，何事长向别时圆？人有悲欢离合，月有阴晴圆缺，此事古难全。但愿人长久，千里共婵娟。

宋代胡仔曾在《苕溪渔隐丛话》中写道："中秋词自东坡水调歌头

一出,余词尽废。"

经过千年的流传,那首《水调歌头·明月几时有》已成为家喻户晓的经典之作,无人不知无人不晓。当初的你或许难以想象,你的词会如此受人追捧,跨越时代,以崭新的姿态重新绽放。

即使是在现代人的审美中,这首词依旧娓娓动人,让人如痴如醉。我们仿佛与你一同遨游于九天之上,在月宫里畅快地"起舞弄清影"。你的词让我们产生共鸣,通过月亮的阴晴圆缺,感悟人生的悲欢离合。在时间的长河中,对美好的愿望也在延续着,让你和全人类共同书写对幸福的向往。

你写下的诗词虽已千年,但如今依然活跃在人们的生活中,以全新的面貌和魅力继续传承着。你的思想与情感穿越时空,与现代人心灵相通。这是一首永恒的词,也是一份不朽的情感,让我们在现代社会中重新体味古人的智慧与温情。

还是那一句话:"但愿人长久,千里共婵娟。"

(三)

后来,你一路被贬官,却始终坚持写诗、写词。你是一个内心坦荡的人,无论何事都要以文字来表达自己的心境。当你被贬至湖州时,你写了一篇谢恩信给皇上,在信中表述了自己愚笨,不适应新派的政治路线,又提及自己年岁已老,不喜欢操劳。因此,你被皇帝派去管理百姓。

说者无意,听者有心。在小人眼中,这番话成为他们攻击你的把柄:

你说你不爱找事，那我们的改革变法岂不是等于找事？欲加之罪，何患无辞，就这样，你遭到不白之冤，被关进了监狱，这就是著名的"乌台诗案"。

据说，你在狱中遭受毒打，忍受常人不能忍受之痛苦，作为一代文人的尊严和内心，也在牢狱之灾中慢慢崩溃。但与此同时，改变的，还有你的三观和人生志向，为后续你的蜕变埋下种子。

幸而，你拥有众多位"诗粉"，许多大臣为你求情，甚至连"老对手"王安石也站了出来。在监狱中痛苦地度过了一百多天之后，你终于重获自由，这全凭你拥有众多拥趸的支持。

乌台诗案后，你被贬到黄州。在那期间，你写了两首词，分别是《念奴娇·赤壁怀古》和《临江仙·夜饮东坡醒复醉》。

第一首词是元丰五年（1082）所作，当时你已经四十五岁，因涉嫌讽刺新法而被贬黄州已经两年有余。贬谪之地让你心中充满忧愁，无法倾诉，于是你四处游山玩水，希望能借此调整情绪。

那天，你恰巧来到黄州城外的赤壁矶。这里的壮丽景色让你深有感触，同时也勾起了对三国时期周瑜风光无限的遐想。然而，你也感叹时光易逝，岁月如梭。于是，在这美景和怀古之感的共鸣下，你写下了这首词：

念奴娇·赤壁怀古

大江东去，浪淘尽，千古风流人物。

故垒西边，人道是，三国周郎赤壁。

乱石穿空，惊涛拍岸，卷起千堆雪。

江山如画，一时多少豪杰。

遥想公瑾当年，小乔初嫁了，雄姿英发。

羽扇纶巾,谈笑间,樯橹灰飞烟灭。

故国神游,多情应笑我,早生华发。

人生如梦,一尊还酹江月。

第二首是:

临江仙·夜饮东坡醒复醉

夜饮东坡醒复醉,归来仿佛三更。家童鼻息已雷鸣。敲门都不应,倚杖听江声。

长恨此身非我有,何时忘却营营?夜阑风静縠纹平。小舟从此逝,江海寄余生。

这是你在黄州贬谪的第三年的一个深秋之夜所作。词中描述了你在一个雪堂深夜畅饮,醉后归家的情景。回到家后,家童已经熟睡,敲门无人回应,于是你独自倚着藜杖,聆听江水的潺潺流动声。在这首词中,你抒发了自己对逝去时光的无奈和对功名利禄的厌弃。你愤恨自己身在官场由不得己,渴望忘却世俗的名利追逐。然而,这个深夜,正是你寻求内心解脱的时刻,你希望乘坐小船远离尘嚣,放飞心灵,将余生托付江海。

你的词风清新高远,清旷而又飘逸。在此词中,你展现了自己出世的心境和追求自由自在的人生态度。你的文学风采使你受到当时社会的欢迎与推崇。这首词传遍黄州城的速度极快,有多快呢?

《避暑录话》中曾有记载:作此词的第二天,黄州城内便谣言蜂起,盛传当夜你歌罢"小舟从此逝,江海寄余生",便"挂冠服江边,拿舟长啸去矣"。消息传到黄州徐太守耳里，吓得他冒出来一身冷汗。因为你贬谪黄州，他是有看管责任的，要是"州失罪人"，他怎么向朝廷交代？于是慌忙"命驾往谒"。一行人惊慌失措地来到你的寓所，不想你躺在床上，"鼻鼾如雷"。

（四）

在那时，你将家人接到身边，决心看开一切。你为自己的住处取名为"雪堂"，并自称"东坡居士"。于是从那一刻起，苏东坡诞生了。

你脱去文人的长袍，穿上平凡的布衣。你开始在田园中耕种，闲暇时与当地渔夫一同去河边垂钓。你抒发自己的情感于诗歌之间。在某一天，你的内心突然响起一个声音：是否真有必要纠缠于政治权谋的斗争？

于是，在那段时光里，你的诗歌达到巅峰。生活过得红红火火，你甚至对着妻子开玩笑，提议自己亲手酿造些美酒来享用。尽管种田有米可食，你却仍然钟情于品味美酒的滋味。"夜饮东坡醒复醉"道出你晚间在坡地畅饮的意境，一次次醒来又一次次醉倒；"归来仿佛三更"则传达你常在深夜才回家，"家童鼻息已雷鸣"说明身边还有一个孩童为你照料家务，可在此时他的呼吸声已似雷鸣般嘹亮，不再应答你的敲门声；"倚杖听江声"，这是你在成熟后对待事物的一种平和心态。从前，你可能会因为这样的傲慢而发怒，但现在，你已能够释然地享受江水悠扬的声音。**经历了岁月的磨砺，你蜕变为苏东坡，你洞察到美丽可以隐藏在丑陋之中，你开始品味多样的事物。**曾经你走进黄州夜市，与一个满身刺青的壮汉发生摩擦。那人将你击倒，责问：

"你算什么东西，竟敢碰我！你难道不知道我在这里混得如何吗？"

对方并不知道你是苏东坡，躺在地上的你"哈哈"大笑了起来。

事后，你写信给马梦得，道："**自喜渐不为人知！**"展现出了这段非凡生命历程的不凡情感。你作为才子，全天下都知道你的名字。然而，**你在遭遇挫折后，逐渐体会到了包容的力量**，你不再轻易表达你自己的不悦。

历史上那些争名夺利的人最终发现，这一切都会化为虚无。著名的《定风波·莫听穿林打叶声》这首词是你在宋神宗元丰五年（1082）春天所作，当时你因"乌台诗案"被贬为黄州团练副使已经三年有余。在这个春天，你和朋友一同出游，不料突遇风雨，众人都感到狼狈不堪，你却表现得非常从容，缓步而行。于是，你写下这首词：

定风波·莫听穿林打叶声

三月七日，沙湖道中遇雨。雨具先去，同行皆狼狈，余独不觉。已而遂晴，故作此词。

莫听穿林打叶声，何妨吟啸且徐行。竹杖芒鞋轻胜马，谁怕？一蓑烟雨任平生。

料峭春风吹酒醒，微冷，山头斜照却相迎。回首向来萧瑟处，归去，也无风雨也无晴。

你的成长经历中融合了儒家的执着、道家的洒脱和佛家的圆融。整首词描写的景色和表达的境界既有庄子思想的逍遥自在，又融入禅宗的空灵意境。

一口气概述

历史上，曾经涌现出无数如苏轼般的人物，他们风华绝代，坦然豁达，积极向前，壮志豪迈。

在我看来，苏轼的一生都在不断地被打破重组，最终获得新生。第一个"苏轼"，被囚禁后在京城道路上选择跳江自尽；第二个"苏轼"，监禁于御史台中，终而服毒自尽；第三至第十个"苏轼"，被贬流放，颠沛流离，漠视政务。第十八个"苏轼"，为谄媚新党，却遇时局逆转，最终被罢免。第三十六个"苏轼"，言辞放肆，遭到惨烈的处决；第一百零六个苏轼，艰于党争，选择遁入空门。

唯有一个苏轼，一次次在绝望时坚守希望，一次次在汹涌的浊流中坚持纯正的操守。因此，他焕发重生，成为苏东坡，成为被后世传颂的伟大人物。

而我们，各自成为一个又一个身形不同的"苏轼"，身材高矮，或胖或瘦。我们将竹杖拿在手中，芒鞋踏在路上，学会了普通与适应，学会了对于社会议题漫不经心或默默无言。我们放下了对其他人的无尽关切，忘记了我们作为人的那一份仁爱，只是从书店里购得堆叠的成功学指南，梦想着出人头地。

"苏轼"们纷纷改头换面，成了某某某，成了路上来往的行人，成了此刻的你我，各自散落天涯，在岁月流转中静静老去。

然而，我们有幸目睹了苏东坡的存在，见证了"苏轼"最终所化身成的伟人。尽管我们最终难以成就如东坡般的壮丽人生，却可以在奔赴共同的价值观的路上，看到前行的人们跟光彩，这无疑是一桩令人欣喜的事。

在那相似的价值观中，我们继续前行，虽未能成就东坡的风采，却也在自己的轨迹中留下浓墨重彩的一笔。就如同青藤门下的忠实追随者，我们坚定地追随着内心的信仰，勇往直前。无论结果如何，这一过程本身就是一种珍贵的经历，令人心生喜悦。

千年前的一个鲜活的人物，他的命运和际遇投射到当今时代的你的脑海中。我想，这份思考的力量便是有意义的。

问其平生功业为何，三州而已。

晚年的苏轼曾说："问汝平生功业，黄州惠州儋州。"

那么他到底做了些什么呢？

首先是黄州。被贬期间，苏轼并没有沮丧，而是积极面对，将黄州城外东面的荒地改造成一片肥沃的农田，种植了各类作物。而更为人津津乐道的是他创造了著名的东坡肉、东坡鱼、东坡羹、东坡饼等美食。此时，他也创作了许多不朽的诗文，其中书法作品《黄州寒食帖》更是被誉为"天下第三行书"，流传千古。

其次是惠州。苏轼在此地不仅推动医药水平的提升，传播插秧技术，更重要的是他致力于改善百姓的生活，优化税项，严肃军纪，筑堤防洪，为惠州人民带来了无尽的福祉。同时，他也将当地的美食推向全国，以"日啖荔枝三百颗，不辞长作岭南人"这样的文学形式，让惠州美食声名远播，为惠州的繁荣发展贡献了力量。

最后是儋州。此处地处偏远、物资贫乏，可是苏轼并没有退缩，而是发现了海南独特的美食——生蚝，并以诗文赞美其鲜美的味道。他决定传播中原文化，开办书院，教导当地百姓读书，甚至与儿子一起抄写"四书五经"。在他的教导下，当地学子取得了首次考中进士金榜题名的佳绩。苏轼对儋州的奉献和文化传播，让当地的黎族百姓得以受益，使海南儋州充满了他的文化气息。今天在海南儋州还有著名的东坡书院，以表示对东坡先生的怀念。

这三次被贬，苏轼并没有因此而沉沦，反而是用才华和智慧书写了一篇篇不朽的传世之作。他用心爱护每一处被贬之地，将自己的爱意深深埋藏在这片土地之中。

苏轼的性格魅力深深地吸引着无数中国文人。他并非道貌岸然、遥不可及的圣贤，而是一个真实的、充满生活细节的普通人，有喜怒哀乐、感情丰富、心地善良、热情好动。他多才多艺，妙语连珠，自得其乐，幽默风趣。他热爱自由，张扬个性，无法忍受束缚。他心直口快，疾恶如仇，从不掩饰真实感受。

千百年来，人们欣赏苏轼在仕途中的刚直不屈和对民众的同情心，更加仰慕他精神世界中洒脱飘逸的气度、睿智的理性风范，以及对人间兴衰的超然态度。苏轼的意义和价值不仅仅在于他在文学艺术领域的卓越成就，他的作品展现了一个真实的人生，激发人们感知、思索和效仿。他影响了众多后继者的人生选择和文化性格的自我塑造，与后世读者建立起一种亲切动人的关系。苏轼的光明磊落的生活态度，让他在生命之旅的终点无憾无牵挂地离去。

苏轼，他并非仅仅一位诗人，更是一个深谙生活的大家，跨越了千年岁月，他心境静如止水。

你将他贬谪至黄州，他依旧能以诗和酒，超越神仙般地度过每一天。

你将他贬谪至惠州,他会以荔枝鲜果充实生活,毫不觉得艰难。

你将他贬谪至儋州,他会用教书育人的善行,造福一方百姓。

天风海雨,不如杯酒处之。我想,这就是他的人生信条吧。苏轼的精神就像我们内心要到达的彼岸。人的一生达到的最高处并不是那一时的巅峰,而是再回首时,那走向远方的脚印、走向彼岸的足迹。是啊,不论是"料峭春风",还是"山头斜照",苏轼的豁达贯穿了全词,贯穿了他的一生。苏东坡之于我们的意义,是他对生命经验深度和广度的开拓,是他对日常生活永不衰减的热情和想象力。

辛弃疾

无法用一生报答祖国,是我这辈子最大的遗憾。

题记

　　黄蓉一曲既终,低声道:"这是辛大人所作的'瑞鹤仙',是形容雪后梅花的,你说写得好吗?"

　　郭靖道:"我一点儿也不懂,歌儿是很好听的。辛大人是谁啊?"

　　黄蓉道:"辛大人就是辛弃疾。我爹爹说他是个爱国爱民的好官。北方沦陷在金人手中,岳爷爷他们都给奸臣害了,现下只有辛大人还在力图收复失地。"

——《射雕英雄传》第八回〈各显神通〉

（一）

你的名字，叫作辛弃疾。

绍兴十年（1140），山东济南，一个男童降生，这就是你。

在那时，北方则已受金人统治长达十三年。

父亲早逝，你自幼只能与祖父相依为命。祖父辛赞被困于金国，执掌亳州谯县县令之职，担负起家族的生计重担。然而，他始终未曾遗忘故土，每当闲暇之际，便携年幼的你登高远望，手指着那一方山河，怀揣着一份深深的期望，希冀有朝一日能够挑战金国，为君父心头的不共戴天之仇雪耻。

你深受祖父的影响，坚信自己是宋朝的儿子，时常因亲眼看见汉人在金人统治下承受的屈辱和苦痛而痛心疾首。这一切遭遇，让你在年少时就立志要恢复中原，为国家报仇雪恨。在北方成长的你未受传统文化教育的拘束，故而在性格上充溢着侠义之气。

你的成长经历深刻地影响了你的人生观和志向。你毅然决定，不惜一切代价，也要投身于反金抗敌的伟大事业，以实现内心深处的家国情怀。

绍兴三十一年（1161），金主完颜亮率领庞大的军队南侵，而在其背后，受金人严酷压迫的汉族人民纷纷奋起抵抗。在这个时刻，你的祖父辛赞已经去世，而年仅二十一岁的你在济南南部山区集结了两千人，加入由耿京领导的一支庞大的反金起义军，并担任掌书记。你坚决劝说耿京采取南下的决策,与南宋朝廷的正规军合作,共同对抗金兵。

你因出色的武艺而得到义军领袖耿京的信任。绍兴三十二年（1162）,耿京派遣你率部前往南宋,与宋高宗赵构会面,商议南投事宜。在完成使命返回途中,你得知耿京为叛徒张安国所杀,愤怒之下,亲自率领五十名骑兵袭击数万敌军,成功解救出耿京的旧部,并呼吁他们回到反金的队伍中。

接着,你率领众人长驱渡过淮河,将张安国押送至建康,最终斩首处决。你的英勇行为及对义军的贡献,让你在反金抗敌的斗争中崭露头角,成了抵抗金人统治的杰出领袖之一。

你凭借区区五十名勇士,闯入张安国的大营,然后安然脱身的传奇事迹,使你的名字传遍大江南北。甚至南宋最高统治者也为之惊叹,于是任命你为江阴签判。从那时起,你留在南宋,开始了自己的仕宦生涯,怀揣着恢复中原的理想,并最终娶了邢台范邦彦之女为妻。

年仅二十五岁的你已成为政坛新星。凭借卓越的才华和胆略,成为当时朝廷的炙手可热的"明星"。

（二）

然而,现实的发展并不如你所愿。

初来南方,你对南宋朝廷的胆怯与犹豫感到困惑。尽管宋高宗赵构曾对你的英勇行为表示赞赏,后来的宋孝宗也曾表现出恢复失地、一雪前耻的意愿,你写了一系列关于北伐的建议,如著名的《美芹十论》和《九议》等。

这些建议在当时倍受赞誉,广为传颂,却没有得到朝廷的响应。现实对你来说变得残酷。尽管你斗志昂扬,胸怀大志,你的意见却屡次被忽视,你的进取计划也得不到支持。

水调歌头·寿赵漕介庵

千里渥洼种,名动帝王家。金銮当日奏草,落笔万龙蛇。带得无边春下,等待江山都老,教看鬓方鸦。莫管钱流地,且拟醉黄花。

唤双成,歌弄玉,舞绿华。一觞为饮千岁,江海吸流霞。闻道清都帝所,要挽银河仙浪,西北洗胡沙。回首日边去,云里认飞车。

这首词创作于宋孝宗乾道四年(1168)。当时,你已经南归七年,担任建康府(今南京市)通判一职。你怀抱着统一祖国的伟大志向,但一直没有机会施展才能。你曾多次上书皇帝,陈述自己的政见,希望能够得到重用,但都未能如愿。

与此同时,当时驻扎在建康的江南东路节度转运副使赵介庵是当朝皇帝的宗室成员,也是皇帝亲近的人物,具有相当的势力和声望。你希望能够得到赵介庵的推荐,以便能够发挥自己的才华。

在赵介庵举办生日宴会时,你受邀参加。你于寿宴上即兴创作了这首词,以表达对赵介庵的祝愿和对自己前途的期许。这首词充满了对美酒和宾主欢聚的描写,同时也透露了你渴望得到赵介庵的支持和推荐,以便能够在政治舞台上发挥自己的才华,实现你的抱负。

朝廷已不再愿意继续北伐,反而将你派往江西、湖北、湖南等地担任地方官员,任务是整顿政治、维护治安。于是,拥有卓越军事才能和北伐热情的你，只能在地方应对土匪，平定小规模的暴乱。十年来，虽然你在每个职位上都表现出色，取得卓越政绩，但这显然与你的伟大理想背道而驰，使你的内心充满了壮志难酬的抑郁和痛苦。

南宋乾道八年（1172），你到了滁州，开始了南归以后的第二个十年生涯。

青玉案·元夕

东风夜放花千树，更吹落、星如雨。宝马雕车香满路。凤箫声动，玉壶光转，一夜鱼龙舞。

蛾儿雪柳黄金缕，笑语盈盈暗香去。众里寻他千百度，蓦然回首，那人却在，灯火阑珊处。

这首词作创作于南宋淳熙元年（1174）或淳熙二年（1175）。当时，南宋面临强大的敌人压境，国势日渐衰弱，但统治阶层依然纵情歌舞，沉迷享乐，以掩盖国家的危机。你深刻洞察到这一局势，渴望拯救国家危机，但感到无路可行，内心充满了激情和怨恨。这首词作展现了你内心的焦急和对国家命运的忧虑，以及对时局的无奈。这幅元夕的画面，充满了渴望和求索的情感，是你对国家兴亡之感的真切表达。

后来，南宋的统治精英却表现出昏庸腐败，你坚韧不拔的性格和积极主战的立场使你多年来在官场上备受排挤，频遭奸佞之徒的陷害。你的仕途发展受到了严重的阻碍，一生中最高的官职仅为从四品的龙图阁待制。

（三）

到了淳熙八年（1181），你已经年过四十岁，因为受到弹劾，被朝廷罢免了官职，被迫隐居山林，以务农为生，自称"稼轩"。从此以后的二十年里，除了曾两次担任福建提点刑狱和福建安抚使，你大部分时间在乡下闲居。

破阵子·为陈同甫赋壮词以寄之

醉里挑灯看剑，梦回吹角连营。八百里分麾下炙，五十弦翻塞外声，沙场秋点兵。

马作的卢飞快，弓如霹雳弦惊。了却君王天下事，赢得生前身后名。可怜白发生！

这首词是你在失意而居信州（今江西省上饶市）时所作。你在二十一岁时，曾参加家乡历城（今山东省济南市）的抗金起义，但起义失败后，你回到南宋，历任多个地方的长官。你努力稳定社会，训练军队，并极力主张收复失地中原，但遭到了排挤和打击。此后，你长时间得不到官职，过着平静的生活，近二十年的时间里饱受困顿。

回到南宋后，你与陈亮相识。陈亮是一位充满才气和豪迈的人，他的议论广泛而激昂，自称可以"推倒一世之智勇，开拓万古之心胸"，并写下了《中兴五论》和《上孝宗皇帝书》，积极主张抗战，因此，也遭到了南宋投降派的排斥。宋孝宗淳熙十五年（1188）冬天，你与陈亮在铅山瓢泉会见，即第二次"鹅湖之会"。在那时，你和陈亮畅谈天下大事，陈亮在你离开后写了词《贺新郎·把酒长亭说》寄给你，你回应了一首词，后来两个人不断用同一词牌唱和创作。这首《破阵子》也是在这一时期创作的。

《历代诗余》卷一百十八引《古今词话》："陈亮过稼轩，纵谈天下事。亮夜思幼安素严重，恐为所忌，窃乘其厩马以去。幼安赋《破阵子》词寄之。"

在这段无所作为的时光里，你只能将时间花费在诗词创作上。你的内心充满着对国家山河的热切之情，胸中怀揣着壮志，但只能手执毛笔，在纸上奔放地书写。你的词句中充溢着磅礴豪情："想当年，金戈铁马，气吞万里如虎""醉里挑灯看剑，梦回吹角连营。八百里分麾下炙，五十弦翻塞外声，沙场秋点兵"……你的激情如烈火雷霆，生动地体现在你的词作之中。不知不觉间，这位原本应该手握利剑的勇士，已经被逼迫成了文学巨匠，为南宋文坛开辟了新的天地。

后来，你生命中的友谊一一磨灭，像烛火般在岁月中燃尽。张浚去世，陈亮离世，朱熹、陆游也纷纷归于尘土。

你孤零零地面对着一片空寂，老朋友们的离世让你的生活黯淡许多。朱熹离世后，你凝视着空白的纸张，毛笔悄然滑落。最终，你不得不用自己的文字为朋友写下祭文。你心头感叹着，这些逝去的友情将永远珍存，他们的名字将长存于千古。

在朱熹祭文的最后，你无声沉默了很久很久，最终，你慨然提笔：

所不朽者，垂万世名；孰谓公死，凛凛犹生。

（四）

嘉泰三年（1203），北伐派系的韩侂胄起用了主战派人士，年届六十四岁的你被任命为绍兴知府兼浙东安抚使。

这个任命让已经年迈的你一下子焕发了活力。尽管岁月无情，你的豪情仍然燃烧不灭。因此，当你晋见宋宁宗时，你慷慨激昂地表达了对金国的强烈不满，坚信金国必将乱局四起。之后，你亲自前往镇江前线担任职务。然而，现实再次给了你沉重的打击，一些谏官的攻击迫使你不得不辞职，充满忧愤地回到故乡。

永遇乐·京口北固亭怀古

千古江山，英雄无觅孙仲谋处。舞榭歌台，风流总被雨打风吹去。斜阳草树，寻常巷陌，人道寄奴曾住。想当年，金戈铁马，气吞万里如虎。

元嘉草草，封狼居胥，赢得仓皇北顾。四十三年，望中犹记，烽火扬州路。可堪回首，佛狸祠下，一片神鸦社鼓。凭谁问，廉颇老矣，尚能饭否？

宋宁宗开禧元年（1205），你已年过六十六岁。辛弃疾，这位被闲置已久的老将，终于被重新起用，担任浙东安抚使的职务。然而，你的建议和意见并没有得到南宋当权者的重视。

有一次，你来到京口北固亭。站在那里，你的心里充满了万千感慨。面对国家的危机和自己的无能为力，你用文字表达出内心的情感，创作了这首佳作。这首词抒发了你对国家命运的忧虑和对北伐事业的渴望，以及对时局的深切思考。在这首词中，你借北固亭的景物表达了自己的忧虑和对国家前途的期盼，也展现了你作为爱国词人的坚定情感。

南宋开禧三年（1206），你终于沉醉在初秋十月里。那时的你或许希望醒来时能够见证北伐的胜利和那些古代诗词的繁荣。自从你二十二岁告别山东，故乡，就成了你再也回不去的遥远之地。

五十年后，南宋危在旦夕，官员们从尘封的故纸堆中找到了你昔日的文字，惊讶地发现，如今的局势与你五十年前的预言如出一辙。

你早在五十年前就预见了金朝的衰落、蒙古的崛起，但只能黯然祷告，你无法改变历史的进程。

你早已将国家的前途融入你的诗篇中，沉浸在历史的洪流之中。也许，只有如今的我们才能真正理解你那些充满激情、英勇之情，战鼓激扬、铁骑冲锋的诗篇了……

沉郁顿挫，忧国忧民。

千载之下，犹有金石之声。

你，一心抗金，一心复国。然而，历史却将你定位为"南宋著名爱国词人"，这不是你所期望的。

你曾驰骋疆场，为恢复河山呼风唤雨，但在生命最后的时刻，你仍然充满怒火，口中喃喃念叨着："杀贼！杀贼！"这位伟大的爱国者，留下了永恒的词作，消失在了历史的长河里。

一口气概述

"一生武将梦,却入文人书。"古人常将词派分为婉约派和豪放派两类,然而,我们不能将其分得过于死板。比如辛稼轩,他常常被归为豪放派,但我们不能仅仅将他定性为单一的豪放风格。读他的词时,不能仅仅看到他的豪放。即使他的词中有豪放的成分,也绝非粗鲁颠顶,一般所说的豪放通常指的是粗鲁颠顶,而这并非辛稼轩的全部特点。

人们常常会赞美他的词,但他的优点是什么呢?有人会说他的词充满了才情和思想。实际上,辛稼轩既具有英雄的气魄,又有诗人的感悟,这两者难以兼得。这一点,让我想起曹孟德,他也不仅仅是心肠豁达、正直无私,还有着诗人的才华、真情和感悟。在中国的诗史上,也许只有曹操和辛稼轩这两位如此罕见。许多诗人往往缺乏英雄气概,英雄却可以有诗人的情感,曹操和辛稼轩在这两方面都有着出色的表现。

辛弃疾的爱国情感在南宋时期具有极为特殊的意义。那是一个风雨飘摇、国家命运危在旦夕的时代。南宋政府在金国的威胁下陷入"苟且"之中,统治者放纵于歌舞宴会,而百姓则忍受着贫困和疾苦。

辛弃疾有机会在金国谋取高官厚禄,享受奢华生活,但他始终无法忘记自己是汉人,无法忘却大宋河山。他的爱国情感深深植根于对国家命运的担忧和对人民苦难的同情中。他频频上书朝廷,表达对国家前途的忧虑,甚至表示愿意为国捐躯。

也许，当他凝视江水时，他所看到的不仅是美丽的风景，更是北方沦陷区人民的眼泪和悲苦心情。他无比渴望南宋能够战胜金国，收复失地，让人民能够过上安宁幸福的生活。

但他知道，自己做不到这些，仅凭他自己做不到。

"弃疾似去病，宋皇非汉武。"

辛弃疾，他是那个在落日的余晖中，对着江南的栏杆发出沉重的拍击声的游子。

辛弃疾，他是那个在酒醉的狂欢中，举剑凝视远方，心怀男儿的坚韧，却已经满头白发的老人。

辛弃疾，他是那个以高尚的气节自居，以壮丽的功业自誓的忠臣。

他的青春年少，二十一岁出仕，带着五十位勇士，奔袭万人军营，争创封狼居胥、直捣黄龙的辉煌战绩。然而，史书最终留下的是他的文学成就："能于剪红刻翠之外，屹然别立一宗，迄今不废。"

曾经的英雄豪杰，终究老去，并过上了平静的生活，这种滋味肯定让人难以忍受。他一生都是一位英雄，但生活在一个软弱的时代。作为一个坚毅、豪爽、充满气概的山东勇士，却不得不流落在江南的妩媚之地，渐渐磨灭了自己的英雄气概。这到底是怎样一种痛苦呢？

他并没有志向成为文人，最终却只能成为一个失意的词人。他原本自负气节，自我设定伟大的目标，但最终无法为国家做出贡献，只能通过词来表现自己内心的豪情壮志。这顶词人的桂冠，即使在词人中地位崇高，是否足以让这位真正的豪杰平复内心的郁闷呢？

英雄之所以被称为英雄，就在于他们能突破常人的限制，敢于做人们不敢做的事，说人们不敢说的话，想人们未曾想过的事情。尽管辛弃疾不得不以词人的身份生活，但他并没有失去英雄的本色。他大胆地跨越词与诗文之间的界限，将豪情与柔情相融合，为词赋予了前所未有的广阔空间。

虽然他无法在战场上取得伟大成就，也不能为祖国夺回失地，但他在词的创作领域大展宏图，这或许可以算作一种补偿吧。

他的身世与军旅经历，饱含壮志豪情，他的诗篇自然也"慷慨纵横，有不可一世之概"。但同样地，他在词中流露的"却道天凉好个秋"的秋意凄然，也是他自己。整整四十年，他的心牵连着家国梦，跨越三千里，他依然守望着故国的山川。经历了宦海的坎坷，他却始终未能重返故土，未能实现他那清平中原的壮志。最后，坐在陈旧的旅馆里，年事已高，他依然坚定地挥毫写下了这样的文字：

"平生塞北江南，归来华发苍颜。布被秋宵梦觉，眼前万里江山。"

为了什么？值得吗？为了他的英雄梦。他，立志报国，收复疆土。拼尽了全力，也没有拥有他想拥有的人生——一个"醉卧沙场君莫笑，古来征战几人回"的人生。

我们读辛弃疾，常常会为他打抱不平，为他感到不公与悲伤。我想，这是因为我们每个人心中都有一个辛弃疾，都有一颗赤子之心吧。他拥有男儿到死心如铁的刚毅，挥斥方遒、拔剑补天的英勇，与"众里寻他千百度，蓦然回首，那人却在灯火阑珊处"的细腻情感，如同一幅生动的画卷。他怀揣"了却君王天下事，赢得生前身后名"的壮志，却只能作"忍将万字平戎策，换与东家种树书"的悲鸣。他有着"举头西北浮云，倚天万里须长剑"的壮丽情怀，但也懂得在"稻花香里说丰年，听取蛙声一片"，享受宁静岁月。

酒醉时，他眼中的青山如美人妩媚多姿；酒醒后，他只能孤独地把栏杆拍遍，无人问津。

想当年，金戈铁马，气吞万里如虎。

…………

看如今，倩何人唤取，红巾翠袖，揾英雄泪？

一个在万军之中夺上将首级的人，竟能谱写出"一松一竹真朋友，山鸟山花好弟兄"这样的诗篇。先前，他是坚毅果断、有万夫不当之勇的冷酷将领，而后，却化身成热情洋溢的诗人，将一松一竹都视为挚友。一个人要拥有多大的爱，方能将一松一竹视为朋友，将山鸟和山花都当作亲兄弟。文能提笔安天下，武可上马定乾坤。辛弃疾体现了中国传统价值观，将儒家的出仕进取与道家的明哲保身完美融合。

无论是谁，都能在他身上找到自己的影子。

而他所渴望的，是报效祖国，恢复河山。

而你所渴望的，又是什么呢？

李白

> 人间的荣华富贵,
> 不过是我这谪仙人的一场梦罢了

题记

> 月光还是少年的月光,
> 九州一色还是李白的霜。
>
> ——余光中

又是一年寒冬,李白已经六十二岁高龄,乘船来到长江的采石矶游玩。他身披锦袍,独自一人站在江畔,凝视着茫茫江水,内心涌上无尽的感慨,却难以言喻。他不顾船夫的劝阻,一口接一口地畅饮美酒。过了一段时间,或许是因为疲惫,或许是因为已醉,他坐了下来,闭上了双眼,倚靠在船上,沉浸在如江水一般的思绪之中。

他已经很久没有这样畅快地痛饮了。是从五年前他流落夜郎开始的吗?还是从十八年前他告别京城开始的呢?

抑或更早,早到已经无法回忆起具体的起点了。他摇了摇头,缓缓地睁开了双眼,发现夜幕已降临,江面上洒满了皎洁如霜的月光,于是他伸手:

侠客行

赵客缦胡缨,吴钩霜雪明。

银鞍照白马,飒沓如流星。

十步杀一人,千里不留行。

事了拂衣去,深藏身与名。

……

"父亲,我们要去何处?"

"前往一个,原本并不应前往之地。"

"为什么要去?"

"因为那里极尽繁华。"

"那么,距离遥远吗?"

"很远很远……"

（一）

你的名字，叫作李白。

那年，年幼的你与父亲离开西域的碎叶城，潜入蜀地。

沿途的驼铃声、风吹沙漠、烟云笼罩铁甲战士，似乎在你的心灵深处唤起了一股深刻的共鸣。从那时起，一股充满狂傲与自由的血脉深植于巴蜀之地。五岁诵读"六经"，十岁涉猎百家之言，十五岁起学习剑术，终其一生钟情于侠义之道。你独自前往山东，寻访剑圣为师，专攻剑术。

随后，你隐居大匡山，饱览奇书，漫游剑阁，游遍蜀地，然而最终你仍感到乏味。

因此，你离开了。

或许，你自己也未曾预料到，这一别，将是永远。

上李邕

大鹏一日同风起，扶摇直上九万里。
假令风歇时下来，犹能簸却沧溟水。
世人见我恒殊调，闻余大言皆冷笑。
宣父犹能畏后生，丈夫未可轻年少。

那一年，年轻的你匆匆出发，带着自己的骄傲和年少之气踏入了扬州。哪怕病倒在秋天，也无法摧毁你的锐气。你不客气地回应了大文学家李邕对你的不悦和轻视，宣称"丈夫未可轻年少"。

你娶了前宰相许圉师的孙女，深信这个时代终将为你提供一次扬名立万的机会。你等待着，等待朝廷的诏令，等待着寻找那个能够改变天下格局的机遇。

你等到了六十州水灾、十七州霜旱，等到了吐蕃的入侵，也等到了玄宗庆生的千秋盛典。却始终未能等到自己展现抱负的机遇。

"孤帆远影碧空尽，唯见长江天际流。"孟浩然离去后，你独自凝视远方，始终觉得，流淌不尽的不仅仅是长江的水流。还有你的壮志和梦想。"蜀道之难，难于上青天。"

那一年，你已经三十而立，但选择隐居在白兆山。

在此之前，你曾多次前往拜访裴长史，却屡次被拒绝；你奔赴长安，试图谒见宰相张说，也未能如愿；你怀着结交玉真公主的心愿前往终南山，但同样无功而返；你还尝试谒见诸多王公大臣，结果仍一无所获。渐渐地，你感到一丝失望。困倦地在长安市井的酒家中度过了许多夜晚。

那一年，玄宗祭祀后土，大赦天下，开元盛世，是前所未有的繁荣。然而，在这个最辉煌的时代，你选择了隐居在桃花岩，安享清幽，专心耕读与饮酒。

你感到疲惫，开始怀疑自己：究竟会不会有乘长风破万里浪的一天？直挂云帆，是否就能征服浩瀚无垠的大海？

你不禁自嘲，举杯畅饮，高歌一曲："人生得意须尽欢，莫使金樽空对月。天生我材必有用，千金散尽还复来。"蜀道之难，难于攀上碧天之巅。然而，你尚未意识到，仕宦之路要比那崎岖险峻的蜀道更加曲折困难，前途更是千难万险。

(二)

南陵别儿童入京

白酒新熟山中归,黄鸡啄黍秋正肥。
呼童烹鸡酌白酒,儿女嬉笑牵人衣。
高歌取醉欲自慰,起舞落日争光辉。
游说万乘苦不早,著鞭跨马涉远道。
会稽愚妇轻买臣,余亦辞家西入秦。
仰天大笑出门去,我辈岂是蓬蒿人。

那时,在西游的你遇见了正在狩猎的玄宗。也是在这一年,你踏入了长安城。先向玉真公主献上了一首诗,接着,遇到了太子宾客贺知章,那位称你是太白金星降临人间的人。

你还记得母亲曾告诉你,她梦到太白金星后怀了你,因此给你取名李白。

然而,这一切似乎都已经不再重要,因为你终于接近了朝廷的最高层。在玉真公主和贺知章的极力推荐下,玄宗阅读了你的诗篇,深感钦佩,即刻诏令你入朝。

那一天,玄宗亲自下辇相迎,设七宝床设宴,亲手为你调羹。玄宗询问时局,而你则应答如流。于是,你被封为翰林学士。你终于证明了自己的才华和命运,尽管内心涌上狂喜,但你努力克制自己,不停地问自己,那个曾经梦寐以求的机会,是否最终降临?

"安能摧眉折腰事权贵,使我不得开心颜。"

那年,你身临朝廷之中,备受皇帝的恩宠,被赐以宫锦袍,引来千千万万人的嫉妒和羡慕。

清平调词三首

其一

云想衣裳花想容,春风拂槛露华浓。
若非群玉山头见,会向瑶台月下逢。

其二

一枝红艳露凝香,云雨巫山枉断肠。
借问汉宫谁得似,可怜飞燕倚新妆。

其三

名花倾国两相欢,长得君王带笑看。
解释春风无限恨,沉香亭北倚阑干。

你书写了一首首绝美的诗句以取悦玄宗。你相信,自己还有机会,还有升迁、建功立业、一展宏图的机会。然而,终究,那机会未至。你感到烦躁,觉得这宫词艳调已不能表达你的情感。你饮酒长歌,自称"酒中仙"。当时的你是何其狂妄啊,面对皇帝,也敢于说出自己的见解,哪怕会引起帝王的不悦。于是,你被赐金放还。

你离去以后,寻找仙境,追求道路。你东游齐鲁,骑着一匹白鹿,登临名山,沐浴山河,尽情而自在。

你的梦想常常在大笑声中戛然而止,让你在酒醉时说出不切实际的言辞。抽刀断水水更流,你经历了常人难以理解的苦楚。

但你,依旧是那位仙人。那位太白金星转世的仙人。

早发白帝城

朝辞白帝彩云间,

千里江陵一日还。

两岸猿声啼不住,

轻舟已过万重山。

(三)

唐玄宗天宝十四年(755)十二月十六日,"安史之乱"爆发,战火蔓延。你被爱国情怀冲昏了头脑,但命运并不垂青你。

时运不济,你卷入了"永王案",多方求情也无法改变你被流放夜郎的命运。两年后,天下大赦,你终于获得了自由。这一生中,你经历了太多坎坷、挫折和痛苦,岁月也在不断地流逝。如今,你已经五十九岁高龄。你变老了,那些曾经的梦想似乎再也无法实现,你的人生充满了颠沛流离,充满了不如意。

然而,你仍然是你,仍然是那个用坚韧的骨气托起盛唐文化的你,仍然是用超凡的诗才创造盛世风采的你。

关于李白的离世，世人有不同的看法，但在我的心中，最认可也最希望的是这一种。

那一年的冬天，你已经六十二岁高龄。乘船来到长江的采石矶游玩，你身着宫锦袍，独自站在船头，凝望着广阔的江面，心中涌上千言万语，却难以言表。

眼前的景象开始逐渐清晰，你注视着江中的月光，如同许多年前那般明亮。你内心再次涌起对酒的渴望，尽管明白船夫不会陪你共饮。你看着那圆月，渴望与之共醉，伸手欲捧，却只触空。

"哈哈哈哈，连你也不肯和我喝酒了。"

"说得也是，我现在这个样子，哪还有资格跟你一起喝酒啊……"

"但你也不能端坐在这里，这酒，你也要来陪我一起喝！"

你伸手，你渴望抓住那皎洁的月光，不顾船夫轻视的目光。

最终，你跃入江中，沐浴在月光之中，抛却了一切，不再理会船夫的呼喊，不再记挂玄宗的召见，不再倾听长江的嘈杂，不再回忆悠扬的驼铃声。

你不在乎，你再也听不见了。

盛唐时代结束了，被放逐的仙人，也要回家了。

一口气概述

如果只能选出一位诗人,许多人或许会毫不犹豫地选择李白。他那横扫千古的诗才、不拘一格的性格,以及豪放不羁的生活态度,都深深吸引了一代又一代的诗歌爱好者,令他们为之倾倒,神往不已。

李白的高傲确实是显而易见的。他的所有干谒文章都透露着极度的自信,这也是他被称为"狂"的主要原因之一。实际上,这种高傲不仅仅体现了李白的性格,同时也反映了盛唐时期文人的普遍风貌。

唐代社会推崇多元的思想,各种宗教如道教和佛教都在蓬勃发展。唐王朝早期为巩固皇权曾大力提倡道教,而道教教义中蕴含的自由和奔放精神影响了整个盛唐时期的文化氛围,使之开明和包容。

例如,当李白与贺知章首次相见时,两位文人相谈甚欢。他们一同前往酒馆,尽情畅饮,但后来发现付不起酒钱。贺知章便将自己佩戴的金龟解下,充作酒钱。又如孟浩然,受到宰相韩朝宗的赏识,被邀请会面。然而,孟浩然在约定的时间与友人共饮,当他的朋友提醒他时,他却毫不在意,直言:"我在此地饮酒,心情愉快至极,哪里还顾得上其他事情!"

在那个奔放自由的时代,李白的张扬与高傲并不孤立,和他一样狂放不羁的文人比比皆是,无论是"竹溪六逸",还是"饮中八仙",个个都散发着孤高的气质。也不乏那些一生不为官的隐逸大儒。这种时代气氛造就了无数李白式的人物，塑造了那个令人陶醉的盛唐文化。

同时，李白的傲岸风采显然体现在多个方面。首先，李白并非轻浮之辈，他的傲岸表现在精神层面，表现出一种高远和从容。他并不追求琐碎细节上的小利益，而是追求更高层次的自我满足。这种傲岸的性格正是他创作磅礴大气诗歌、赢得后人敬仰的原因之一。

李白在中国文化传统中的傲视权贵表现得格外显著。在传统观念中，人们往往崇尚媚上威下，但李白坚守着他的基本原则："平等对待众生。"在当时，这一观点被认为有悖伦理，因此，李白被视为"狂"。

然而，李白既不媚上也不威下，他平等地对待每个人。当唐玄宗赐金给李白后，他的声誉日盛。但当他在洛阳遇到贫困的年轻诗人杜甫时，他没有表现出丝毫傲慢之意，反而与杜甫意气相投，成为亲如兄弟的朋友。这种胸怀天下、平等对待他人的态度也在他的行为中得以体现。他不仅对粉丝魏颢非常友善，还将自己的诗稿托付给他整理。在扬州，他热情地欢迎了一位小吏的拜访，与对方共饮，并赠送了一首诗，展现了他豁达的个性。

李白的傲岸和洒脱也可以与金庸小说中的侠客形象相媲美。他不仅对自己的仰慕者慷慨大方，还在扬州解囊救助落魄的书生，不计较名利，只求内心安宁。这些品质使李白在文学史上独树一帜，既有着傲岸的性格，又对待他人宽容友善，坚持自己的原则。这些特点也为他赢得了广泛的尊敬。

李白的处事态度也表现出率性坦荡和谦虚宽容。首次登上黄鹤楼，李白看到崔颢的《黄鹤楼》诗作，他由衷地欣赏，感叹"眼前的美景实在难以言表，崔颢的诗已经描绘得淋漓尽致了"。

在我的想象中，那是一个春天的下午，崔颢来到了湖北武昌，长江边上黄鹤楼巍然耸立。他登楼远眺，滚滚长江奔流而去，雾霭沉沉江天一色。崔颢顿时感到心潮澎湃，于是，他提笔写下一首七律，然后飘然离去。但是这件事情就像长江里的一滴水一样，淹没在滚滚长江之中。

直到两年后的某一天，李白来到了黄鹤楼。当时的他已经是远近闻名的大诗人了，湖北当地的官员听见李白来了，当然不肯放过。笔墨纸砚早已备好。

在黄鹤楼下，湖北的官员跟他说："王勃的《滕王阁序》你知道吧，写一首比他好的就行。"

李白轻描淡写地说："这黄鹤楼之前有人提过诗吗？"

官员说："两年前倒是有人提过一次，但是姓名我忘了，你可以上楼顶看看。"

李白上去了没一会儿就下来了。官员问其原因，李白说："这诗啊，我想不出比他更好的了。"

黄鹤楼

崔颢

昔人已乘黄鹤去，此地空余黄鹤楼。
黄鹤一去不复返，白云千载空悠悠。
晴川历历汉阳树，芳草萋萋鹦鹉洲。
日暮乡关何处是？烟波江上使人愁。

虽然身在名胜之地，但他没有自己再题诗，因为他认为这里的景色已经被前人描绘得十分完美，不需要他再多加润色。在古代文人圈子中，文人之间往往相互竞争，争夺声誉和地位。然而，李白的谦虚和坦然在这个圈子中显得格外珍贵。后来,他创作了《登金陵凤凰台》,这首诗和《黄鹤楼》不相上下,难以分辨胜负。虽然很多人可能会认为李白是在与崔颢一较高下,但实际上,这两首诗都是灵感迸发的产物,自然而然地融入了诗境,没有刻意竞争之意。如果他有胜负之心,那辞藻很可能会受到约束,不会如此流畅自然。

"落笔惊风雨,诗成泣鬼神。"对于李白,杜甫是这么评价的。事实上,诗的灵感往往是与生俱来的,对于某些人来说,一望之间,风吹动树叶,月亮洒下清辉,就已然构成了诗意的场景。然而,对于另一些人来说,即使他们努力苦思冥想,也难以感受到内心的欢愉,他们所创作的诗歌可能只是冷冰冰的文字堆砌而已。

而李白显然属于前者。文学评论家曾巩对李白的诗歌评价说:"大巧若拙,仿佛是自然而然的,却是人为的艺术。"李白的诗歌并不追求雕琢和华丽的修辞,他的诗句没有过多的工整对仗,但充满了自然的情感,流畅而自如,充满了无拘无束的快意,因为他所表达的是他当时真切的情感,也正因如此,情感表达才能如此流畅。

在一瞬间,他能感受到山川河流,感受到大自然的呼吸。山川和自然都有它们自己的韵律和声音。而李白的诗歌只是捕捉到了他内心的那一瞬灵感,将其化为了文字。不论身处何种境地,不管是欢乐还是悲伤,李白都能敏锐地感知到当下的美丽。这就是我们称李白"真性情"的原因。他的诗歌中充满了豪放和自信,比如"大鹏一日同风起";充满了自豪和兴奋,如"我辈岂是蓬蒿人";还充满了无奈和哀婉,比如"随风波兮去无还";也充满了凄凉和愤懑,如"江城五月落梅花"。

这些都是他那一刻真实的情感写照。然而,真性情也伴随着天真烂漫,李白虽然是风华绝代的诗人,却注定不会成为政治舞台上的风云人物。他一生追求的政治理想,最终成为令人遗憾的谬误。但他对这个错误的执着,也被他率性的笔触描绘成了一幅凄美的画卷。

仙人之错,也更加凸显李白这个人的烟火气。对于我们来说,崇拜的就不仅仅是一个谪仙人,而是一个活生生的人。李白之所以备受推崇,不仅仅因为他的卓越才华,还在于他的精神世界的丰富和独立。

在中国文化中,儒家和道家被视为士人精神世界的两个支柱,支撑着他们的理想和信仰。而李白几乎成了士人们理想的化身,他融汇了儒家和道家的思想,是他们心目中的终极典范。他怀揣追求仙道、行走江湖的冒险精神,同时又未曾放弃追求身居高位、振兴天下的理想。他怀着道家的浪漫理念,却不忘践行儒家为民造福的信仰。李白所体现的儒道合一的观念,正是那个多元价值观的时代孕育出的瑰宝。

他童年饱读诗书,少年时仗义行侠,这构成了他性格的基本面。在十八九岁时,李白拜赵蕤为师,跟随他学习一年。

赵蕤和李白后来被誉为"蜀中二杰",他以其宽宏任侠之气和善于纵横的学问而闻名,曾多次被唐玄宗征召,但他总是谦辞官职,隐居山林。然而,他对李白格外欣赏,慷慨地传授了自己的文化、武艺、治国安邦之策,将自己的珍藏毫不保留地传授给了李白。这对于李白的思想观念和处世哲学产生了深远的影响。

李白的真正人格魅力在于他天生具备的一种特质,那就是对周围美好事物的敏感感知。尽管他受过道家修道的熏陶,但他并不受限于特定身份或信仰,将儒家和道家的思想统一于一念之间。对他而言,内心所在即他身处的地方。年仅二十四岁时,积累了丰富的知识的李白在经过深刻的思考后,毅然持剑远离家乡,开始了漫长的旅程。

在他穿越三峡、写下"山随平野尽,江入大荒流"等千古佳句之后,他来到了江陵,停留了一段时间。在江陵,他邂逅了道教宗师司马承祯。在交谈中,司马承祯认识到李白的天赋卓越以及博学多才。分别的时候,司马承祯对李白说:"我看你眉宇间充满英气,言谈之间充满对国家和百姓的关切。在这个开元盛世,你的前程不可限量。在你完成事业,实现了对家庭的承诺之后,再来山中找我。"

李白回答道:"成就功名,名扬天下,然后隐退山林,这是我的志向。"

最后,司马承祯说:"山上白云,树间明月,无论走到何处,都会相逢。"

追求功名是当下,尽情狂饮也是当下,在一瞬间回首,仰望白云明月同样是当下。没有执念的羁绊,没有过多的负担,才会让我们在无论何处都能相逢。李白最令人敬佩的地方在于他能够兼顾当下的热衷,同时坚守自己的初衷,这一坚守贯穿了他的一生。他怀揣着"身为辅弼,使寰区大定,海县清一"的志向,同时也痴迷于酒宴和行侠仗义的生活。

然而,这也导致了他在政治上的不敏感和缺乏远见。在动荡的朝堂中,他往往难以察觉政治变局,也无法做出明智的抉择。对于李白个人而言,这或许是一种不幸,但对文学界来说,却是一大幸事。在之前的视频当中我经常会提到一句话:"诗人不幸诗家幸。"想必说的便是如此了吧。

文人一旦融入封建官僚机构,往往会失去自主性,个人情感和志向常常被体制所消磨。如果李白如愿以偿地步入仕途,他可能会被迫迎合权势或遭受排挤,无论如何,都不会成为我们今天所熟知的那位李白。

在永王之乱中,李白在自己失意的时刻,做出了政治立场的错误选择,甚至未能认识到自己被卷入了政治纷争之中。他本想协助平叛,却成为叛乱的一部分。永王的军队最终溃败,而李白,曾被视为"附逆"的人,也成了囚犯。在监狱中,他不停地写诗,试图求情。可都无济于事。

幸运的是,李白后来被释放,而他出狱后的第一件事就是向朝廷上书,毛遂自荐。他在奏折中充分展示了自己的才华和品德,再次求取官职,与之前的奏折内容几乎没有区别。这对于一个已经五十七岁的老人来说,无疑是一项不小的壮举。李白经历了许多苦难和挫折,但他从未丧失乐观,一直保持着年轻的心态。

李白长久以来一直在等待着朝廷的征召,希望能够为国效力,平定乱局,重振天下。然而,他所盼望的机会迟迟未至。最终,他在长安和洛阳收到了收复夜郎的捷报,同时也传来了他被流放到夜郎的消息。李白毅然决定离别妻儿,尽管他已经五十八岁高龄,还是再次踏上了漫漫征程。人生中最令人凄凉的时刻或许就是多年后重返故地,却发现一切已然面目全非。当他再次登上黄鹤楼时,已经没有了往日的赋诗观景、吟咏风景的兴致,只是聆听着哀怨的笛声,遥望着鹦鹉洲,心头充满了为祢衡因骄傲而丧命的深情哀愁。

在被流放的那一年,李白经历了无尽的孤独和困苦,但他没有陷入绝望之中。在他五十九岁获得赦免后,他充满兴奋,写下了《早发白帝城》这首诗。大多数人在年老之际,已经能够泰然处之,不为荣辱所惊扰。然而,李白在这首诗中,字里行间充满了豪情壮志,仿佛自己依然是年轻气盛、怀揣抱负、骑马扬鞭的少年。李白在去世前写的《临终歌》中依然以大鹏自诩。

临路歌

大鹏飞兮振八裔，中天摧兮力不济。
馀风激兮万世，游扶桑兮挂石袂。
后人得之传此，仲尼亡兮谁为出涕。

《临路歌》（有时也称为《临终歌》）引发了一些关于其背后含义的猜测和讨论。清代学者王琦提出了一种解释，他认为，诗中的"路"实际上应该是"终"的误写，即诗题应为《临终歌》。王琦进一步解释说，诗中提到的"西狩获麟，孔子见之而出涕"，意味着李白希望能够像孔子一样有机会见到传说中的麒麟，并且感动得热泪盈眶。然而，现实中他的抱负未能如愿，因此，诗中表达了对逝去时光的无奈和对未能实现抱负的遗憾。

李白常以大鹏自比，寓意自己有远大抱负，希望能成就伟业，就像大鹏一样高飞远去。他的《大鹏赋》表达了这一愿望。然而，《临路歌》中描述的是太白明星坠落，仿佛大鹏在高空被大气流击中坠落，但没有人像孔子为麒麟之死那般感到伤痛。这里借大鹏的不幸来表达诗人对自己时运不济、未能实现抱负的怨愤，对未能在生前得到应有的认可和理解的感慨。

行文至此，我抬头看了看窗外，已是夜晚，明月如白玉高悬在天空。我知道，千年前的李白，与我看的是同一轮明月。我从电脑桌前起身，看向窗外，灯红酒绿、车水马龙的城市似乎没有尽头。恍惚间，橘红色的灯光摇曳着蜡烛的灯火，似乎要把我送回那个闪耀的盛唐时代。我看向桌面，我知道，那是人们未曾遗忘的、仙人的另一版故事：

曾经有一位谪仙，才情出众，满腹经书和诗文。几乎所有人都相信，这位谪仙的前程将光明无限，甚至他自己也这么认为，尤其是在酒醉时。然而，这位谪仙的出生注定了他无法参加科举考试，这条读书人的路对他而言永远关闭。尽管如此，年轻的谪仙并不太在意，他不迷恋功名利禄，决定负剑登山，追求寻道成仙的梦想。走下山后，他开始漫游山野，四处寻访道士和仙人。

年轻的谪仙满怀激情，身穿一袭月白锦袍，手持长剑，开始了他的天涯之旅。在游历的过程中，他结交了许多朋友，特别是在扬州，他交到了一大群志同道合的伙伴。然而，尽管他的朋友们都对着高山上壮丽的瀑布赞叹不已，但他们似乎忽略了那些撞在岩石上的水流，对此，谪仙心碎不已。在扬州，尽管春风十里依然美丽，却远不及长安城的繁华和浓烈。

谪仙花了十多年的时间，频繁拜访高官显贵，不厌其烦地吹捧他们，只为能被他们推荐给皇帝。然而，尽管他的朋友们一个个都有了出路，谪仙必须一直走在一条几乎没有可能成功的道路上。终于，在天宝元年，谪仙获得了一次面见皇帝的机会，他当时已经四十三岁了。进入长安城的那一刻，所有人都看到了身着月白锦袍、手持酒杯、大笑着的谪仙。他高声引用着诗句："仰天大笑出门去，我辈岂是蓬蒿人！"然后，自信地穿过街巷。

然而，这并不是谪仙第一次来到长安，上一次的失败仍然历历在目。在长安城，谪仙不断遭受挫折，但他也逐渐获得了皇帝的欣赏，被封为供奉翰林，颇有声望。谪仙在长安城过上了光鲜亮丽的生活，他的诗歌备受推崇，他沉浸在名利之中。然而，他的心中渴望的机会始终未能到来。

随着时间的推移，谪仙开始感到厌倦，他觉得，这些名利无法满足他的内心需求。他的言辞变得越来越放肆，甚至不顾皇帝的尊严，最终导致了他被驱逐回乡。谪仙回到山上后，发现自己再次回到了过去的生活。然而，他已经改变了，曾经的热血激情逐渐消逝，代之以酒杯中的苦涩。他开始不断地沉溺于酒池之中，将自己的过去重复重复再重复，以麻痹内心的自卑感。

长安城，对谪仙而言是荣耀之地，也是伤心之地，但他再也无法回到那里。然后，"安史之乱"爆发，谪仙被卷入了动荡之中，被牵连进了永王案。两年后，他终于获得了释放，但这一生的坎坷经历已让他五十九岁了。他感到疲惫，他的梦想似乎永远无法实现，生活的种种曲折令他不胜其烦。

然而，尽管经历了这么多坎坷，谪仙仍然是谪仙，他仍然怀揣着梦想。他乘船游玩，望着长江的景色，突然觉得内心涌起无法言喻的情感。月光在江面上泛起微光，仿佛在讲述着他一生的故事。于是他伸手邀月，再回天宫。

李白一生钟爱着明月，这并非言过其实。可以毫不夸张地说，没有李白的诗句，中国人对月亮的理解和情感体验将大为不同。每当仰望皎洁的明月，他的诗句仿佛在我们心头回响："举头望明月，低头思故乡。"或者是那句"举杯邀明月，对影成三人"。这些诗句如珠玉般镶嵌在我们的文化中，成了我们心中的一抹亮色。

李白是否来自天上？我也时常在想这个问题。他就如同被贬谪下凡的仙人，他虽然高不可攀，但始终深深扎根于人间。他的月亮不仅照耀在大唐长安的夜空，也随着他的酒杯一起回到了他的家中。这位才情出众的文人，或许被认为属于天上仙界，但他宁愿流连于人间的美景和繁华，默默地欣赏着人间的风景。李白，如同一个行走在两个世界之间的神秘存在，他既有天上仙境的气息，又沐浴在人间烟火之中。

李白，他的诗歌如同一轮明月，承载着他的思想、情感和生活经历，频频投射在这皎洁的天空。正因如此，他赋予了我们独特的体验。时光荏苒，人生经历了沧桑，从稚嫩到成熟，然而，明月依旧悬挂在夜空，散发着不变的光辉与魅力。它犹如一盏指路明灯，引领我们找到回家的路，也让我们更加深刻地理解了明月和故乡之美。

当面对明月时，其他诗人或是静静地凝视，或是惊叹不已，或是默默相伴相望，或是发出感慨。

而李白独具一格，他将自己融入了明月之中，使诗人与明月产生一种独特的情感共鸣。然而，正如明月有升有落，李白亦终将离去，就如他曾偶然来临人间一般。

但李白其实也没有离去，他化为浪漫贯穿了历史。

他是月下谪仙。

每每见到月，就会有月下那位谪仙人，他不拘一格，他似是微醺，他慢慢转身——

走向他心中的月。

白居易

被称为『诗魔』的我用了一生，才明白开心最重要

题记

> 浮云不系名居易,造化无为字乐天。
>
> ——唐宣宗 李忱

白居易,虽然饱受争议,但毋庸置疑,他是一位坦荡豁达之人,一个生活得清澈通透的灵魂。后人对他,至少应该怀有最基本的尊敬。回溯白居易的一生,那个看似纨绔不羁的形象,或许只有他自己明了其中的苦楚。

（一）

你的名字，叫作白居易。

大历七年（772），"安史之乱"虽然已经平定了十多年，但大唐盛世的梦幻已经烟消云散，昔日辉煌的唐代诗坛也如星星之火，日渐黯淡。

张九龄和孟浩然早已辞世三十二载，贺知章去世已经二十八年，王昌龄去世已有十五年，王维去世已经十一年，李白去世已有十年，高适去世已有七年，岑参去世已有三年，杜甫去世已有两年……然而，在这一年，两位年轻诗人如彗星般闪耀，为昏暗的中唐时代注入了光明。

这两位年轻人，一个是刘禹锡，另一个，就是你。

你出身一个高级官员的家庭，但为了逃避战乱，你的母亲将你带到了符篱（今安徽省宿州市符离集，以出产烧鸡而闻名）生活。

你从小就是十里八乡闻名的神童，如果神童再加把劲，恐怕成就将更为辉煌。或许是因为母亲的严格管理，或许是由于你自己的高度觉悟，你十多年如一日，白天练习作文，晚上练习书法，抽空写诗，写得满嘴生疮，手肘起茧，头发变白，眼睛也变成严重的近视眼。

尽管你为此付出了沉重的代价，你的才华却无法掩盖。

拥有卓越才华的你，十五岁时拜访了当时的名士顾况。顾况客气地问："尊姓大名？"

你恭敬地回答："小生白居易。"

顾况戏谑地评论你的名字:"居易,居易。在长安,居住确实不容易啊。"这暗示了当时的京城物价,尤其是房价之高。

你没有被挫折,毫不骄傲,从容地递上了你的佳作《赋得古原草送别》。

顾况拿起来一看,立刻被深深吸引。

赋得古原草送别

离离原上草,一岁一枯荣。
野火烧不尽,春风吹又生。
远芳侵古道,晴翠接荒城。
又送王孙去,萋萋满别情。

顾况越读越兴奋,越看越喜欢,不断地赞美:"居易,居易,无论多贵的住宅,你都能居之易,白居也易啊!"

古人说:"宁欺白须公,莫欺少年穷。"看来,白发少年更加不可欺。世界上唯一能欺负你的,也许只有你的母亲一人。

(二)

你,年仅十九岁时,情感如初绽花蕾,坠入爱河,与一位名叫湘灵的邻家少女情意绵绵。

邻女

娉娉十五胜天仙,白日嫦娥旱地莲。
何处闲教鹦鹉语,碧纱窗下绣床前。

湘灵,娉娉秀丽,胜似天仙;她如同白日里的嫦娥、地上的莲花。两情相悦,情意绵绵。然而,你的母亲,或许是因为湘灵家世平凡,或是出于对儿子学业的考虑,坚决反对这段情缘,将你二人分开,甚至搬离了原来的居住地,前往襄阳。你被迫开始"异地恋",只能依赖诗歌来表达思念之情。你泪眼凝寒,但无法将泪滴冻成冰。每到高处,你都会回头望望,遥知别后的西楼上,伊人独自凭栏发愁。

长相思·汴水流

汴水流,泗水流,流到瓜州古渡头。吴山点点愁。
思悠悠,恨悠悠,恨到归时方始休。月明人倚楼。

在年仅二十七岁时,你以十七人之中的佼佼者的身份,成功通过了科举考试,进入了仕途的殿堂。与你同届的孟郊,在四十六岁时依然抱着"慈母手中线,游子身上衣"的信念前往京城参加考试,成功后犹如范进般欣喜若狂,沐浴在"春风得意马蹄疾,一日看尽长安花"的辉煌。

你也充满了激情,你在大雁塔上留下了墨迹:慈恩塔下题名处,十七人中最少年。

自认身份上升,声望日增的你兴高采烈地回家,满怀自信地要求娶已陪伴你共度八年情缘的湘灵。然而，可惜的是，你再次遭到母亲的坚决反对。在那个讲究孝道的时代，你只能选择非暴力不合作的方式，就要娶湘灵，否则你宁可不娶任何人！

思念之情令你痛苦不已，你与湘灵只能借助鸿雁传情：

冬至夜怀湘灵

艳质无由见，寒衾不可亲。
何堪最长夜，俱作独眠人。

夜雨

我有所念人，隔在远远乡。
我有所感事，结在深深肠。
乡远去不得，无日不瞻望。
肠深解不得，无夕不思量。
况此残灯夜，独宿在空堂。
秋天殊未晓，风雨正苍苍。
不学头陀法，前心安可忘。

七年过去，你因为拼命工作来减轻思念之苦，被任命为首都直属的盩厔县县尉。尽管你在任上没有解决重大案件，但留下了两首千古传颂的杰作。

一首是《观刈麦》。

观刈麦

田家少闲月,五月人倍忙。
夜来南风起,小麦覆陇黄。
妇姑荷箪食,童稚携壶浆,
相随饷田去,丁壮在南冈。
足蒸暑土气,背灼炎天光,
力尽不知热,但惜夏日长。
复有贫妇人,抱子在其旁,
右手秉遗穗,左臂悬敝筐。
听其相顾言,闻者为悲伤。
家田输税尽,拾此充饥肠。
今我何功德?曾不事农桑。
吏禄三百石,岁晏有余粮,
念此私自愧,尽日不能忘。

在那个藩镇割据、军阀混战的年代,打小颠沛流离的你深知骨肉分离之苦,也更加了解劳动人民的不易。

有一天,你的朋友带着你出门散心,参观了仙游寺。这是秦穆公之女弄玉和她的乘龙快婿萧史曾经光顾过的地方。在闲谈胡侃之际,你们不经意地提到了马嵬驿,这个地方五十年前曾经是杨贵妃离世的地方,让你颇有所感。

这突发的灵感让你的文学才情迸发,你创作了一篇长达八百四十字的诗篇,这也成了史上最长的诗篇之一,名为《长恨歌》。诗中表达了对唐玄宗李隆基和杨贵妃之间爱情的深刻描写,以及杨贵妃悲惨的命运。诗篇之中,你运用了华丽的辞藻和深刻的意境,将这段动人的爱情故事展现得生动感人。

长恨歌(节选)

汉皇重色思倾国,御宇多年求不得。
杨家有女初长成,养在深闺人未识。
天生丽质难自弃,一朝选在君王侧。
回眸一笑百媚生,六宫粉黛无颜色。
春寒赐浴华清池,温泉水滑洗凝脂。
侍儿扶起娇无力,始是新承恩泽时。
云鬓花颜金步摇,芙蓉帐暖度春宵。
春宵苦短日高起,从此君王不早朝。
承欢侍宴无闲暇,春从春游夜专夜。
后宫佳丽三千人,三千宠爱在一身。
…………

尽管杨贵妃得到了无尽的宠爱,最终却遭受了不幸的命运,被唐玄宗下令绞死,而他自己也逃离长安,流落到了四川。这一段充满戏剧性和悲剧性的爱情故事深深触动了你的内心,使你创作出了这篇令人感慨的长诗。

（三）

宝应元年（762），李白永远地告别了尘世。

他的去世之地位于当涂，李阳冰，当涂县的官员，将他葬在了城南龙山的东麓。

三十七年后，你来到宣州。

当你站在李白的坟前，内心充满了深刻的感慨，你不由得挥毫，留下了一首咏史之作：

李白墓

采石江边李白坟，绕田无限草连云。

可怜荒冢穷泉骨，曾有惊天动地文。

但是诗人多薄命，就中沦落不过君。

这首诗创作于你二十八岁。李白墓位于采石江边，但实际上只是一个传说。根据记载，李白曾经身披宫廷锦绣的华丽袍服，在采石矶醉酒，随后跃入江中试图捉住皎洁的明月，却最终溺亡。

当地的渔民将他的华丽服饰下葬，留下了这个美丽的故事。现今，在马鞍山市江心洲，可以找到宫锦村和采石的李白衣冠冢，它们都因这一故事而得名。

数百年来，许多文人墨客都在采石的景点留下了众多脍炙人口的佳作，其中你的这一首诗尤为著名。这首诗的前两句通过描绘李白墓周围的环境，营造出了一种萧条和凄凉的氛围。

接着的两句用"可怜"和"曾有"这些充满感情的词语，鲜明地展示了李白的伟大，以及他去世后墓地的荒凉，直接表达了诗人内心的悲愤之情。在生前，李白曾创作出震撼人心的诗篇，然而现在他的寒骨躺卧于黄泉之下。这两句表达了诗人深刻的同情和不满，尽管李白去世后墓地冷漠荒凉，但他的伟大作品将永远留存在人间，永远受人喜爱。

最后两句提出了一个问题，即诗人的命运是多么坎坷，而李白的伟大成就似乎与他坎坷的生平成正比。这表达了诗人对李白起伏不定的一生的深切同情和不满，同时再次赞美了李白的伟大。最后两句留下了一种意境，引人深思。

整首诗通过对比李白的卓越成就、他坎坷的命运、去世后墓地的凄凉，以及后世文坛的黯淡，赋予了作品深刻的艺术感染力。

李白的墓地坐落于采石江畔，被茂密的野草环抱，与无边的白云相连。然而，对于你而言，李白这位伟大的诗人，竟然长眠于如此朴素和荒凉的地方，令你感到心生怜悯。谁能想象，这片凄凉坟墓中的骨骸，曾经诞生出多少震撼世界的杰作呢？尽管自古以来文人常常互相轻视，但你对于李白抱着深深的同情。

你深思：诗人的命运常常坎坷不平，然而像李白这般贫困且挫折不已的，也是前所未有的。

"古今多少事，都付笑谈中。"**两个独特的灵魂在此相遇，一个是"诗仙"，浪漫潇洒，一个是"诗魔"，写尽通俗之美。**你为诗仙感到惋惜，可我们如今也看着你，看着千年前的故事。你饮下最后一口酒，又重新斟满酒杯，洒在李白的墓前，时间定格，岁月长存。

（四）

后来，随着你的社会地位逐渐攀升，你与湘灵之间的距离也逐渐拉大。在母亲临终前，她坚决反对你与湘灵的感情，甚至以死相逼。

因此，当时已经三十六岁的你被迫娶了一个同姓杨的官家小姐，她是杨贵妃的老乡。湘灵对此感到非常伤心和愤怒，于是选择离开，不再与你联系。在这段艰难的婚姻中，你为了宽慰内心的痛苦，为自己和新婚妻子制定了一系列家规。

赠内

生为同室亲，死为同穴尘。他人尚相勉，而况我与君。
黔娄固穷士，妻贤忘其贫。冀缺一农夫，妻敬俨如宾。
陶潜不营生，翟氏自爨薪。梁鸿不肯仕，孟光甘布裙。
君虽不读书，此事耳亦闻。至此千载后，传是何如人？
人生未死间，不能忘其身。所须者衣食，不过饱与温。
蔬食足充饥，何必膏粱珍？缯絮足御寒，何必锦绣文？
君家有贻训，清白遗子孙。我亦贞苦士，与君新结婚。
庶保贫与素，偕老同欣欣。

这些规则中，你深切地表达了与妻子同甘共苦、相互勉励的愿望，即使陷入贫困，也要像陶潜一样淡泊名利，像梁鸿一样不图官职，像翟氏一样能够自食其力。

你的母亲在你三十九岁时去世，你经历了长达三年的丧期，然后重返仕途。即便在政府工作中，你也一直以为民请命、挑刺添堵为己任，像你在《卖炭翁》中所表达的那样，关心着庶民的疾苦。

母亲去世后，你没有了家庭的阻碍，更加努力地寻找湘灵的下落。最终，在你四十三岁（一说四十四岁）时，被贬为江州司马的途中，你再次遇到了自己深爱的邻家姑娘湘灵。

你心情复杂，感慨万分。你已经梳白了头发，但对湘灵的思念愈发浓烈。然而，尽管你本以为可以与湘灵团聚，湘灵却不愿做你的妻子，使得你的内心更加沉重。尽管你已经升任五品大员，但感到了孤独、寂寞和冷漠。

元和十年六月，你四十四岁，发生了一起重大事件。当时，宰相武元衡和御史中丞裴度遭到暗杀，武元衡当场身亡，裴度受了严重伤势。令人意外的是，尽管发生了如此严重的事情，掌握政权的宦官集团和旧官僚集团竟然保持冷静，没有急于采取行动。你对此感到非常愤怒，因此，上书建议严密追查凶手，以维护法纪和国家稳定。然而，那些当权者却对你的建议不予重视，反而指责你是东宫官员，过早在朝廷讨论政事，认为这是一种越权行为。

王涯则提出了另一个指责，声称你的母亲是在观赏花朵时不慎坠入井中丧命，因此，你的赏花诗和与井有关的诗歌被视为有伤孝道。这些指责导致了你被贬任为江州司马。

实际上，你的贬官原因还与你的讽刺诗有关。被贬官至江州（今九江），对你来说是沉重的打击。你在这段时期表示，"面上灭除忧喜色，胸中消尽是非心"，逐渐培养了早年即已接触的佛教和道教思想。

但也就是在那时，你写出了《琵琶行》。

一口气概述

我还依稀记得我小时候,放学回家的路上,手里拿着书,一路走一路默默背诵。这些诗篇虽然长,但分段非常清晰,因此将它们拆解成几段背诵并不困难。其中一段是:"银瓶乍破水浆迸,铁骑突出刀枪鸣。"这句话描写的琵琶弹奏场面宏大壮观。

后来反观之,不如一句"唯见江心秋月白"。

小时候,我对这首诗的感触是,女人一旦老去,容貌不再吸引人,就不会再有人爱她了;而男人一旦失势,名利不再追随,也不会再有人敬仰他。因此,如果过分注重别人的倾慕,就会陷入永远的悲伤。于是,我下定决心,将来要一生致力于学问,生活在自己的世界中,不需要追求成功,也不需要别人的爱。后来长大了,才明白这个**世界并不是几首诗就能彻底洞悉的。每个人都有自己的寂寞。**

每个人的内心都有复杂的世界,这个世界似乎总是分为不同的面。在不同场合,或者与不同人交往时,我们展现出不同的自我。有时候,我们在父母面前扮演着顺从的孩子,而在朋友面前则是忠诚的伙伴。但无论何时,我们都会体验到七种情感:喜悦、愤怒、忧虑、思索、悲伤、恐惧和惊讶。

然而,有时候,我们在意的人或者社会的期望使我们感到担忧。我们不得不维持一种特定的"人格"或"形象",这可能让我们感到束缚。

我们恐惧倾诉自己的真实感受，因为这可能会让我们的隐私暴露，带来种种不便。因此，我们渴望有一个倾听者，一个可以倾诉的安全港。陌生人可以成为这个心灵的垃圾桶，因为他们不知道我们，不会泄露我们的秘密。这使我们可以真实地表达自己，宣泄内心的烦恼，而不用担心被社会所谴责。

在互联网时代，陌生人有时也可以成为我们的拯救者，给予我们支持和倾听。这个世界充满了可能性，我们可以在分享烦心事时感到轻松自在。所以，这首诗的主题当然不是琵琶，也不是知己，而是寂寞。

在四十六岁时，你升任忠州（今重庆市忠县）刺史，你与弟弟白行简一起沿着长江上游的航线前往新任职地。

在湖北省宜昌市的西陵峡，你们巧遇了好友元稹。三个人在一处溶洞中相聚，欢声笑语，文思涌动。这次难忘的相聚留下了著名的三游洞，至今仍吸引着众多游客。值得一提的是，两百多年后，苏洵、苏轼和苏辙父子也曾前来游玩，被称为"后三游"。

在忠州刺史的短短一年任期内，你常常在城东的山坡上栽花种草，你将这个地方命名为"东坡"，这个名字后来成为苏轼的自号，具有重要的文学意义。当你四十八岁时，你被召回京城，仕途迎来了高峰。你先后担任主客郎中、知制诰、朝散大夫、上柱国、中书舍人等职务。在五十岁时，你自愿前往杭州担任刺史。在赴任途中，你的心情非常愉快，这也在你的诗作《暮江吟》中得到了表达。

暮江吟

一道残阳铺水中，半江瑟瑟半江红。
可怜九月初三夜，露似真珠月似弓。

在杭州担任刺史期间,你积极主持疏浚六口古井,解决了饮水问题。你还修筑了西湖的堤坝,蓄水以缓解旱灾。同时,你设立了治杭基金,为治理城市提供了财政支持,这个举措一直延续到了黄巢之乱。

因你出色的政绩,杭州百姓非常感激你,将原本存在的西湖白沙堤称为"白公堤"或"白堤"。在这一时期,你还创作了著名的《钱塘湖春行》。这首诗描绘了钱塘湖的美丽景色和春天的宁静氛围,充满了浓厚的文学情感。

钱塘湖春行

孤山寺北贾亭西,水面初平云脚低。
几处早莺争暖树,谁家新燕啄春泥。
乱花渐欲迷人眼,浅草才能没马蹄。
最爱湖东行不足,绿杨阴里白沙堤。

当你在五十三岁转任苏州刺史后,你主持了一项重要的工程,即修建了被你视为"红尘中最富贵风流之地"的"七里山塘",位于虎丘和阊门之间。这个风景如画的地方至今仍然吸引着游人,被民间歌谣传颂:"上有天堂,下有苏杭。"

杭州有西湖,苏州有山塘。两处美景,风光绝佳。苏州的山塘与杭州的西湖齐名,成了令人向往的胜地。在杭州西湖,曾有人争论西湖的白堤,传说是你出任杭州刺史时所建,然而,也有人主张这座白堤与你毫无关系,原名白沙堤。

无论如何,你这位伟大的文人经历了漂泊的一生,从江州、杭州、苏州,再到洛阳,你的身影遍布各地。

或许是因为漂泊生涯的疲惫，就像王维一样，你也转向了佛教。在居住杭州时，邂逅了鸟巢禅师，也有版本称其为鸟窠禅师。

这位大师并非在寺庙内居住，而是犹如鸟儿一样栖身高树之上。你前去请教深邃的佛法，然而鸟巢禅师言简意赅："诸恶莫作，众善奉行。"你听后心生喜悦，这句话，人人皆知，甚至三岁儿童亦能明了。然而，鸟巢禅师慢慢补充："虽然众皆知之，八旬老者却难实践。"

这番言语让你深感惭愧。你在仕途上担任了多个重要职务，包括秘书监、刑部侍郎、河南尹等。不仅在政务上有所建树，你还以文学才华著称。你与好友刘禹锡结伴游玩扬州和楚州后，创作了名篇《忆江南》，这一系列诗篇表达了你对江南风光和回忆的深情。

晚年的你与好友刘禹锡度过了一段愉快的时光。你们嬉笑怒骂，共同创作了许多脍炙人口的诗歌，其中包括著名的：

对酒五首

蜗牛角上争何事？石火光中寄此身。

随贫随富且欢乐，不开口笑是痴人。

……

这一阶段的你生活洒脱，快意自如，与小孩玩捉迷藏，与老友畅饮美酒，犹如一位可爱的老顽童。

到了那时，热爱生活，成了你面对挫折最大的武器。

在会昌六年（846）的八月某一天，你这位经历风雨沧桑的老人平静地合上了双眼，前往一直向往的西方极乐世界，仿佛进入了一个美丽的梦境。

在梦中，你最终可以与那些已久未见的老友相聚。另一个世界里，你们共享美酒，吟咏诗歌，不再为政事烦忧。你终于抵达了那片宁静之地，那里有你喜爱的风景，有你深情依恋的湘灵，还有你深爱的父母……

这位文坛巨匠铸就了自己的辉煌，留下了许多动人的诗篇。尽管你的生命在七十四岁结束，但你将微笑着步入心中的净土。在宁静之中，心灵沉浸，仿佛清风拂面，让我们在这喧嚣的尘世中，安然坐下，将乐天的绝美诗句融入我们的心灵。

静心之时，独自品味浊酒，醺醺醉意却无法消散内心的疑虑，人生匆匆，来世何因，去世何缘？回首过去，不过是茫茫大地中的一瞬孤影。半梦半醒之际，你仿佛再次听到了那探讨禅理的声音，回到了那个诗与酒充斥的，美好年代。

最终，你的贡献和成就得到了唐宣宗李忱的高度赞扬。你被追赠为尚书右仆射，并葬于洛阳龙门香山寺的琵琶峰，墓志铭由你的好友李商隐亲自题写。你因此成为唐代首位被官方认可的"诗仙"，而李白则一直是民间称呼的"诗仙"。

白居易的一生充满了精彩与传奇，他以杰出的文学成就和仕途历程成了唐代文学史上的瑰宝。白居易之所以被誉为"诗魔"，源自他那名句"酒狂又引诗魔发，日午悲吟到日西"中的描述。为了追求卓越的诗歌创作，白居易不断反复吟咏，致使他的嘴唇生满了泡疮，深陷其中，不辞辛劳，如痴如醉。因此，这个称号"诗魔"得以传世，成了白居易的别号。

我初次接触到白居易，是在小学时学到的古诗《赋得古原草送别》中："离离原上草，一岁一枯荣。野火烧不尽，春风吹又生。"这首诗是白居易十六岁参加科举考试时为了应试而创作的，然而，这一首诗的深刻与绝美足以彰显白居易的诗才。我对白居易的兴趣在电影《妖猫传》中被进一步激发。影片中的白居易是一个潇洒、肆意的文人形象，后来我查找史料才知道，他更是一个有着深情与义气的诗人。

电影中，白居易渴望着唐玄宗和杨贵妃之间那样的爱情，执着于追寻大唐盛世的辉煌，却最终认识到所追求的只是一场虚幻的梦境、一个欺骗。尽管崩溃，他仍然创作了《长恨歌》，在其中描绘了他心中的唐玄宗跟杨贵妃的爱情故事。在现实中，《长恨歌》的创作过程是否有这样的故事我们不得而知，但我们可以透过"上穷碧落下黄泉，两处茫茫皆不见"和"在天愿作比翼鸟，在地愿为连理枝"等千古名句，感受到白居易的内心情感。

作为一位杰出的现实主义诗人，白居易的作品更多地描绘了唐朝时期的民生景象。他的诗句如"家田输税尽，拾此充饥肠"反映了当时人民的苦难，这些情感深沉的句子也包括了他的内心感受，如"今我何功德，曾不事农桑"和"念此私自愧，尽日不能忘"，折射出了他内心的动荡和自责。

身为官吏，能有此念，实属难得。白居易不仅在中国本土有着众多狂热的粉丝，而且在日本也备受尊崇，《源氏物语》和《枕草子》等平安时代的名著几乎都包含了白居易的诗句。特别是《源氏物语》的开篇，就引用了唐玄宗与杨贵妃的故事，用以暗示宫廷中的悲恋，从而突显出《长恨歌》对紫式部的深刻影响。

白居易的《长恨歌》中的名句"七月七日长生殿，夜半无人私语时，在天愿为比翼鸟，在地愿为连理枝"传颂千古，成为佳话。20世纪40年代，著名画家张大千创作了一幅名为《长生殿》的画作，送给新婚的妻子徐雯波。这幅画呈现出了富丽堂皇的场景，其中的隆基和玉环身着华丽的衣裳，遥望远方留白的画面宛如梦境，与《长恨歌》中的"上穷碧落下黄泉，两处茫茫皆不见。忽闻海上有仙山，山在虚无缥缈间。楼阁玲珑五云起，其中绰约多仙子"等诗句相得益彰。

张大千的朋友溥儒还为这幅画题写了原作中白居易的全文，其精湛的小楷书法达到了极高的艺术水准，完美地呼应了这幅充满哀感和诗意的画作。帝王与宠妃之间的情感纠葛并不新奇，令人震撼的是历史的反复和无常。在"安史之乱"期间，唐玄宗的权力逐渐削弱，国家陷入危机，盛极而衰的历史循环充满了戏剧性。这一题材之所以引人入胜，实际上是因为历史的变迁和兴衰。

《杨太真外传》中记载，唐玄宗在马嵬驿将贵妃赐死后，继续西行至扶风道旁，看到一棵端正可爱的大石楠树。他将其命名为"端正树"，因为这棵树的外貌端庄可爱。这棵树也唤起了他对华清宫和端正楼里美好时光的回忆。白居易的诗句"春芽细炷千灯燄，夏蕊浓焚百和香"描绘了阳光灼烧下杏仁风味与玫瑰香相融的场景，这一情境非常温馨。这些故事和情感又与白居易的作品相互呼应，令人不禁联想到历史和文学之间的关联，以及美妙与苍凉之间的微妙平衡。

岁月的长河常常淹没许多人和事，但某些事物永不随时间褪色。那些真正镌刻在历史画卷中的人物，总会在时光中显现出他们真正的价值。**白居易的诗歌向我们展示了整个中唐时期的兴衰沉浮，也让我们领悟到了何谓真正的文人风骨。**文人风骨从来不仅仅是琴瑟之音和花前月下的抒怀。它包含着在乱世之中文人希望以个人力量改变局势的雄心，是看到百姓流离失所后怀抱的创建和平的愿望，亦是在喧嚣中选择退隐的坚定，是在繁华过后保持的洒脱与平和。

白居易用他一生的经历展现了自己独有的风采。他的人生曾经颠沛流离，充满苦难，但他从不低下头颅，从不屈服于权贵，也从不失去他的文人风骨。遥望着广袤的大地，岁月变幻莫测，白居易已然长眠于泉下。光阴荏苒，尘土掩埋了他的遗体，但他的诗篇传颂千古。

时光斑驳，他的诗心依然清晰，他的文学风骨依旧挥洒。伴随着清风，他的灵感飘散在浩瀚的山河之间，如同风中的花瓣，洒在一个名叫杜牧的诗人身上。在朦胧的烟雨中，他驾驶一叶扁舟，靠近秦淮河的岸边。笙歌绕指，舞者婀娜，他品尝着一杯清凉的酒，轻轻挥毫，延续着白居易未完成的诗篇。

他轻轻地来，又悄然离去。以诗为名，他的心境如皓月一般清澈，留在了千古山河之间，永恒传世。当最后一笔写下，心头涌起万千感慨。白居易的生命匆匆流逝，却留给我们深刻的思考。我们都曾在短暂的岁月中停留，那些瞬息即逝的感觉或许会永恒存留，时间会冲刷掉不堪回首的往事，而最终留下的将是美好的瞬间，凝结成永恒的回忆，在时光的深处熠熠闪光。

走过白居易的一生，你是否能深刻感知到，那份不受宗教束缚的豁达，最终是生命的锤炼。他诞生在一个不算卑微的官宦家庭，从小受到良好的文化熏陶，然而命运却将他置于一个充满战乱的时代，不得不四处流浪，一生漂泊。他曾陷入困境，也曾坚持不懈，如同每一个人一样，经历风雨，经历坎坷，追寻内心的理想之光，追求那些如流沙般难以把握、难以触及的美好。他为了梦想，为了那些仿佛逐渐流失、难以触及的美好，奋斗了一生，不断追求。唯恐一旦松懈，梦想将瞬间消逝。他无数次渴望那一刹那的成功和欢乐，真正登上梦想之巅时，却发现这一步只是人生新篇章的开端。

实际上，我们都如出一辙。怀揣着满腔热情，站在未知的茫茫人生旅途上，不清楚下一步会展现怎样的风景。然而，在历经沉浸与拼搏之后，我们回首曾走过的道路，那份心酸，才是最深刻的。但即便经历了苦难，我们也要坚定地书写自己的生命篇章。如果将起点和终点看作早已确定的标志，那么从起点到终点的漫长征程足以成就我们的一生。

总有一天，你将凝视夕阳西下，照耀着你苍老的容颜。那时的你可能会露出满足的微笑，感受着这一生带来的美好，也有可能感觉"人生不值得"，从而渴望再活一遍。但无论如何，这个故事，终究得有个结尾。

书写至此，梦想长存。

实际上，我们的愿望并不多，只是在匆匆的人生中多停留一下，欣赏曾经的美景。

人生总是交织着悲欢离合，不要让今天的悲伤侵蚀了明日的希望，也不要让此刻的喜悦迷失了曾经清醒的自己。

但愿乐天无长恨，人生总是悲喜纵横，只愿我们能跟白居易一样，在故事的最后，说出一声：

"无悔。"

杜牧

我用了五十年才明白,
人生又怎么可能没有无奈

题记

他是唐代伟大的文人,出身名门望族,与同宗的杜甫并称。他的容貌俊秀,歌舞技艺出众;他的诗歌如人一般,清新飘逸,充满豪情。他钟情于美丽的女性,常常光顾青楼,甚至留下了"楚腰纤细掌中轻"的佳句,因此被誉为风流情圣。然而,鲜为人知的是,他还是一位军事奇才,曾专心研究《孙子兵法》。他的书法艺术作品流传至今,字迹飘逸潇洒,备受众多文人墨客珍藏,并受到了极高的评价。

大和(或作太和)二年(828),洛阳城热闹非凡。一场宴会中,礼部侍郎崔郾沉醉在酒杯之中,欢声笑语。然而,酒兴正浓,一名来访的贵客吴武陵的到来打破了宴会的宁静。崔郾闻讯,立即披上官袍,亲自前去迎接吴武陵。

两位士大夫落座后,吴老不拐弯抹角,直截了当地表明了来意。他言道:"无须拘谨,今日我前来,唯一目的,是为一人荐才。近来太学内传言甚广,众生议论纷纷,皆因有一篇文章令人震撼不已。我亦深感其卓绝之处。特赠一览予君。"说罢,吴老抽出一卷轻羽纸,流畅地吟咏起其中的文字:"六王毕,四海一,蜀山兀,阿房出。覆压三百余里,隔离天日。

……使天下之人,不敢言而敢怒。独夫之心,日益骄固。戍卒叫,函谷举,楚人一炬,可怜焦土!呜呼!灭六国者六国也,非秦也;族秦者秦也,非天下也。嗟乎!使六国各爱其人,则足以拒秦;使秦复爱六国之人,则递三世可至万世而为君,谁得而族灭也?秦人不暇自哀,而后人哀之;后人哀之而不鉴,亦使后人而复哀后人也。"崔郾乃也是鉴赏之人,初念文章几句,已然目瞪口呆,赞叹之情溢于言表。这气象,这文辞,实乃绝世之作!

吴武陵慢慢读罢,心中一片笑意,欣然道:"阁下意下如何?此人才,当得中状元否?"

崔郾仍沉浸在文章之中,不禁拍案而起,言辞激昂:"不可思议!此作者何人,何等名家?"

吴武陵微笑着揭开谜底:"此人乃杜牧,即今年科举的一位考生,阁下可否为他颁赐中状元之尊?"

崔郾闻言略显尴尬,轻声道:"实属抱歉,状元之位已然选定……"

吴武陵颇有些不悦,嘴角微微一扬,言辞坚定:"那么,颁赐他个三甲如何?"

崔郾低垂着头,声音略显沉重:"前三名亦已决定……"

吴老满腔怒火,不禁蓄发胡须,厉声道:"第五名,总应当可行!若如此都无望,那便将此赋交还于我,看看是否有比此更佳之作!哼!"

崔郾只能苦笑答应。就这样,伟大的诗人杜牧便以第五名进士之尊崭露头角,而状元韦筹则化为历史的幽影,渐渐湮没在岁月长河中。

(一)

你的名字,叫作杜牧。

贞元十九年(803),在唐朝繁华的首都长安市中心,京兆杜氏的名门望族传来一声新生婴儿的啼哭声,那声音的主角便是你。

这一年可谓好事成双,你的祖父杜佑升至宰相之职,使得家族声望达到了巅峰。

那时,你的家族究竟有多么显赫呢?当地人用一句俚语来形容:城南韦杜,去天尺五。

这句话的意思是,你们的地位高贵得近乎超凡脱俗,仿佛距离天堂只有一尺五寸。

你的家族并非普通的豪门,而是那种拥有绝世财富和势力的超级家族。从魏晋南北朝时期开始,杜家世代出产高官,声威显赫已有百余年历史。家族中有无数杰出的名人,**如西晋名将杜预,曾任当阳侯;唐代著名诗人杜审言,与苏轼的祖先苏味道同为"文章四友"。而你的堂兄杜悰还娶了唐宪宗的长女岐阳公主,家族堪称正统皇亲国戚,可谓声势浩大,令人叹为观止!**

更值得一提的是,老杜(杜甫)和小杜(杜牧)两位有同一远祖的亲戚,尽管血统已经稀释了十多代,仍然享有贵族地位。这一份家族基因似乎具备着不可思议的优势。

你对于家族中的名人充满敬佩,特别是对于杜甫这位共享远祖的亲戚,你曾言之凿凿地赞誉道:"李杜泛浩浩,韩柳摩苍苍。近者四君子,与古争强梁。"你视李白和杜甫的诗歌如浩瀚的大海,韩愈和柳宗元的文章如广袤的天空。这四位文学巨匠与古代的伟人一决高下,堪称文坛的绝世风采。

你的祖父杜佑曾花费三十六年的心血,创作了中国历史上首部内容详尽、体例完备的政书——《通典》,详细记述了历代典章制度的演变。这一杰出之举,开创了中国历史编纂学的新纪元。杜佑还以提携年轻才俊著称,曾赏识并提拔年轻的刘禹锡,让他担任淮南节度使幕府掌书记。你,作为杜家众多杰出后代之一,承载了家族的光荣传统,并在文学和政治领域留下了不朽的印记。

所以有这样的家室,你是特别自豪的,你曾写下一首诗:

冬至日寄小侄阿宜诗

我家公相家,剑佩尝丁当。
旧第开朱门,长安城中央。
第中无一物,万卷书满堂。
家集二百编,上下驰皇王。
……

你把对于自己家室的自豪感写进了诗中,我家位于长安市中心,拥有一座豪华的四合院,代代传承出高官显贵。除了财富和权势,你们家还拥有丰富的文化底蕴,家中的藏书丰富到足以开设一座图书馆。你们家族中的文化精英代表者有你的祖父杜佑。杜佑不仅担任高官,还拥有博学多才的品质。

你深受祖父的影响，自幼勤奋学习，不仅精通文史经典，还对兵法产生浓厚兴趣。尽管家族背景显赫，你却不愿依赖家世，而是决心凭借自身才华取得成就。在贵族式的教育环境中，你逐渐发展成一个才情出众、文武兼备的少年英才，能文能武，具备艺术修养。

然而，在你十岁那年，家庭陷入了巨大的变故。先是历任三朝宰相的祖父去世，不久之后，父亲也离世了。

这一连串的变故令家庭生活质量急剧下降。虽然你们拥有豪宅，拥有三十多间房间，但由于家计管理不善，房产被抵押，奴仆纷纷离开，一家人的生活陷入贫困。

"由俭入奢易，由奢入俭难。"习惯了贵族生活的你，突然面临如此巨大的变故，心理上的冲击可想而知。然而，苦难有时也是一种财富。你一直怀有远大抱负，你对现实深感关切，经历生活的困苦，使你的思想更加成熟。

长庆四年（824），唐穆宗染上重病，年仅十六岁的唐敬宗登基执政。然而，唐敬宗的统治并不像一个皇帝，反而更像一个孩童。他喜好踢足球，观看搏斗比赛，甚至在深夜时抓捕狐狸。他缺乏雄心壮志，纵欲无度，这种状态怎么可能胜任帝位呢？有一次，唐敬宗计划前往洛阳巡游，提前要求修葺宫殿以及沿途的行宫。

你得知此事后，着手创作《阿房宫赋》。

在这篇赋文中，你生动地描述了秦始皇所建宫殿的奢华和壮观，然后在结尾部分尖锐地提出了自己的观点：秦国尽管拥有巨大的财富，但仍然灭亡了。灭亡的原因在于奢侈和贪欲，而某些人似乎未能汲取历史的教训……

六王毕，四海一，蜀山兀，阿房出。覆压三百余里，隔离天日。骊山北构而西折，直走咸阳。二川溶溶，流入宫墙。五步一楼，十步一阁；廊腰缦回，檐牙高啄；各抱地势，钩心斗角。盘盘焉，囷囷焉，蜂房水涡，矗不知其几千万落。长桥卧波，未云何龙？复道行空，不霁何虹？高低冥迷，不知西东。歌台暖响，春光融融；舞殿冷袖，风雨凄凄。一日之内，一宫之间，而气候不齐……

呜呼！灭六国者六国也，非秦也；族秦者秦也，非天下也。嗟乎！使六国各爱其人，则足以拒秦；使秦复爱六国之人，则递三世可至万世而为君，谁得而族灭也？秦人不暇自哀，而后人哀之；后人哀之而不鉴之，亦使后人而复哀后人也。

这篇文辞犀利，既讽刺时局，又饰以华丽的笔触，彰显了你的才情和卓见。这一篇赋文一经发表，便引起轰动。

文坛众多才子纷纷赞叹：京兆杜牧，前途不可限量！

（二）

大和二年（828），年仅二十六岁的你踏上前往洛阳参加科举考试之路。然而，称之为考试可能有些不准确，更应该说是，你，受到了特别推荐。

由于你的门第和才华都异常出众，考试前就有二十多位朝廷要员竞相为你写推荐信，场面堪比如今清华北大争相争夺高考状元的盛况，其中太学博士吴武陵更是付出了特别大的努力。经过你的不懈努力，你最终以第五名的成绩成了进士，后来你更是凭借过硬的实力成功通过了由皇帝亲自主持的制科考试。在不到一年的时间里，你连续两次考中进士，前途一片光明。

你心情大好，骑着高头大马，与其他三十多位新科进士一同在街上尽情畅游。

尽管洛阳的春花还未绽放，但你的内心早已如春花一般盛开。你迫不及待地写信给在长安的朋友，嘱托他们准备好酒席，因为你将带着录取通知书赶回来，即将举办庆祝宴会。

及第后寄长安故人

东都放榜未花开，三十三人走马回。
秦地少年多酿酒，已将春色入关来。

这一刻，年轻成名，金榜题名，你实现了多少人在一生中努力追求的梦想。

你或许不免感到自信过于膨胀，以为前方将是一片坦途。然而，你不知道的是，当时的大唐风云变幻。晚唐时期，政坛陷入危机，危机四伏。外有藩镇割据、异族入侵，内有宦官乱政、牛李党争，每一项都使人忧心忡忡。唐文宗深感厌恶宦官干政，渴望摆脱这个政治毒瘤。然而，奸臣郑经和李训因迎合皇帝的意愿，深受青睐。当时就有传闻称，郑经将被任命为宰相。

李甘是你的志同道合的朋友，他与你同年考取制科，听闻这一传闻后,毫不犹豫地表示:如果郑经被任命为宰相,我将毫不犹豫地撕毁诏书!最终,郑经并未成为宰相。

然而,这场争端留下了矛盾。郑经在皇帝面前告状,以某种借口将李甘贬出京城,而李甘后来在贬地去世。你的另一位朋友李忠敏也因反对郑注而选择辞去职务,归隐山林。

你目睹两位朋友相继遭到迫害,但无力伸出援手。朝廷充斥奸人,危机四伏,你毅然上书请求调到洛阳任职。这一决定使你最终躲过一场政治风暴,然而你对当初因畏惧而未能挺身而出为朋友辩护深感自责。

就在同年十一月,"甘露之变"发生了。

本由郑注策划的行动,意在一举消灭宦官的权力,却被仇士良等人察觉,反击发动,导致了一场大规模的政治屠杀。包括宰相在内的一千多名官员惨遭杀戮,宫殿内鲜血淋漓。这次事件使宦官的势力变得更加强大,甚至可以左右皇帝的废立之事。你深感震惊,也慢慢地感到这个世界充满了危险。

登上城楼,你被一股深深的无力感笼罩:"城楼之巅,望尽四方,只见朝野风云变幻,时局如潮汐般不可捉摸。"

于是,你写:

题敬爱寺楼

暮景千山雪,春寒百尺楼。

独登还独下,谁会我悠悠。

（三）

　　你郁郁寡欢地漫步在洛阳街头，不经意走到一家普通的酒家门前，看到一位女子正在卖酒。她身穿朴素，脸上显露出疲惫，但无法掩盖她的清秀容颜。你觉得她似曾相识，经过一番仔细观察，你终于惊呼出声："张好好！原来是你！"

　　那女子抬头一看，惊讶之情溢于言表，她看到了已经有十多年未谋面的故友，瞬间眼泪汪汪，生意也不再做，立刻冲上前拉着你唠家常。

　　大和三年（829），你通过进士考试后不久，得到江西观察使沈传师的推荐，被派往江西的洪州，担任团练府巡官。沈家与杜家有着世代的友谊，尤其是沈传师和他的弟弟沈述师都是文学爱好者。你常常光顾沈述师的家，欣赏音乐舞蹈，分享美食美酒。正是在这段时光里，你结识了沈家府上的一位歌女，名叫张好好，一见如故，心中为之一振。

　　才子遇佳人，有时仅仅需要一个眼神的交汇，便能感受到心有灵犀的默契。然而，就在两人间情愫渐浓，美好未来即将展开之际，那位对张好好情有独钟的主人抢先一步，将她收为小妾。

　　爱情的花朵还未来得及绽放，便夭折了。你颓然不已，却也只能心有不甘地作罢。而如今物是人非，短短几年前曾经备受宠爱的美丽歌女张好好，只能在洛阳的酒家卖酒为生。

　　张好好也不禁感叹：短短几年，怎么你的头发都已经泛白了？

　　你随之将自己的遭遇告诉她。在这天涯海角的相逢之下，两人情不自禁地倾诉起各自的遭遇。你们边聊天，边回忆往事，慨叹不已，直到夜幕降临才告别。回到寓所后，你感慨万千，为了纪念这次意外重逢，你写下了一首名为《张好好诗》的长诗。

张好好诗

君为豫章姝，十三才有余。

翠茁凤生尾，丹脸莲含跗。

高阁倚天半，章江联碧虚。

此地试君唱，特使华筵铺。

主公顾四座，始讶来踟蹰。

吴娃起引赞，低回映长裾。

双鬟可高下，才过青罗襦。

……

这卷麻纸上的情诗，不仅文字清丽，而且字迹飘逸，堪称精湛的艺术杰作。你那份由硬笔挥洒而成的情感奇作，在麻纸之上独具风采，书法力道刚劲有力，被誉为唐代书法的珍品之一。这卷墨迹不仅代表了唐代诗人和书法家的杰出才情，还是极为稀有的唐代名人书法作品之一。

许久之后，宋徽宗在《宣和书谱》中也为其点赞："气格雄健，与文章相表里。"

清代叶奕苞在《金石录补》中也赞誉你的书法为"潇洒流畅，深受六朝风韵之熏陶"，你的书法堪称继颜真卿、柳公权之后的又一名家之作。

这幅杰出之作的历史跌宕起伏，与你本人的命运如出一辙。它曾历经宋徽宗、贾似道的鉴赏，后被明代的项元汴和张孝思所珍藏。清代乾隆年间，又荣登皇宫内府的珍宝之列。

民国时期，溥仪被迫离开紫禁城，仍然带着这件宝贝。直至1956年，张伯驹无偿捐献了《张好好诗帖》，这份你创作的书法瑰宝终于找到了永久、最好的归宿，成为故宫博物院的珍贵馆藏。

时光流转，开成二年(837)，你的弟弟发来一封信，消息让你心如刀绞。你弟弟杜凯从小就患有严重的眼病，而现在情况日益恶化，眼睛即将失明。

你感到深深的焦虑和无奈，立即请假赶往扬州，一心一意要照顾弟弟。抵达扬州后，你心情沉重，对于城市的景色和游玩兴致全然没有。你们选择在城市郊外的竹西寺安顿下来，这里宁静幽雅，蝉鸣和雨后的清新空气充溢在寺庙中。古老的台阶上铺满绿苔，只有偶尔飞来的鸟儿为你们做伴。

清晨，薄雾笼罩着，古老的松树和桂花散发着宜人的清香。阳光透过小楼的窗户洒在地面上，勾勒出一幅宁静和谐的画面。这竹西寺虽然位于繁华的扬州，却是一片静谧之地，让人难以想象这座城市也能有如此幽雅之所。

题扬州禅智寺

雨过一蝉噪，飘萧松桂秋。
青苔满阶砌，白鸟故迟留。
暮霭生深树，斜阳下小楼。
谁知竹西路，歌吹是扬州。

按照当时的规定，百日的请假期已过，你自动离职。然而，与失去工作相比，你更加焦虑的是如何维持生计和治疗弟弟的眼病。为了谋生,你只得写信向宣州的熟人求职。这里曾经是你早年工作的地方,如今又回到了这里,仿佛时光倒流,又踏上了熟悉的土地。

回首过去的十年,你的生活看似光鲜亮丽,每天都有美酒相伴,时常沉浸在江南的美丽景色之中。然而,只有你自己明白,这段时光虽然充满风光,却也充满了无法实现壮志的苦闷。

你不禁感慨多少人能够理解你内心的忧愤,而岁月的流逝使得你的抱负愈加难以实现。

自宣城赴官上京

潇洒江湖十过秋,酒杯无日不淹留。
谢公城畔溪惊梦,苏小门前柳拂头。
千里云山何处好,几人襟韵一生休。
尘冠挂却知闲事,终拟蹉跎访旧游。

然而,你似乎与在京城的官员生活格格不入。每次回京后,不久之后就会被调离。这次也不例外,不到四年,你就再次被踢出核心官职圈子。

原因在于当时李党的首领李德裕成了宰相。李德裕尽管欣赏你的才华,却把你归为了他最痛恨的牛党的一员。这一切,只因你曾受到牛党领袖牛僧孺的青睐,使你无法更进一步。

会昌二年(842),你被派往黄州,担任刺史,相当于市长的职务。这倒算是一个比较宽松的安排,至少没有被身上的官职束缚着。

你来到这里,亲身考察民情,制定了减轻人民负担、减少税赋的政策,为当地人民解决各种问题。后来,你又相继被派往池州(安徽贵池）和睦州（浙江建德），在这些小县城担任扶贫干部，整整七年时间。

你的工作表现相当出色，但身在异乡，远离亲友，你感到孤单和郁闷，尤其是在这样偏僻的地方，娱乐活动更是稀少。不过，黄州虽然偏僻，却有着美丽的自然风景，城郊的兰溪，溪边盛开的兰花如同花海，散发出芬芳的香气。在这里，你也能够观赏到这一片美景，仿佛与大自然融为一体。这片土地曾经欢迎过苏轼，他在这里游玩时，也留下了这样的诗篇：

游兰溪

山下兰芽短浸溪，松间沙路净无泥。
萧萧暮雨子规啼。谁道人生无再少？
门前流水尚能西！休将白发唱黄鸡。

你却无法如此开心，尽管你没有受贬谪，但内心更加沉郁。站在兰溪之畔，你看着盛开的白兰花，回想起将自己比作兰花的屈原，不禁感到悲愤交加，仿佛屈原当年怀愤投江自尽的一幕，就在自己眼前。

兰溪

兰溪春尽碧沄沄，映水兰花雨发香。
楚国大夫憔悴日，应寻此路去潇湘。

会昌四年（844），你的心情颓丧。最近几年，朝廷内外骚乱不断，而你多年来的兵书研究和报国热情都无法得到发挥。李德裕甚至在采用你的兵学建议后把你排除在内，如果用现代方式表述，简直像怕付版权费一样。

就在此时，你突然收到了一封信：阿杜，一直以来都在关注你，能见一面吗？

信中还附带了一张船票，对方竟然如此不请自来。

你看到寄信人的名字时，心中充满喜悦：张祜！这不就是那位写下"故国三千里，深宫二十年。一声何满子，双泪落君前"的前辈吗？

你迅速给予诚意满满地回复：久闻前辈大名，对您的才华仰慕已久，本应早就前来拜访，未曾料到您亲自造访，实在让晚辈受宠若惊！

你还附上了一首极尽赞美的诗歌，赞美了张祜的卓越才情，认为他的名气远超过建安七子和曹操，只可惜没能谋得一份官职，感到非常遗憾。

过了几天，张祜按约而至，你亲自设宴接待他。

你和张祜相聚欢谈，将各自的旧作拿出来交流。其中，张祜特别喜欢并称赞的那首长诗《杜秋娘诗》，正是你为那位命运坎坷的女子杜秋娘创作的。

两位文人品着美酒，相互赞美交口称誉。张祜的名声不小，然而运势却一直不佳，他的人生似乎错过了两次逆袭的机会。

张祜不无怨言地对你说："曾有两次逆袭的机会摆在我面前，可惜我福薄，每次幸运女神光临，我都巧妙地躲开了……"

你对这段往事略有耳闻，但细节并不清楚，于是好奇地问道："张兄以您的才情和学识，怎会陷入如此境地？难道是有人从中作梗？"

张祜不禁抱怨起来："当年令狐楚相公曾向皇上举荐我，本来已是十拿九稳了，谁知当皇上询问元稹的意见时，那小子居然说：张祜的诗作只是雕虫小技，提拔此人可能会损坏风教！于是，皇上就此作罢……"

你感到遗憾：元稹的诗词在我看来，跟您比还是略有逊色，另一次又是怎么回事？

张祜继续解释："另一次的主人公正是元稹的好友白居易。当时你在杭州担任刺史，我特地前去请求他为我举荐进士，可偏偏另一个叫徐凝的年轻人也前来应试。白居易便出题让我们写诗，最终徐凝被选中，这也是我耿耿于怀的一桩事情……"

你感到义愤填膺：这两位人物的诗文尚可。但他们两人有何资格对您指手画脚呢？张祜兄，不必太过计较这些。

你是个才子，也不免有些毒舌之词。

你向来以杜甫、李白、韩愈这些文坛巨匠为楷模，对于诗文创作要求极为严格，因此，你很少对当代的诗人予以高度评价。你并不赞成李贺诗歌的晦涩难懂和过于华丽的文辞，也不欣赏白居易、元稹等人的通俗和直白风格。

你为张祜抱屈，实际上也有些自身的遭遇感受。你自己同样因受到他人的种种阻挠，无法在政治舞台上实现抱负。

逢重阳佳节，秋高气爽，两位文人佐以美酒登山游玩。你们俯瞰远处江山的秋景，观赏大雁高飞，共同享受着美丽的自然景色，不禁心情愉悦。

有美酒，有亲友，有秀美景致，怎能没有诗意的陶然？你毫不费力地挥毫，创作出一首流传千古的佳作：

九日齐山登高

江涵秋影雁初飞,与客携壶上翠微。
尘世难逢开口笑,菊花须插满头归。
但将酩酊酬佳节,不用登临恨落晖。
古往今来只如此,牛山何必独霑衣。

这几句诗,勾勒出一幅秋高气爽的山水景色。文字间透露着豪放与落寞,仿佛让人亲临当时的场景。尽管你心怀悲愤未能抒发抱负,但这种情感以豁达豪放的笔调流露,你堪称晚唐的李白。

在池州度过了两年,此时你的上司李德裕已经下台,你开始满怀期待,相信自己将很快回到你一直梦想的长安。

然而,对你来说,后来收到的调令是前往浙江建德的睦州担任刺史,这让你感到非常失望。睦州,和之前的黄州、池州一样,都是偏远而相对落后的小州。

在深秋时节,你站在河边,看着景色荒凉而寂寥,一只小船缓缓驶过一个个山峦。

你站在船头,自我反省自责道:啊,或许是因为我过于纯粹,太过正直,不懂得变通。我何必学习张纲那种疾恶如仇的作风,结果却让自己离乡背井,四处漂泊,一事无成……

张纲是东汉时期一位以刚正不阿、疾恶如仇而著名的官员。你原本有意效仿他的正直,然而你在一路坎坷之后,开始怀疑自己的选择。

在睦州的时候,你倍感郁闷,频繁地给朝中的权贵写信,倾诉自己的苦衷。幸运的是,你拥有广泛的人际关系和家族的社交网络,这让你没有陷入绝境。

大中二年（848），你终于得到了宰相周墀的推荐，使你得以回到长安，担任了司勋员外郎和史馆修撰的职务。

重返长安，对你来说，心情复杂。在七年的流浪之后，你感慨万千。

这一年，你已经四十六岁，距离你二十六岁那年的进士考试已经整整过去了二十年。你的堂哥杜悰已经担任宰相之职，而你自己，只是一个中级官员。这让你觉得自己没有充分发挥自己的潜力，错失了原本可以拥有的更大的成就。

你反复审视自己，最终得出一个结论：自己过于坚持正直，将来必须更加圆滑一些，不能再学习张纲那样的刚正不阿。生活的磨难已经磨去了你少年时的锋芒，政坛的险恶更使你丧失了当年的壮志豪情。这时的你，只愿安安稳稳地过上普通日子，老老实实等待着领取退休金。你感觉自己就像一块普通的布料，完全没有自主权，只能被随意裁剪。

自贻

饰心无彩缋，到骨是风尘。

自嫌如匹素，刀尺不由身。

一口气概述

大中三年（849），晚唐文坛上最耀眼的双子星——小李杜，终于相会了。如果说大李杜的相聚与交往是文学史上的佳话，那么小李杜的这一次相聚，可以形容为史诗级的翻车现场。

某一天，李商隐，已经靠着写诗红遍大江南北的名人，谦卑地给文坛巨匠杜牧发了一条私信，表达了想要建立友谊的愿望。他耐心等待，但等待了很长时间，你没有做出任何回应。

李商隐有些失望，然后安慰自己：他可能太忙了，没有看到我的消息，我再试一次。

于是，他写了一首更加长篇的诗，真诚地夸奖了你，表达了希望和你成为朋友的愿望。然而，日子一天天过去，你仍然没有回复李商隐。

李商隐坚持不懈，写了一封信："你在吗？"

很快，收到了回复："对方已将您删除好友！"

初看之下，似乎是你对这位出身贫寒的文坛新人不够友善，显得高傲。然而，如果仔细阅读李商隐的诗，我们就能理解你的态度。

李商隐在送给你的诗中，写道：前身应是梁江总，名总还曾字总持。

你的字是牧之，而李商隐为了制造一点幽默，将你的名字和历史上的江总进行了比较。首先，历史上的江总的名声并不太好，将其与你相比较，不会让人感到愉快。

其次，你比李商隐年长九岁，作为晚辈，调侃长辈的名字似乎有点不合适。

当然，你和李商隐没能成为亲密无间的朋友，原因可能有很多，包括当时的政治斗争和派系之争。

你曾受到牛僧孺的赏识，被视为与牛党有关，而李商隐的情况更加复杂，曾受恩于牛党的令狐楚，后来成为李党的女婿，最后还为牛党的牛僧孺写墓志铭，导致两派的人都对他不满。总之，由于各种原因，小李杜无缘成为好友，这是一种遗憾。

抵达长安还不满一年，你就连续写了四封信，请求外派到杭州或湖州。渴望离开令人艳羡的京城，选择前往地方担任官职，背后究竟是何原因呢？你的信中提到的原因是：京官的薪水相对较低，难以养活你失明的弟弟一家及自己的妻儿。而湖州是一个相对富裕的大州，你预计在那里的收入会更高。然而，更深层次的原因可能是**此时的你已经失去了年轻时的雄心壮志，对朝廷的清明政治不再抱幻想。**

大中五年（851），你最终获得宰相的批准，实现了你的愿望，前往湖州担任刺史。在离开前，你来到城郊的乐游原，望着不远处的唐太宗陵墓，自然联想到太宗创建的贞观之治。彼时政治清明，人才辈出，与如今的奸臣当道、朝政腐败形成鲜明对比。你不禁感叹：

将赴吴兴登乐游原一绝

清时有味是无能，闲爱孤云静爱僧。
欲把一麾江海去，乐游原上望昭陵。

回到梦中的江南，你兴奋不已，满心欢喜。你重拾了年轻时的浪漫生活习惯，常常带着美酒和佳人，寻找宜人的风景，度过美好的时光。然而，仅过一年，你再次被召回长安。尽管你内心渴望在江南度过余生，但你必须再次踏入政治斗争的官场，不得不违心地遵守官场的规则，这使你备受煎熬。

在官场上，你逐渐晋升，一直升到了中书舍人这一五品高官。然而，此时的你早已不再抱有当年的雄心壮志。凭借在湖州积累的收入，你终于有足够的财富来修缮你儿时的故居，这座位于长安郊外的樊川别墅。你常常在别墅里招待亲朋好友，尽情享受晚年生活。年轻时你曾写下这样的豪放词句："平生五色线，愿补舜衣裳。"而到了晚年你的诗句里则充斥着深思熟虑："三吴烟水平生念，宁向闲人道所之。"

当年的诗酒之乐已被平和和安稳取代，你已经愿意放下曾经的豪情壮志，享受来之不易的富贵和宁静。这是你生命中不同阶段的转折，你的人生如同一幅多彩的画卷，记载了你的坎坷、梦想、追求和成长。岁月不饶人，你也逐渐老去。尽管你未能实现自己治理国家的宏愿，最终的官职也只是一州刺史。然而，你对每个地方的职责都认真履行，不断努力，竭尽全力为百姓做出贡献，为那些生活在动荡时代的人带来一丝温暖。

有一年秋天，你外出游玩。你驾车驶入曲曲弯弯的小路，逐渐升上山顶。山上雾气袅袅，村舍点缀山间。居民们过着宁静的生活，远离尘嚣，无忧无虑。红色的枫叶在微风中轻轻作响。这是多么美好的景色，仿佛进入了仙境，自由自在，宛如一幅梦幻画卷。

山行

远上寒山石径斜,白云生处有人家。
停车坐爱枫林晚,霜叶红于二月花。

在这个令人陶醉的秋日景致中,你感叹人生风景多姿多彩,流连忘返,不禁生出一种对岁月的淡然和领悟。而扬州,对于你来说也是重要的地方。除了钟情扬州和美女,你也以读史论道和忧国忧民的诗歌而著称。在到扬州之前,你就创作了著名的《阿房宫赋》。其中的这段文字表达了你对历史的深刻洞察力:"呜呼!灭六国者六国也,非秦也。族秦者秦也,非天下也。嗟乎!使六国各爱其人,则足以拒秦。使秦复爱六国之人,则递三世可至万世而为君,谁得而族灭也?秦人不暇自哀,而后人哀之。后人哀之而不鉴之,亦使后人而复哀后人也。"这段文字充分显示出你作为一位历史学家孙子的独到洞察力,对于六国并秦的历史背景有着深刻的理解。

在抵达扬州之前,你还创作了《赤壁》一诗。这首诗表现出你对赤壁之战的深刻理解:"折戟沉沙铁未销,自将磨洗认前朝。东风不与周郎便,铜雀春深锁二乔。"你没有直接谈论胜者与败者,而是通过描述铜雀台上的大乔和小乔,间接表达了赤壁之战胜者的力量与结果。到达扬州后你流连于青楼,写下了《泊秦淮》一诗,表达了你对江南风景和社会状况的思考:"烟笼寒水月笼沙,夜泊秦淮近酒家。商女不知亡国恨,隔江犹唱后庭花。"这首诗表现了你对江南景色的赞美,同时也反映了你对国家沦亡和社会问题的忧虑。

你还以《过华清宫》表达了对唐朝统治者的批评,其中的"长安回望绣成堆,山顶千门次第开。一骑红尘妃子笑,无人知是荔枝来"通过诙谐的语言，讽刺了唐玄宗等人的统治方式。这些诗歌反映了你不仅是一位风格优美的文学家，还是一位有深刻政治洞察力的诗人，你以独到的视角探讨了历史、政治和社会问题。

大中五年（851），你唯一的弟弟杜顗不幸离世。你对此深感悲痛，你们兄弟自小便相依为命，你常常请假，四处奔走，寻医问药，为了照顾疾病缠身的弟弟，甚至愿意放弃光鲜的京官职位，前去幕府工作。

然而，尽管你不遗余力，你的弟弟仍早逝。

大中六年（852年），长安樊川别墅。

你坐在火盆旁，手中捧着你一生的诗文。一篇一篇，你仔细审阅，毫不留情地将不满意的作品投入火盆，看着它们被熊熊烈焰吞噬。只有那不多的十分之二三的作品得以幸免，被交托给你的侄子，整理编纂成了《樊川文集》。这些作品代表了你一生的心血和文学成就，你将它们传承下来，作为自己的文学遗产。

尽管你此时仅五十岁，但你深知生命已经走到尽头。你毅然拿起笔，撰写了一篇短文，题名《自撰墓志铭》。在这篇墓志铭中，你按照传统的格式，详细记载了自己的姓名、出生地、家族背景、官职经历、妻子、子女、逝世日期、寿命、安葬地等，丝毫不涉及华丽的修辞或文学创新。然后，安静地，你离开了人世，结束了自己的一生。

这个结局充满了静谧和庄严，正如你的诗歌一样，深邃而平实，反映出了你坚韧的性格和深刻的人生体验。这是一个文学巨匠结束自己的生命旅程，也是一位晚唐文学巨匠的文学扉页，给人以沉思和敬意。

幸运的是，你的外甥早在你去世之前就机智地抄写并备份了你的诗稿，因此，这些珍贵的作品得以流传至今。

生命中的一切繁华和风流，最终都会回归于平淡与安静。回顾杜牧一生,他曾执掌监察御史之权,担任刺史和吏部员外郎等职务,但这位豪放不羁、自负才情的文人常常遭受排挤和挫折,他的仕途曲折坎坷。他经历过荣耀,也遭遇低谷;曾经成功,也感受失败;快意过,也承受痛苦;风流过,也经历平淡。他的一生充满了矛盾、纠结和分裂。

那么,杜牧是如何对待这一生中的矛盾与纠结的呢?

在他的墓志铭中,有一段奇怪的记述,一个关于死亡的梦境。他梦见自己写下《诗经·小雅·白驹》中的一句话:"皎皎白驹,在彼空谷。"但旁边有人说:"这里并非空谷,只是白马从缝隙中穿过。"

这个"白驹过隙"的典故源自《庄子·知北游》:"人生天地之间,若白驹之过隙,忽然而已。"

这个典故如今已经成为一个成语,用来形容时间飞逝。它提醒我们,无论生命有多长,无论我们的人生如何起伏,矛盾和纠结,最终都会随着时间的推移而烟消云散。

时间是公平的,它不分贵贱高低。"人生直作百岁翁,亦是万古一瞬中。"

我学的第一首杜牧的诗,是《清明》:

清明

清明时节雨纷纷,路上行人欲断魂。

借问酒家何处有,牧童遥指杏花村。

那时我就感觉杜牧这个人有点伤感,也有点疑惑:这么伤感的时候,怎么还有心思去找地方喝酒呢?后来我才明白,写这首诗的时候,是会昌四年(844),四十二岁的杜牧在池州(今安徽池州)担任刺史。

"路上行人欲断魂"这句诗中的"欲断魂"表达了杜牧内心的痛苦和迷茫。这并非因为当时的天气阴暗或对逝去亲人的思念,而是因为他自己,作为这路上的行人,深感唐朝在经历"安史之乱"后所遭受的破坏和困苦。在"安史之乱"之后,唐朝的经济受到了重创,土地荒芜,社会陷入了严重的困境。"荒草千里"的景象正是当时社会的写照,土地不再肥沃,人民生计困难。杜牧的"欲断魂"表达了他对这种景象的深切忧虑和内心的痛苦。他来到池州,要治理这片土地,改善百姓的生活,这正是他对时局的回应和承担。这首诗在描述自然景物的同时,通过行人的内心状况,反映了社会的苦难和杜牧的忧虑。这种情感让这首诗更富有文学性,更富有深度。

杜牧,一个曾经风流倜傥的才子,一生饱经风雨,深谙人生百味。人们常常迷恋他年少时的风流,但我深切想要窥探他五十岁时内心的深处。

你知道,杜牧最让我铭记的作品是什么?并不是那些充满雄壮气概的"六王毕"或者"铜雀春深",也不是描述风花雪月的"春风十里"。相反,最让我为之动容的,是他临终前为自己所写的墓志铭。

这份墓志铭的开篇,简单地陈述了家世和生平经历。接下来,是生平的简要履历,然后是一系列预示自己死亡的不祥征兆,最后是妻子、儿女的情况。全文平淡无奇,没有华丽辞藻,不带任何情感的渲染。这与杜牧风流倜傥、豪放不羁的形象似乎格格不入。这就是杜牧为自己人生所写的总结?然而,如果深入回顾一生,我们会发现,杜牧最看重的人,不是那些歌伎舞女,而是他的亲弟弟杜颛。墓志铭中两次提到杜颛,他因弟弟的疾病而两次改变了自己的生涯轨迹。

而**他一生最引以为傲的作品,并非那些华美的诗赋,而是他的《孙**

子兵法注》。他在墓志铭中写道："上穷天时，下极人事，无以加也，后当有知之者。"杜牧深信，他的《孙子兵法注》是伟大的，未来会有人了解其价值。然而，在杜牧的时代，对这一注释的欣赏并不广泛。他一直梦想着在沙场驰骋，遗憾的是，晚唐时期的乱世并未留给他实现抱负的机会。

杜牧，年过半百的中书舍人，他曾梦想着能够亲身参与国家大事，以自己的军事才能助力边疆平叛。但命运未能如愿，他只能以文笔为国家出谋划策，著作《孙子兵法注》。然而，他是否真的甘心？墓志铭中诸多暗示和不祥征兆，仿佛暗示了他对命运不满，却无法改变。

杜牧年过半百，出任中书舍人，这一职位让他能够参与国家大事的决策。在元旦那年，他写下了一首诗，展现出对命运的认知："星河犹在整朝衣，远望天门再拜归。笑向春风初五十，敢言知命且知非。"五十岁，是一个理解生命与命运的年纪，他回顾自己的人生，能够豁然开朗，似乎重新燃起了对梦想的希望。但不久后，他因病离世。

杜牧是否甘心？

他或许没有机会以政治家的光辉形象掩盖风流才子的标签。他试图摒弃自己的才子自诩和对才华的沉醉，以士人的身份展现在墓志铭中。他故意忽略了十年扬州梦，甚至焚烧了大量诗文，阻止外甥裴延翰将著名的《遣怀》纳入《樊川文集》。或许他希望通过忽视和不揭来实现遗忘，但裴延翰仍然收录了许多作品。

裴延翰最终增加了192篇作品，使《樊川文集》达到450篇。杜牧是否会对这位不听话的外甥感到生气呢？或许他不愿面对年少轻狂和放荡不羁的故事和作品，但这些故事一直是人们关心的焦点。尽管已年过半百，他仍然被贴上"扬州夜店小王子"的标签。

十年一觉扬州梦，杜牧曾经醒悟，但世人不愿醒来，也不愿让他醒来。他的命运似乎注定要为这个标签所累，但那已经不重要了。时光轮转，在大中六年，杜牧登上了长安城内最高的乐游原。他的身体饱经劳累，但心中涌上了一股深沉的感慨。他回想起很久以前，一位年轻人曾在这里写下了脍炙人口的诗句："夕阳无限好，只是近黄昏。"这盛唐的繁华如同夕阳西下，似乎也接近了黄昏的时刻。众多伟大的诗人，如韩愈、白居易等，纷纷离世，使得这个辉煌时代逐渐谢幕。

杜牧站在那里，感到孤独和失落，他慢慢地闭上了眼睛，仿佛要在黄昏的余晖中做最后的沉思。突然，他的思绪穿梭回无数的时光，回到了曾经。他回忆起了爷爷杜佑，回想起二十四桥上的明月之夜，还有洪都初次遇见张好好时的巧笑倩兮，那个春风十里的扬州路，那些曾经爱过却无力相守的恋人，曾是多么美好，但在岁月的冲刷下，已经支离破碎，成了如潮水般涌上脑海的记忆碎片。

无所谓了。"秋风生渭水，落叶满长安。"五十年，大梦一场。

李商隐

有时回望自己的一生,
我真的觉得自己很失败

题记

崔珏（jué），字梦之，是李商隐的旧交。李商隐去世后，他肝肠寸断，为之写下《哭李商隐》：

哭李商隐

虚负凌云万丈才，一生襟抱未曾开。
鸟啼花落人何在，竹死桐枯凤不来。
良马足因无主踠，旧交心为绝弦哀。
九泉莫叹三光隔，又送文星入夜台。

在壮丽的唐诗宋词星空中，一位诗人独树一帜，其诗作虽然常常充满了难以捉摸的神秘与晦涩，却激发着后人的不断模仿。他的美丽情诗，每一句话似乎都隐藏着一个缠绵悱恻的故事，仿佛我们自己便是那诗中的人物。这位令人陶醉的诗人，便是李商隐。可惜他生不逢时，一生中饱受挫折，是最沉郁的仕途人、最悲怆的伤心者、最无奈的中年人。阅读他的故事，也许你也会对他怀有深深的怜悯之情。

(一)

你的名字，叫作李商隐。

元和八年（813），你降生在这个世界上，作为李家的长子，你的出生给整个家庭带来了莫大的喜悦。父亲为你取名商隐，字义山，寄望你日后能像秦汉时的隐士"商山四皓"一样，拥有高尚的品德和卓越的才华，不追求虚名与虚誉。

在那个温馨的家庭中，父母的爱让你在平稳中慢慢长大，你的天赋也逐渐显现："五岁便能诵读经书，七岁就开始熟练使用笔墨砚台。"

然而，在你九岁的时候，当同龄的孩子们还在学堂启蒙时，一个噩耗降临：你的父亲离世了。这一瞬间，李家失去了往昔的欢笑声，只剩下毫无谋生能力的孤儿和孀妇在无助中哭泣。对于你来说，不仅失去了父亲的陪伴，还意味着童年的幸福逐渐消失。

当你的父亲去世时，为了将父亲的遗体安葬在河南老家，需要有家人护送他的棺木回去。然而，封建社会时女性不能参与这样的任务，所以这个重任只能由长子你来承担，尽管当时你还不到十岁。

你只能默默忍受着内心的悲痛，驾驶着一辆简陋的板车，扶着父亲的灵柩，高举着魂幡，从江南颠簸而至河南。这就是你的童年，刚刚开始便被痛苦打破，结束得如此突然。

在回到故乡后，根据当时的规定，你们一家人需要为你父亲守孝三年，这段时间里，你们不能外出活动。等到你脱去丧服时，曾经的中产家庭早已不复当年的富足。孤儿寡母生计贫困，为了养活母亲，你不得不赶紧出去找工作。由于你具备"五岁诵经书，七岁弄笔砚"的才华，虽然年仅十来岁，但还是有雇主愿意雇佣你，让你从事抄写工作。

此外，你还谋得一份辛苦的工作——舂米。如此幼年，却背负家庭的重担，日夜兼程，穿梭于各大劳工市场，这种辛酸谁能够深切体会？虽然日子过得清苦，但你并没有放弃，你深知改变自己的命运只有通过勤奋学习和考取功名。

幸运的是，你有一位学识渊博的堂叔，通晓古文和书法。看到你这位遭遇不幸却天赋卓越的少年，堂叔愿意亲自传授你知识。白天你辛勤劳作，夜晚则跟随堂叔学习古文。在老师的博学耐心和自己的勤奋聪明下，十六岁的你便创作出《圣论》《文论》等惊世杰作，成功出师。你决定前往大都市洛阳，展开一段崭新的生活。

尽管你拥有卓越的才华，但无处施展，即便遇到了伯乐，也只是一场虚幻的美梦。也许，这实际上是时局所迫，晚唐时期的主流文风是骈文，要求字句对仗、辞藻华美、音韵铿锵，而你擅长的是朴拙自然的古文。结果就是，尽管你的古文写得再出色，却显得不合时宜，让你这位文采斐然的才子，沦为了默默无闻的小辈。

正当你心灰意冷之际，似乎上苍感知到了你的苦衷，让你意外结识了一位伯乐，当时的文坛巨匠令狐楚。

因为欣赏你的才华，令狐楚决定全方位培养你，带你写标准的骈文，参加高端的文学活动，出差时也带你同行，拓宽你的视野。甚至，令狐楚还自掏腰包帮助你参加科举考试，多次落榜后，还给你提供机会，最终让你高中进士。

对于一个来自单亲家庭的贫苦少年来说，遇到愿意全力支持你的贵人,你怎能不感激涕零呢?你对令狐家的资助充满感激之情,也与令狐楚的儿子令狐绹结下了深厚的友情。可惜,你并没有明白,令狐家所期待的并不仅仅是你的感激,而是忠诚和效忠,他们希望你成为一名忠诚而有用的家臣。

(二)

在当时的朝堂上,牛李党争激烈,令狐家是牛党的重要成员,自然希望你成为他们的核心力量,与李党对抗。然而,你未能看透其中的政治复杂,还爱上了王茂元的女儿,这使事情更加错综复杂。

那年,在令狐楚的精心安排下,你成功中了进士,同时也获得了李党官员王茂元的青睐。在曲江宴的夜晚,当夜幕深沉时,你与王茂元一起举杯畅谈。突然,一位少女闪现在你们面前。她明亮灿烂的笑容,就那样在彼此目光交汇时,印刻在了你的心中,使你萌生了娶她为妻的愿望。她就是王茂元的小女儿,名叫王晏媄。

巧合的是,王茂元也欣赏你的才华,愿意促成你们的婚姻。很快,你与王晏媄步入了婚姻的殿堂,你成了李党王家的女婿。娶到了你心仪的女子,还赢得了岳父的赞许,你心想:终于迎来了幸福的时光。但是,你还不知道:你所拥有的一切美好,需要用以后半生的悲伤和苦痛来交换。

友情裂痕,你成了两党之争的牺牲品。得知你娶了王茂元的女儿后,令狐绹几近气得要吐血,在他看来,这无疑是一种背叛。兄弟之情何在？这么多年的照顾和帮助，竟然以你的"对敌投降"为答？你面对好友的愤怒，感到困惑，你只是因为爱上了王晏媄，而且王晏媄也爱你，结婚又有何不妥？你们依然可以是好朋友。

令狐绹之所以如此生气，是因为你并没有留在泾川，反而在第二年娶了王茂元的女儿为妻。此时，"牛李党争"已经进入白热化的阶段，令狐绹属于牛党，而王茂元则更接近李党。在古代的社会体制下，门阀制度十分严格，一旦婚姻关系牵涉其中，可以说一入侯门深似海。你的婚事让你亲手切断了与令狐绹之间的友情纽带。尽管你本人并没有党派门户之见，但包括令狐绹在内的牛党的人视你为"背恩"和"无行"，因此极力排挤你，使你的后半生都生活在朋党相争的险恶环境中，成为政治斗争的牺牲品。尽管令狐绹很可能原本没有放弃你的意思，但友情从此演变为仇恨。

在那个混乱的时代，人们都以利益为中心。所有的人际关系都伴随着利益的交往，大家都在互相利用或被利用，形成利益与成就的相互关系。在这个世界中，没有无缘无故的爱，也没有无缘无故的恨。面对你的"背叛"，令狐绹无法成功挽回友情，于是采取了最极端的方式，毁掉了你的一切。也许，在人际关系中，特别是朋友之间，涉及利益问题时必须谨慎，否则会失去的不仅仅是友情，可能还会陷入一生的噩梦，而且无法回头。一旦友情出现了利益上的破裂，再怎么修补，也无法回到最初的状态了。

让我们感到惋惜的是，你的洞察力和政治敏感度都献给了你的诗歌，对于官场和政治，你太过单纯和迟钝。很快，世人都称你为一个背信弃义的小人，新旧唐书都批评你"无行"，"德行有亏"，牛党的人不屑一顾，李党的人也不信任你。突然之间，你成了声名狼藉的恶人，受到各方势力的排斥。从此，你的仕途充满坎坷，漂泊成了你人生的主旋律。

开成四年（839），新婚之后，你满怀期待地前往吏部参加考试。

唐代有规定，尽管成为进士，仍需要通过吏部的考试来获得官职。然而，尽管你的试卷答得完美无缺，令狐绹却在放榜时轻描淡写地表示"此人不堪"，使你的资格黯然失色。之后，你处处受排挤，好不容易当上一个小小的县尉，但因为私自平反冤狱，触怒了上级，被迫辞职。

失去工作不久，你的母亲又离世，你守孝三年后，重回京城，却发现朝堂已经被"牛党"把持，你的仕途已经彻底中断。你只能去求见当朝的宰相，昔日的朋友令狐绹，然而令狐绹拒绝见你。你写了一封信给令狐绹：

寄令狐郎中

嵩云秦树久离居，双鲤迢迢一纸书。

休问梁园旧宾客，茂陵秋雨病相如。

我是最落魄潦倒的诗人，别问我最近过得怎么样，想想晚年患病、清贫凄凉的司马相如就知道了。尽管你在信中表达了你内心的无奈和悲伤，但你没有得到任何回应，这份友情彻底崩溃。为了维持生计，你只能四处流浪，五年间奔波于多个城市，其中的艰辛和坎坷，怎一个"愁"字了得？

（三）

看着这位具有盖世之才的诗人的遭遇，国学大师陈寅恪曾发表过这样的评价："你本应一直投身于牛党，这样才符合当时社会阶级的道德标准。"这样一来，你不仅可以获得更多的晋升机会，还可以支持令狐绹，回报令狐家的大恩大德。从某种意义上来说，这是你最明智的选择，而不是毫不犹豫地成为李党的女婿。然而，我认为，如果可以重新选择，你仍然会义无反顾地娶王晏媄，因为这段爱情，是你一生中最值得珍惜的温暖。

你对爱情的向往几乎成了一种执念。据传，在你娶王晏媄之前，曾有几位令你心动的姑娘，然而这几段感情都未曾开花结果，直到你邂逅了王晏媄，才终于谱写了一段永恒的爱情故事。初次相遇，你刚刚中了进士，身无权势，而王晏媄则是出身高贵家族的闺秀、父母的掌上明珠。然而，命运让这两个毫无交集的人走到了一起。你被她的聪慧、美丽和大方吸引，她则倾心于你的博学才情和温文尔雅。

在彼此相知相爱的过程中，你们坚定了要共度一生的决心。在热烈的恋情中，你们常常在芳香四溢的荷花池畔相会，你还为她创作了一首浪漫的情诗：

荷花

都无色可并，不奈此香何。

瑶席乘凉设，金羁落晚过。

> 回衾灯照绮,渡袜水沾罗。
> 预想前秋别,离居梦棹歌。

  你就如同荷花一般娇美,然而当秋天来临,我们将不得不暂时分离,我只能在梦中再次与你相会。幸运的是,你们的感情并未受到太多阻碍,王晏媖的父亲也欣赏你的才情,没有因贫富不同而反对你们的婚事。

  不久之后,你们举行了盛大的婚礼,宣誓要"执子之手,与子偕老"。你最终娶到了你深爱的女子,能够光明正大地与她共度余生。婚后,你们的爱情如胶似漆,你发现,妻子不仅聪慧美丽,还能弹奏一手好琴,两人常常一起吟诗作对,共享甜蜜幸福的时光。这个时候,你在内心默默发誓,要为妻子遮风挡雨,成为她生活中最温暖的依靠。但你没有预料到未来会如此艰难,这个誓言最终只留给了她漫长的分离和不计其数的痛苦。

  仕途的坎坷,最终让你返回了家中,但你并不愿意寻求岳父的帮助。你与妻子一同面对着清贫的日子。尽管财政拮据,你们依然过得充实而有滋有味。王晏媖虽然出身豪门,却能放下华丽的外衣,亲手料理家务,像一个普通的家庭主妇一样。你们的日子过得美满,爱情愈加深厚。可是,你们的积蓄在一天天减少。为了维持家庭生计,你决定再次参加官员选拔考试。你成功被任命为秘书省校书郎,然而仍然受到了牛党的排挤,被调往一个不起眼的小县任职。在过去的十几年里,你的仕途经历了一连串的起伏,从京师校书郎到河南小县尉,再到秘书省正字,最终被派往遥远的桂林。这些年,你们夫妻常常两地分居,在你外出任官时,你的妻子坚守家庭,使你可以无后顾之忧。

  那一年,在远离家乡前往桂林的任职途中,你遭遇了持续不断的大雨,不得不留下来暂避风雨。在巴蜀的陌路,你对妻子的思念油然而生,你便送去了家书。想起她的深情叮咛,你不禁泪眼模糊,写下了著名的《夜雨寄北》:

夜雨寄北

君问归期未有期,巴山夜雨涨秋池。
何当共剪西窗烛,却话巴山夜雨时。

你渴望尽早回到妻子身边,但出于生计,你不得不持续地忙碌着。在大中元年(849),你前往江西工作,然后在大中三年(851)年底,再次前往江西武宁节度使府担任判官,整整两年的时间两人只能通过书信来维系彼此的联系。

没人发觉,长期的分离也对王晏媄的健康产生了负面影响,她的身体逐渐虚弱下来,但不愿让丈夫为她担心,一直保持沉默。直到851年春末,她感到自己的时日不多,为了再次见到丈夫,她急切地写信,希望你能够尽快归来。当得知妻子的病情严重时,你立刻马不停蹄地赶回家。但令人痛心的是,在你赶回家的时候,妻子已经离世,只留下了你们年幼的孩子。终究,你们没有能够一同走到白头,你余生只剩下对妻子深深的愧疚和无尽的思念。从此以后,每当你望着圆满的月光挂在夜空中,你都会想起她:

西亭

此夜西亭月正圆,疏帘相伴宿风烟。
梧桐莫更翻清露,孤鹤从来不得眠。

在大雪纷飞的季节,无须别人的关切,你只想她:

悼伤后赴东蜀辟至散关遇雪

剑外从军远,无家与寄衣。

散关三尺雪,回梦旧鸳机。

每当你回到家乡,只是曾经的美好回忆对于现在的你而言只剩下痛苦:

正月崇让宅

密锁重关掩绿苔,廊深阁迥此徘徊。

先知风起月含晕,尚自露寒花未开。

蝙拂帘旌终展转,鼠翻窗网小惊猜。

背灯独共馀香语,不觉犹歌起夜来。

这些诗作充满了血泪,令人难以忍受。也许,如果没有你,中国的情诗界可能会失去许多色彩和情感。从那以后,你成了那个"无人与我立黄昏,无人问我粥可温"的孤独灵魂,一直生活在时代的夹缝中,沉浸在黑暗而潮湿的境地。随后,你开始隐居,几乎不与人交往,你的生命中充满了太多的遗憾和无奈,你的文字中充满了人生的沉重和叹息。你创作了让无数人动容的《锦瑟》。

锦瑟

锦瑟无端五十弦，一弦一柱思华年。

庄生晓梦迷蝴蝶，望帝春心托杜鹃。

沧海月明珠有泪，蓝田日暖玉生烟。

此情可待成追忆，只是当时已惘然。

这是你留下的最感人至深的诗篇。在大中十二年（858）的寒冬，文学史上的一盏瑰丽明灯，你，熄灭了，这盏明灯在生命的凄风冷雨中灿烂了四十五个春秋。

一口气概述

唐代诗人崔珏在《哭李商隐》的组诗中写道:"虚负凌云万丈才,一生襟抱未曾开。"尽管很多人认为李商隐胆小、胆怯、不够聪明,但李商隐是我们心中珍贵的一份情感,他创作的那些诗歌,不论何时何地阅读,都依然美得让人心灵荡漾。即使生不逢时,也要让深情传世。李商隐儿时父亲早逝,饱受磨难;年少时,梦想和抱负未能实现,成为政治斗争中的牺牲品;中年时,妻子突然离世,使他陷入无尽的绝望。他的一生实在是太令人惋惜,太让人感到心疼——明明才情横溢,却不断受到生活的残酷打击,最终沉溺于抑郁之中。后人要记住李商隐,不仅要铭记他的那些经典诗句如"君问归期未有期"和"锦瑟无端五十弦",还要理解他在经历了生活中的磨难后所得到的领悟,那里蕴含着忧虑、困惑、思念和离别。

虽然我们感叹他生不逢时,没有李白的豪情壮志,也没有杜甫的悲情奋发,李商隐却是唐代开国以来最有人文情感的诗人。他创作的美丽情诗,每句背后都有着扣人心弦的故事,仿佛我们自己就是他诗中的那些人。

"晏媄,这一生我欠你的,现在我来还给你了。"

在我眼里,李商隐是这样的:潇潇夜雨,轻敲琉璃屋顶,微弱的烛光透过遥远的窗户洒落。夜幕静谧,风静无声,两人坐在灯下剪灯芯,话别西山。谈话中,情感充溢,手舞足蹈。小小的灯焰在他们眼前跳跃,仿佛为他们增添了温暖。那位与朋友促膝长谈的人,便是李商隐。

当初你曾无期归来,如今难得再相聚,因此言谈滔滔不绝。离开马兰台,离开故土,这既是不幸,也是幸事。幸运之处,在年少时,他得到刘姓赏识,与刘儿共学诗书,诵读五经,积累丰富的知识。不幸之处,在婚姻上他与李氏派系相连,卷入朋党争端。一生遭受排挤和打压,心怀抱负却鲜有人了解,只能流落边陲,与东风百花为伍。唯有那凋零的花朵和寂静的明月能够理解他的激情和火热。

异乡之地,他仰首望月,已是五更时分。曾约之人,却无踪迹。孤寂、落寞、失望,心头情绪如潮水般涌上,梦醒方知,所盼之人已远去。欲提笔,却未浓墨可写。远处的篷山遥不可及,人未至,却留下浓郁的幽香弥漫房间。青鸟探视,蜡炬已成灰,春蚕自缔茧,一切物是人非,孤立于路的尽头。

醉眼间,相隔万重,点燃蜡烛送灯。尽管没有双飞翼,但只要心灵相通、心意相印,又何尝不是一份幸福?时光已逝,庄周梦蝴蝶,望帝化杜鹃,世事沧桑,然而他的才情在岁月流逝中消逝,壮志被囚于荒凉之蜀地。在如此险恶环境中,他并未自暴自弃,逐梦而去,而是以笔墨抒发内心之憧憬。纵然官场无缘容身,难道文坛亦不能容他一席之地吗?

大浪淘沙,风流人物,终将在历史长河中闪耀夺目之光芒。那段"此日六军同驻马,当时七夕笑牵牛"是他才情斐然的展现;那句"身无彩凤双飞翼,心有灵犀一点通"是他对妻子的深情忧思;那一句"春蚕到死丝方尽,蜡炬成灰泪始干"则是他对国家毫不犹豫献身的真实写照;而"'此情可待成追忆,只是当时已惘然"则是他对人生沧桑的深切感慨。这是他的心情,虽然未能在战场和朝堂上报效国家,却以自己的文字为文化添上浓墨重彩的一笔。

在那盏照亮的灯下,他回顾虎旅传宵柝,思忆唐玄宗与杨贵妃的凄美爱情,边磨砚、揣思、凝神,专注不懈。他坚韧而专注,努力让自己成为社会的有益之人。那盏明灯,那个人,青灯下孤枕难眠,只有清冷的夜晚与孤寂相伴。他的笔下曾诞生一首首美丽的诗歌,但又有多少人能领悟他的内心?无奈之际,满腔的抱负只能以他创作的诗文传达给后人。

因为深情,李商隐曾经背叛了师门,受到了他人的责骂。然而,正是这份深情,使得他没有被现实的挫折所击垮,用笔墨尽情地描绘了人间的爱情与缠绵。有人曾说,李商隐的诗歌不仅表达了爱情,还反映了人生的风云变幻。他的诗作让无数痴情男女和有志之士在其中找到了自己的影子,感受到了共鸣。这种深情在他的诗歌中得到了充分的表达。每个深情的人,都能在自己身上看到一丝李商隐的影子。

在他生命的晚年,他经历了最珍贵的妻子的离世、家业的沦丧,孤立无援,一无所有。这段时光或许可以被铭记,但当时他已感到深深的迷茫。那是他一生中最后,也是最宁静的岁月。他反思自己,这一生中,他究竟在追求什么?他渴望着什么,最终得到了什么,又失去了什么?

后人总结道:他的一生似乎都在困顿与失意之间徘徊。我曾浏览了一些历史资料,研究了一些文献,也在长时间地思考着。从令狐的角度来看:你原本是一个出身贫寒的孩子,本无机会步入仕途。是我父亲将你引领回家,与我们同吃同住,教你读书写字。我也将你视为真诚的朋友,你能考中进士,也与我家的援助有关。可是突然之间,我父亲离世了，你以为我们家就会倒塌，然后你就去迎娶高官之女。我如今已成高官，而你去了我的政敌家担任秘书，还写来卑微的信求我提拔你。难道你的头脑出了问题吗？

而以李商隐的观点来看：令狐啊！你与我不同，你生来就拥有了一切。有父亲的爱护、家族的庇荫，还有皇帝的信任。而我一无所有，在你们纠结于感恩与背叛这些复杂定义时，我只有一个目标，那就是脱颖而出，赚取财富。谋生养家，糊口自己，这是你们终身无须担忧的事情，却是我终生追求的目标。我的岳父看中了我，给予我成为高门女婿的机会，我怎能拒绝？如今我已到中年，备受他人嘲讽，郑亚请我担任秘书，提供了机会，我怎能放弃？我并无意参与政治斗争，只想平淡地做官、写诗，享受富足的生活，难道有错吗？

如果，如果……

如果我的父亲能多活些年，我也能得到年长者的庇护。

如果选拔考试都是基于才能而非背景，我也能凭自己的努力取得成功。

如果没有复杂的政治党派斗争，我也不必在夹缝中求生存。

如果我的岳父没有在战场上早逝，或许我也能走上成功之路。

如果我的妻子没有早逝，那么我还会有生活的意义。

我只想安安稳稳地做官，写些诗歌，但为何如此艰辛？

最终，令狐公子安享高官位十载，随后退休并获封一等公爵。在那个缺乏现代医疗科技的时代，他在八十五岁时平静地离世。

在这个故事中，如果有机会，李商隐或许也渴望能像令狐绹一样。

幸福生涯通常较易理解，而苦难世界常常难以被解读。

诗人不幸诗家幸，我们都知道：这世上，没有如果。

陶渊明

所谓的桃花源只存在于一个地方——每个人的心里

题记

　　穿越时光回到晋朝,即便坐在电脑前,我也仿佛能远眺一片金黄。当我走近才发现,原来那是五柳先生钟爱的菊花。

　　"采菊东篱下,悠然见南山",这里的菊花散发出一种淡雅的冷香,是一种纯粹自然的气息,独存于乡野间的幽香。陶渊明的诗文不同于牡丹那种国色天香、繁花似锦,也不同于莲花那样出淤泥而不染。他描绘的景物总是与自然融为一体,因此,即使是对于菊花,它既是"有风自南,翼彼新苗"中轻轻摇曳的禾苗,又是"飞鸟相与还"中回归林间的飞鸟,更是"池鱼思故渊"中自在畅游的游鱼。我明白,这是陶渊明先生。

(一)

你的名字,叫作陶渊明。

这年是兴宁三年(365),你作为东晋大司马陶侃的孙子在一个富足的家庭降生。算命先生看过你的命,预言你将成就非凡,成为一位伟大的人物。陶渊明这个名字,由此而来。当时,你家境优渥,堪称锦衣玉食。然而好景不长,当你九岁时,父亲突然离世,家庭的顶梁柱倏然失去。财源匮乏,家中只剩下母亲和妹妹。生活逐渐艰难,无法维持生计。

在家道中落的时候,你的母亲带着你和妹妹投奔了外祖父孟嘉的家。然而,外祖父早已故世,留下了丰富的藏书。你从小热爱阅读,培养了卓越的文学潜质。你逐渐长大后,离开了祖父的家,自建了房屋,与母亲和妹妹独自生活。然而,家中的积蓄渐渐消耗,亲友的支持也逐渐减少,生活变得愈发困难。这促使你决定外出谋生,并着手准备投身仕途,以改善家境。

此时正值动荡不安的时局,东晋末年社会阶层逐渐分化,新贵崛起,农民沦为富贵人家的佃户,生计困苦。这种状况导致农民起义不断,战乱频仍。你的仕途生涯也在这乱世的背景下拉开帷幕。

太元十八年(393),时年二十八岁的你在江州谋得了第一份祭酒的差事。这个"祭酒"职位由江州刺史王凝之设立,相当于一个要职,掌握着重大权力,类似于常务副市长的地位。

王凝之是一个独特的人物，性格古怪，喜欢用鼻孔看人。而你年轻气盛，同样有着坚持己见的傲骨，两人在性格上存在明显的矛盾，关系逐渐疏远。面对这位"宝贝"王凝之，你感到心灰意冷，某天一气之下决定不再干了。后来，州里又邀请你担任主簿，但你毅然拒绝，下定决心回家务农。

然而，你并未对仕途失望，只是认为运气不佳。既然无法在官场上施展抱负，你决定独善其身，回家专心读书。不久后，你的妻子王氏去世，随后你再娶翟氏。

隆安四年（400），你年满三十五岁。时势动荡，或许是为了生计压力，你前往荆州，投靠荆江二州刺史桓玄，成为其参谋。然而，你很快发现桓玄企图称帝的阴谋。作为正统文人，忠君思想深植于你的骨髓，你对这样的叛乱毫不在意。你并不想涉足这场造反之事，但要脱身并非易事。你思考着如何能够合理地辞去职务。机缘巧合，你的母亲去世，你借此而辞职，名正言顺，你守在母亲坟前感慨良久。

（二）

元兴元年（402），桓玄攻入东晋首都建康，篡位称帝，建立楚国。面对外部的混乱，你选择留在家乡避难。在郁郁寡欢中，你沉溺于酒海，但连酒也无法解愁。

这样的日子过了三年，庄稼荒芜，酒也变得匮乏。你的机会终于到来，刘裕崭露头角。刘裕成功发动起义，击败桓玄，让司马德宗登基成为傀儡皇帝。接着，刘裕干脆赶走了司马德宗，自己登上皇位，东晋灭亡，刘宋王朝建立，南北朝时期拉开序幕。

在刘裕战胜桓玄的胜利中，你欣喜若狂。你看到了实现理想和抱负的机会，毅然决定投奔刘裕。你激情洋溢地说："四十无闻，斯不足畏，脂我名车，策我名骥。千里虽遥，孰敢不至！"然而，你得到的只是一个不太显眼的参谋职务。这对你来说是一个沉重的打击，感觉像是一盆冷水泼在头上，使你感到有些茫然和失望。虽然你对刘裕曾有崇拜之情，但内心对于刘裕篡位的行为心存不满。在这种矛盾的情感作用下，刘裕对你的怀疑也逐渐显现，你变得沉默寡言。

义熙元年（405），你上表辞去参谋职务，这个得不到重用的职位，马上被批准。你再次回到家中，重新投入田园生活。时至当年秋天，你的叔父陶逵为你安排了彭泽县令的职位。这次出任县令主要是为了谋生，你在《归去来兮辞》中抒发了自己的心情，描述家境贫困到无法支付饭菜，甚至酒都久未品尝，无奈之下只能苦于烦忧，而成为官员不仅可以解决生计问题，还有三百亩官田可供自己支配。

在担任县令的第八十一天，浔阳督邮前来视察。手下劝告你整装待发，准备迎接上级官员。然而，这时你心头积压多年的怨愤终于爆发："吾不能为五斗米折腰，拳拳事乡里小人邪！"你明言，为了区区几粒粮食让自己下跪？你再也受不了这种屈辱，宣告不再从政。

这一次是真的，十三年的官场生涯就此终结。此刻的你不再是半吊子政客、半吊子侠客，而是成为我们熟知的"采菊东篱下，悠然见南山"的你。

《归去来兮辞》标志着你思想的真正成熟。**从此以后，你的诗歌中不再有怨言，不再有病态的呻吟，真正达到了平和自然、天人合一的境**

界。一个完全释然的、觉悟了的你正式展现于世人面前。你归隐之后,生计依赖于务农。你在南山下种植豆子,然而草地繁茂,豆苗稀疏。每天早晨起床,你精心整理荒芜的土地,带着月色挎着锄头归来。这样的田园生活,与当年在官场上的奔波截然不同,你终于找到了自己的桃花源。

(三)

可惜,你并非合格的农夫,农艺水平一般,体力也欠佳。

你常常隔三岔五就在家中沉湎于酒乡,这让你的生活质量有所下降。时而有朋友前来探望,带上一些金钱或物资,但援助只是解燃眉之急,生活仍然清贫。即便朋友建议你重返仕途,你也只是一笑置之。随着时间的推移,这个曾在政坛上崭露头角的农夫陶渊明,逐渐在村中被遗忘。

在丰收的年景里,你家中会酿制几大缸的米酒。尽管你在农事上表现平平,但你的酿酒技艺是村中数一数二的,因此,村民们无论谁酿酒都会请你帮一帮忙,酒成之后,又会邀请老陶分享一番。这让你沾沾自喜,因为你为村里人的欢乐和庆祝做出了贡献。朋友来访时,只要家中有酒,你必定畅饮。一般而言,老陶总是先醉,醉前你会说:"我要醉了,马上会睡过去,不送你了啊,自己走好。"这种豁达和可爱的态度让人感到温馨。

然而,年景欠佳时,你的生活变得艰辛。你的妻儿面容黯淡,家境拮据，酒也成为奢望。甚至连灯油都供应不起，于是你发明了一种称为"火把"的简陋照明工具，用松枝点燃，让屋里弥漫着黑烟。在这样的日子里，你只能喝点水，蒙上被子就寝。有些朋友得知你生计困难，除了送上一些米，有的还邀请你过去"谈谈诗"，实则是想让你一饱口福，离开时再带些肘子、鲜鱼之类的食物。你在一首诗中表达了自己的感慨："饥来驱我去，不知竟何之。行行至斯里，叩门拙言辞。主人解余意，遗赠岂虚来。谈谐终日夕，觞至辄倾杯……"

一些知名人物也曾前来送钱物，其中太守颜延之频繁光顾，前后送了两万贯铜钱。尽管这些资助帮助了你一把，但你依然守着自己的原则和归隐生活。多次历经宦海沉浮，风雨人生几经洗礼，你终于找到了生活的三个真爱：耕田、写诗、饮酒。在宁静而惬意的生活中，岁月飞逝，转眼之间，耳顺之年已经到来。你自知生命不再漫长，于是在六十三岁时，你为自己写下了《拟挽歌辞三首》，这是一份赠予死后自己的礼物。其中有三首诗道：

拟挽歌辞三首

千秋万岁后，谁知荣与辱。
但恨在世时，饮酒不得足。

昔在高堂寝，今宿荒草乡。
一朝出门去，归来夜未央。

亲戚或余悲，他人亦已歌。

> 死去何所道，托体同山阿。

千秋万岁身后事，荣辱怎能记心间？

只恨今生在世时，饮酒不足太遗憾。往日安寝在高堂，如今长眠荒草乡。一朝归葬出门去，想再归来没指望。亲戚或许还悲哀，他人早忘己欢唱。

死去还有何话讲，寄托此身在山冈。

我们可以看到：你少年时的志向如猛志逸四海，展翅欲飞。你不仅怀揣成为大将军的雄心，更怀抱着大侠仗剑走天涯的豪情。在你年少时，英勇威猛，手握利剑独自踏上征途。你的诗篇中透露出一种征战四方的决心，以及放荡自由、无拘无束的大侠风采。然而，你并非只有武勇之志，你亦是一位情种。年轻时，当你目睹美丽的少女，便流连于笔端，以浪漫的小情话表达心中的喜悦。然而，尽管对少女心生情愫，你却不敢面对面与她交流表达自己的感情。在《闲情赋》中，你以生动形象的文字描绘了少女的美丽。

"夫何瑰逸之令姿，独旷世以秀群。表倾城之艳色，期有德于传闻。佩鸣玉以比洁，齐幽兰以争芬。淡柔情于俗内，负雅志于高云。"你借用了华丽的辞藻，形容其姿容令人陶醉，仿佛可以闻到她身上的芳香。这种写实而抒情的描绘使读者仿佛置身其中，感受到你对少女的独特感悟。你的文字越发沉醉，仿佛自己就在与少女共舞。你幻想化身为她的衣领，沐浴在她身上的芬芳；抑或成为一盏烛火，照亮她绝美的容颜。这种虚幻而富有诗意的表达，更突显了你少年时对美的独特领悟。

你的文字如梦似幻，仿佛将读者带入你所描绘的情境，让人感受到你对美的深刻体验。你渐入佳境，似乎希望与少女一同腾飞，化身为蝴蝶，共享风花雪月的浪漫。然而，这样的你是否符合我们书本中所了解的清心寡欲、淡泊名利的形象呢？事实上，你在年轻时曾经陷入过一场内心的挣扎。你既渴望扬名立万，又向往逍遥自在的田园生活，在这两者之间摇摆徘徊了十几年，如同我们在生活中明明有明确目标，却不免陷入琐碎诱惑的矛盾心境。

直到三十岁左右，你才下定决心要追求一番伟业。你投靠了王凝之，王凝之虽然有着优越的文化背景，却显得平庸懒散。他对你的庸碌无为感到愤怒，尤其对于你将纳税人的钱用于翻新道观的行为更是不满。这段经历使得你认清了自己的志向，对于追求卓越和为国家为民尽力的愿望更加坚定。你辞去官职，远离平庸之地，开始了你崇高而豁达的人生旅程。这个转折点，也让你的一生变得更加有深度，为后人留下了一段不可忽视的历史篇章。

你空有追逐理想的壮志，却在现实的骨感中艰难前行。罢官后，你面临生计的艰辛、家庭的压力，老婆和孩子等待你带回下锅的米。然而，你毅然决然选择继续追逐自己宏图伟业的梦想。你有着卓越的眼光，选择投身于实力强大的军阀。然而，不幸的是，你的第二位上司是个心怀叵测之人，竟在策划谋反。在此时，你的母亲憔悴而逝，使得你备受打击，不得不放下豪情壮志，回家尽孝。接下来，你又投靠了刘裕，然而同样面临着谋反的阴谋。在你一再逃避之际，豪情壮志逐渐消磨殆尽。最后一次挣扎中，你出任了彭泽令，但由于水土不服只待了三个月，写下《归去来兮辞》表达自己的心态：**富贵非吾愿，帝乡不可期。**

你的豪情壮志在这段充满挫折的日子里逐渐消退。然而，你依然保持了一份对清静淡泊生活的向往。回到村庄后，生活虽然没有了稳定的收入,但你过上了悠闲自得、自由自在的生活。你热爱读书,寻找其中的乐趣;喜欢喝酒,却常常没有酒钱;钟情于弹琴,却常常没有琴弦。生活虽然有些无聊,但你通过种植菊花、泡菊花茶,以及写作表达内心情感,为自己的生活增添了色彩。

(四)

这种隐居生活深深吸引着许多经历风雨的人,你也成为无数文学大家心中的楷模。苏东坡、辛弃疾等文学巨匠都对你深感钦佩,虽然时代有别,却通过文字和诗歌表达了对你这位先贤的崇敬。而你的粉丝王弘更是为了见到偶像,不惜费心费力地追随着你的脚步。然而,你并不总是欢迎追随者。你对官场的厌恶让你拒绝了王弘的接近。尽管王弘努力亲近你,但你的疏离态度让这位粉丝一度感到无奈。最终,通过一场巧妙的安排,王弘终于得到了与偶像相见的机会。

你的日子过得宁静而悠然。你尽情享受着读书、种花、品茶、写作的乐趣。生活虽然简朴,但你用心体验每一个平凡而愉悦的瞬间。虽然你的生活看似无忧无虑,然而对于你五个不成熟的儿子,你颇感烦扰,这种忧虑之情表露在你的《责子》一诗中。

责子

阿舒已二八,懒惰故无匹。

阿宣行志学,而不爱文术。

> 雍端年十三，不识六与七。
> 通子垂九龄，但觅梨与栗。
> 天运苟如此，且进杯中物。

阿舒已经十六岁，懒惰却无人能相比。阿宣快到十五岁，但也是无心去学习。阿雍阿端年十三，竟然不识数字六与七。通儿年龄近九岁，只知寻找那些梨与栗。你将这种情感写成文字，彰显了对子女成长的担忧。然而，尽管有这些忧虑，你在文章中并未明确责备儿子们。相反，你通过这样的表达，或许是为了减轻自己的烦恼，找到一种宽慰心灵的方式。你在这一刻，或许更希望通过品酒来宽慰自己内心的烦扰。尽管你曾下定决心要戒酒，但你一再陷入嗜酒成瘾的境地。

止酒

> 始觉止为善，今朝真止矣。
> 从此一止去，将止扶桑涘。

你坚信晚上不喝酒无法入眠，早上不喝酒无法清醒，这让你感到在酒的陪伴下，生活更加丰富多彩。即便曾一度下定决心要戒酒，但最终你放弃了这个念头，认为酒令你感到快乐。这种对酒的放纵或许是对你丰富而宁静隐居生活的一种补充。你最终选择了享受平淡而自在的生活，将功名利禄置之度外。尽管儿子们的境况让你烦恼，但在这隐居的岁月里，你尽情追求快乐，将酒作为人生中不可或缺的伴侣。这样的选择，或许在你看来，才是真正的快活和幸福。你深夜中沉思着自己生命的终结，以《拟挽歌辞》为题的遗书犹如一幅悲凉而清晰的画卷。

拟挽歌辞

肴案盈我前，亲旧哭我旁。

欲语口无音，欲视眼无光。

昔在高堂寝，今宿荒草乡。

一朝出门去，归来夜未央。

  酒宴上，亲友们为你送别，哭泣之声弥漫，而你自己感受到语言无法言表，眼中的光芒也逐渐黯淡。你回忆着曾经富足的高堂生活，而此刻却沐浴在荒草乡的寂寞之中。一次远行，竟成了永别，回家的路却再也回不来。在《自祭文》中，你对自己的生活进行了总结。尽管你的居所简陋，经济拮据，但你依然感受到了生活的美好。在山间涧水的清凉中，你从事着简单而愉悦的劳作，歌唱着山歌。在悠闲的时光里，你用文字表达内心的情感，培育着菊花，品味着酒的醇香。冬日暖阳，夏日清泉，你过上了舒适自在的生活。

  承光三年（427），你卒于浔阳。你去世以后，友人私谥为"靖节"，后世称你为"陶靖节"。

一口气概述

陶渊明的人生哲学告诉我们,纵然生活中遭遇波折,也要勇敢面对。在奋斗的时候,我们要豁达乐观,不畏挑战。而在逆境中,我们应该学会品味生活的美好,从简单的快乐中找到生存的价值。他的经历不仅是一幅平淡清苦的画卷,更是鼓舞人心的人生教材。

我们熟知陶渊明,因为他坚持不愿与当时腐朽的官场同流合污,发出了"不为五斗米折腰"的壮言。

我们尊敬陶渊明,因为他在辞官后的《归去来兮辞》中表达了"识迷途其未远,觉今是而昨非"的现实清醒。

我们喜爱陶渊明,因为在《五柳先生传》中,他谦虚地评价自己:"好读书,不求甚解,每有会意,便欣然忘食。"流露出谦逊、质朴和童真的品质。

我们纪念陶渊明,因为在《饮酒》中他写道:"采菊东篱下,悠然见南山。"展现了乐观和恬淡,充分诠释了"穷则独善其身,达则兼济天下"的君子品格。

我们追思陶渊明,是因为他在《桃花源记》中构想了一个"芳草鲜美,落英缤纷。阡陌交通,鸡犬相闻"的桃源世界。

陶渊明大部分时间生活在江西的柴桑,那里有一个康王谷,山水宜人。他过着农夫一样的生活,时而欣赏花山,时而耕田品酒。也许有一次，他听到了一个关于桃花源的故事，这个故事成了一个象征，流传了千年，深深植根于中国人的心灵。陶渊明将这个故事写成了一篇文章，即《桃花源记》，还创作了一首诗。这篇短文实际上是一篇小说，对我而言，《红楼梦》是中国古代最杰出的长篇小说，而《桃花源记》则是中国最优秀的短篇小说。

  对中国人来说，这样的故事并不陌生。一个砍柴的人在深山中遇到下棋的老人或美丽的女子，度过一段美妙的时光，再回到现实，发现已过去几十年甚至上百年。这些故事设定在时间之外，存在着一个神秘的世界。这个世界犹如一个白日梦挂在中国人的心头，安抚着疲惫的灵魂。当陶渊明的桃花源问世时，便取代了其他奇妙故事，成为一切白日梦的现实体现。

  桃花源的魅力在于它并非神仙的居所，而是真实的人间生活。一群逃避战乱的人在山间隐居，摆脱一切制度束缚，过上自然的生活。桃花源假设了在时间之外存在另一种真实的生活。许多人怀疑桃花源只是陶渊明在酒后的幻觉，是他想象中的一种生活状态。然而，对我这个年龄的中国人来说，在童年时期就能或多或少感受到桃花源的氛围。在我小时候，离村庄不远的山区，有一个小村庄，说的话和本地人完全不同，他们自己说是一百多年前因为某种原因从河南逃到浙江山里，一直保留了自己的方言和习俗。

  当然，这个村庄如今已完全本土化。桃花源必定不是陶渊明想象中的幻觉，而是中国现实的一种映射。这是秦始皇大一统以后中国社会的一种普遍现象，每一次朝代更替，总有人远走偏僻地方隐藏自己，避世而居。但桃花源也确实不是现实的故事，而是某种愿望的反映。捕鱼的人无意中发现了桃花源，但再次寻找时找不到路。请注意，不是桃花源的人自己再次逃走,而是寻找者找不到路了。那个捕鱼的人曾留下标记,标记却消失了。这是陶渊明《桃花源记》最神奇之处。

桃花源的突现和突失,如果是真实的,那么是一件神奇的事情。如果是虚构的,它反映了陶渊明对不受打扰的生活美好愿望。桃花源一直流传至今,成为一个广泛使用的词汇,说明这不仅仅是陶渊明的愿望,也是许多人的愿望:**拥有不受打扰的美好生活**。

陶渊明在《桃花源记》中实际上表达的只有一个思想:拥有不受权力干扰的生活是美好的。这种权力确切地说,是"帝力"。《桃花源记》用一段美妙的故事,传达了古老谚语的深意:**日出而作,日入而息。凿井而饮,耕田而食。帝力于我何有哉!** 我每天自食其力,皇帝又有什么权力干扰我呢?中国还有一句古语:"天高皇帝远。"在不被皇帝干涉的生活中,人生是美好的。陶渊明树立了一个臣民如何追求个人自由的榜样。

在我看来,人们赋予陶渊明田园生活、自然追求、隐居理念,只是表面现象。他真正的魅力在于,他用一生实践了个人自由的可能性。生活在东晋时期,陶渊明厌倦官场生涯,辞官还乡,过上恬静的生活,酷爱饮酒和写作。在六朝文坛,流行追求辞藻和形式,而陶渊明的轻灵、平淡的田园风格未受当时重视。直到一百年后,昭明太子萧统编《文选》时,才给予陶渊明"望陶以圣贤"的高度评价。

到了唐宋时期,白居易、苏轼的推崇使得陶渊明辞官隐逸的事迹,以及他乐观豁达的诗文在士林和民间广为传颂。他的一生让许多怀才不遇、志向难以实现的读书人感到慰藉与共鸣。以无法出鞘的剑来比喻陶渊明,实属合适而贴切。在他的少年时期,他怀揣着"猛志逸四海,骞翮思远翥"的雄心豪情,热血沸腾。然而,由于当时的社会背景,仕途艰难，他家世中落，甚至曾祖也备受非议。这注定了他在仕途上无法取得辉煌。他的性格亦显得"拙而刚"，在担任彭泽令后，他宁愿辞官，也不愿为五斗米折腰。

"少年听雨歌楼上，红烛昏罗帐。壮年听雨客舟中，江阔云低、断雁叫西风。"这是陶渊明深夜思索的片段，透露出他并非圣人，而是一个普通人，经历了苦闷和愤懑。他并非选择游山玩水，而是守护着一方土地，宛如花树环绕的屋宅，流露着依依炊烟。他成为第一个真正耕耘田园的人，颠覆了大家对农民的传统印象。他的田园工作并不轻松，他不是传统的"农民"，在经过努力后，收获并不如人意，反而感叹岁月易逝、壮志难酬。

陶渊明承袭了汉魏的风骨，传承了魏晋的风流。在思想纷繁交汇的时代，他没有超然逃离，也没有舍弃家庭皈依佛门。他有着独特的性情，在深刻的哲思中展现了自己的质朴和自然。在玄学和佛教盛极一时的时代，他没有盲目追随，而是保持了自己的独特思考。陶渊明之所以备受欣赏和崇拜，是因为在那个纷扰世界中，他创造了属于自己的世外桃源，构筑了一个独属于他的精神天地。哪怕他知道，也许自己一辈子都寻觅不到这桃花源。

陶渊明的精神成为中华民族文化精神的重要组成部分，他将永远为人们所纪念。他的生活态度告诉我们，即使面临困境，活着本身就是一种价值。陶渊明裸辞的结局或许在世俗眼中凄凉，但对他本人而言并非如此。他坚持按照内心真实的自己活着，因此最终能够毫不遗憾地宣告："这个世界，我留下了足迹；今天，我如此离去，却无憾无怨。"

伍绮诗在《无声告白》中提到"我们一生的目标就是要超越他人的期待，找到真正的自己"。世俗定义的成功和安稳的生活，真的适合每个人吗?

陶渊明向我们表明,如果"饥寒虽然迫切,但仍然不忍心违背真实的自我",那么我们可以迈出世俗设定的舒适区,尝试不同的道路。在这条路上,你是唯一的价值评判者,只要你认为值得,那就是值得。

你的人生,由你主宰。遵从自己的内心,很难得。

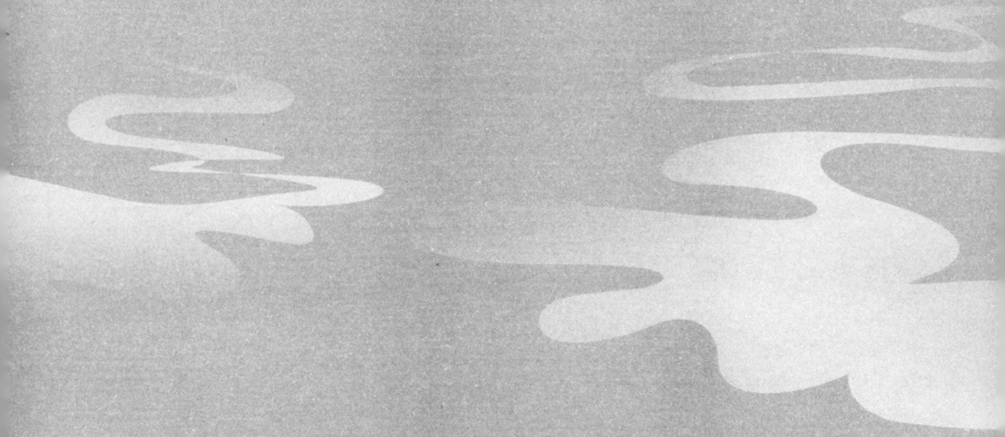

李清照

颠沛流离之后,你还记得曾经的那个少女吗

题记

她曾是一位天真无邪、才华横溢的盈盈少女;经历过一段几近完美的婚姻;然而,她也深受国破家亡、颠沛流离之苦;在二婚中遭遇不幸,嫁给了一个不负责任的男人,但她毅然决然离婚,并坚持打官司,甚至将其送进大牢;晚年生活平淡,她依旧展现出坚韧和勇敢,活得恬淡。

元丰七年(1084)三月十三日,这一天并没有气象学上的异常现象,如突如其来的奇特光束将房间照亮如白昼,也没有骤降的大雨。同样,在生物学史上,也未发生传说中蛟龙自天而降,或白鹿衔灵芝的神奇景象。然而,在文学的历史长河中,这一天见证了千古第一才女——李清照的诞生。

(一)

你的名字,叫作李清照。

你诞生在一个崇尚文学艺术的士大夫家庭。你的父亲李格非,济南章丘人,身为进士,官至提点刑狱、礼部员外郎,是苏轼的学生之一,被誉为"苏门后四学士"之一。他收藏丰富,有传世的著作,《宋史》中有其传记。而你的母亲则是状元王拱辰的孙女,具备相当的文学修养。关于你的母亲,一种说法认为是元丰宰相王珪的长女,精通文辞,你在两岁时失去了生母,由王拱辰的孙女接任为继母。

你从小生活在一个浓厚的文学氛围中,得益于家庭的熏陶和学业的传承,再加上你本身的聪慧和颖悟,使得你展现出卓越的才华。早年即展现出的诗名,使你备受赞誉,"自少年便有诗名,才力华赡,逼近前辈"(王灼《碧鸡漫志》)。你还受到了当时文坛名家、苏轼的大弟子晁补之的高度评价。六岁时,你随父迁居到汴京,开始接受更为深入的文化学习。在这个优雅的生活环境中,尤其是京都繁华的景象,激发了你的创作热情。除了涉足诗歌创作,你还开始在词坛上崭露头角。十六岁时,你创作了备受后世传颂的佳作《如梦令·昨夜雨疏风骤》。

如梦令·昨夜雨疏风骤

昨夜雨疏风骤,浓睡不消残酒。

试问卷帘人,却道海棠依旧。

> 知否？知否？应是绿肥红瘦。

这首词一经问世，立即在京师掀起轰动，"当时文士莫不击节称赞，未有能言之者"（《尧山堂外纪》卷五十四）。然而，即便是天才少女清照，也无法逃避情感的纷扰。在你十七岁的时候，与你相伴半生的人——赵明诚，闯入了你的生命。

你在大相国寺邂逅了带着淡淡书卷气息的赵明诚。年轻的你从未见过如此俊俏的面庞，以及那灿若星辰的双眸中久久不散的柔情。十七年的生命终于孕育出一份清晰可见的浪漫向往，仿佛你面对的是整个幽深的男人世界。你的父亲是礼部员外郎，母亲则是状元王拱辰的孙女。而赵明诚的父亲赵挺之是吏部侍郎，两家算是门当户对。

赵明诚在一天的梦中得到了启示。梦中他看见了一本书，虽然记不清内容，但还记得其中的三句话："言与司合，安之已脱，芝芙草拔。"明诚不明其意，于是向父亲请教。赵挺之思索片刻，用手比画着解释说："言与司合，就是词字。安上已脱，就是女字。芝芙草拔，就是之夫两字。连起来就是词女之夫。就是提醒你最好娶个词女做妻子。"

赵挺之不愧是父亲，言辞犀利，但在汴京是否有合适的词女呢？赵明诚疑虑地询问。

"有啊"！赵挺之激动地说，"李家之女，李清照啊！"

就这样，赵明诚顺理成章地前去李家提亲。

那天，你刚荡完秋千，正想休息片刻。忽然，你看到了日思夜想的赵明诚莅临家中。你顿时羞得连鞋都来不及穿，头上的珠钗掉了下来，也顾不得捡拾，急忙朝一旁逃去。然而，眼前的意中人就在近处，如何能不投以一瞥呢？光明正大地看，却显得不太淑女，于是你选择假装轻闻身边的青梅。于是，《点绛唇》由此诞生。

点绛唇

蹴罢秋千,起来慵懒纤纤手。露浓花瘦,薄汗轻衣透。

见客入来,袜刬金钗溜。和羞走,倚门回首,却把青梅嗅。

十八岁的清照就这样成了二十一岁的赵明诚的妻子,而赵明诚终于圆了成为词女之夫的梦想。

(二)

词女李清照与金石专家赵明诚初婚时的生活是甜美而惬意的。无钱时,他们在家里研究金石字画;有钱时,便到大相国寺淘淘宝。偶尔,为了思念对方,二人也会互写小词。这般恬淡而幸福的生活,着实令人艳羡。

在你和赵明诚相守的幸福时光里,宋徽宗受蔡京挑拨,重新推行新法,将反对者视为奸臣,并亲自题写了"元祐党人碑"。你的父亲,身为旧法的支持者,无法幸免于难,失去官职,被流放到广西。而赵明诚的父亲,则因为是新法的坚定支持者,立即得到晋升,成为宰相

这一刻,你的世界失去了往昔的明媚,一切光辉都消散,只剩下沉闷的灰色。当你逐渐从父亲的苦痛中走出后,你的公公却也遭遇不幸。公公被奸臣算计,被免职。面对刺激,他难以承受,最终吐血而亡。树倒猢狲散,赵家瞬间崩塌,曾经的客人不再光顾,家中仆人纷纷离去,而赵明诚也很快被罢去官职。这一天,天空由令人沉闷的灰色变为令人痛苦的黑色。你们在汴京再无容身之处,随即决定返回青州。

你在青州的生活虽然朴素，但自由自在。在这段日子里，你与赵明诚漫游街巷，游历名山大川，搜罗金石字画，编纂《金石录》。偶然间，你们参与赌书泼酒。就这样，你们在青州安居了十四个春秋。在这段宁静美好的岁月中，你的世界逐渐涂上了多彩的色彩。

命运总是如此，你欲求他无动于衷，不欲之时却厚意满满。正值你与赵明诚在宁静的乡村享受幸福时，朝廷却发布命令，重新启用大批官员，赵明诚也被提升为莱州知府。当得知赵明诚将腾飞远去，步入仕途巅峰，你心中无疑更多是忧愁而非欢喜。也许你在不得不离开青州，迁往莱州，开始你不喜欢的生活时，心情难免沉重。然而，你的疑虑最终变得多余。原来，赵明诚从未考虑过携你一同赴莱州。

"好吧，没关系。明诚一定是有要务在身，所以才没有带我去。我明白的。"在没有了赵明诚的日子里，或许你就是这样一次又一次地安慰自己吧！

一剪梅

红藕香残玉簟秋，轻解罗裳，独上兰舟。云中谁寄锦书来？雁字回时，月满西楼。

花自飘零水自流，一种相思，两处闲愁。此情无计可消除，才下眉头，却上心头。

我守护在青州的岁月里，如同一片静谧的湖面，而你则在达官贵人的漩涡中徜徉。三载时光匆匆，我独自守望青州的山河，直到你的一封书信传来。那一刻，我深知，你仍怀抱着对我的深深眷恋。明诚，我听从了那封信，踏上了去往莱州的旅途前去见你。

然而,命运像是对你施加着不尽的考验,一桩又一桩的不幸接踵而至。你们刚刚重逢,却迎来了历史上著名的"靖康之耻",乱世的阴云愈发密布。在这混乱的时代,小人物往往成为无奈的牺牲品。为了自保,赵明诚只得辞去官职,与你一同回到青州。然而,命运似屋漏偏逢连夜雨。你的婆婆,在这混乱中不幸病逝,赵明诚立即回江宁守孝,而你则在战乱纷飞的地方,独自守护着他们的家。

(三)

建炎三年(1129),宋朝的大地上仍然烽烟四起,生灵涂炭,饥荒遍野。赵明诚被任命为江宁知府,原本是一桩喜事,然而在江宁陷入叛乱之际,他选择抛妻、弃城而逃。你啊,你,你真是瞎了眼,竟然会深陷于这样一个贪生怕死之人。赵明诚啊,赵明诚,你真该学学西楚霸王项羽。

夏日绝句

生当作人杰,死亦为鬼雄。
至今思项羽,不肯过江东。

这是靖康二年(1127),金兵入侵中原,掳走徽、钦二帝,赵宋王朝被迫南逃。你之夫赵明诚出任建康知府。后城中爆发叛乱,赵明诚不思平叛,反而临阵脱逃。你为国为夫感到耻辱,在路过乌江时,有感于项羽的悲壮，创作此诗。

"至今思项羽，不肯过江东。"这短短两句，勾勒出你心底的无奈和深沉。在国破山河碎的苦难岁月里，你渴望的是西楚霸王项羽那种临死不屈、绝不退缩的英勇姿态。然而，身为女子，你手握笔墨，无法握住刀剑。你只能在纸上流淌思念，以这两句诗凝聚了你对坚韧、不屈精神的向往，也映照出你作为女性在动荡时局中的无奈和无助。这不仅是一种心灵的追求，更是对身世和时代的无奈呼喊。

你或许并不是不能理解赵明诚的所作所为，但你心中的不满和愤怒无法掩饰。对于赵明诚的背弃，你深感愧疚、可耻，甚至唾弃这位昔日心中的挚爱。理应如此，一个长官竟然在城陷之际抛弃职责，按照常理不仅要受到皇帝的责罚，还会成为老百姓唾弃的对象。然而，在江宁之变后，赵明诚没有受到应有的惩罚，反而被任命为湖州太守。这一切无疑揭示了当时宋朝内忧外患，急需人才的困境。接受这一任命的赵明诚，除了对皇恩的感激，更迫切地想要证明自己，以弥补之前的过失。

"心急吃不了热豆腐。"赵明诚急于履新，却在疾病和药物混淆的情况下得了重病，比你更早离世。

建炎三年（1129）八月十八日，年方四十九的赵明诚辞世。而在这一年，你四十六岁，夫君已去，你独自一人，面对茫茫世事，不禁让人感慨万分，未来的路该如何继续呢？九月，金兵渡江南侵，宋高宗眼见永和政策无效，开始一路逃避，而非进行坚决的抵抗。现实的安稳消逝，岁月的宁静也烟消云散。

作为一介弱女子，你在躲避战乱的过程中经历了艰辛和无助，故土沦陷，丈夫病逝，一生心血和财力所积累的金石文物在逃亡途中屡次失落……这些不幸降临在一个犹如黄花般瘦弱的女子身上，即便内心坚强,也难以承受如此接踵而至的打击。

"病起萧萧两鬓华,卧看残月上窗纱。豆蔻连梢煎熟水,莫分茶。枕上诗书闲处好,门前风景雨来佳。终日向人多酝藉,木犀花。"这是你在逆境中写下的诗句,表达了身患疾病、夫亡、家园失落的沉痛感受。你对生活的苦楚,对时局的无奈,都凝结在这几行深情的文字里。

一路逃亡,你保全自己已是一项艰巨任务,更别说是几十箱的文物了。如此跋涉,身世飘零,最终你变成了一个风烛残年的老妇人。这个时候,你手中不再是丰厚的财富,而只剩下几箱文物,成为你逃亡途中仅存的珍贵财富。至此,我真不得不感慨,老天爷似乎对你太"宠爱"了。丧父、丧夫、破财,这些还不够,竟又有一个名叫张汝舟的男人,以骗财为目的,进入你的生命。

(四)

绍兴二年(1132),你逃离苦难,寻求庇护于弟弟李远的家中。然而,此时的你已身患重病,失去了对周遭事物的辨识能力。正值这个艰难时刻,三十岁的张汝舟突然闯入你的生活,通过他巧舌如簧的辞藻,成功迷惑了李远。看到你如此孤苦无依,心生同情的李远竭力劝说你再嫁。张汝舟对病重的你表现得关切备至,一番温言软语让你陷入沉思。在弟弟的劝说下,你最终匆忙地答应了这段婚姻,嫁给了张汝舟。

然而,你万万没想到这竟是一场精心策划的骗局。当时,张汝舟身为右奉承郎监诸军审计司,负责管理军队的粮草和俸禄。他的求亲并非出于对你才华或颜值的欣赏，更不是真心想照顾你的余生，而是别有所图。婚后不久，你发现张汝舟经常深夜搜寻你的衣柜，原来他看中了你所拥有的金石文物。

你与赵明诚一直以来在各地收购、收藏大量文物，因而在社会上享有一定声望。而这位贪图财富的张汝舟早已盯上你，而你的重病正是他得逞的最佳时机。你对张汝舟的动机了然于心，便毫不犹豫地将那些文物藏匿起来，誓言捍卫所剩无几的金石文物，决不让张汝舟得逞。面对找不到财宝的挫败，张汝舟怒不可遏，开始对你实施肆意的殴打，使你饱受折磨。

你是一位坚毅之人，心性高傲，决不容许生命中的沙砾滋扰。你深知与张汝舟继续共度余生已是不可能之事，因此迫切渴望摆脱这段婚姻。

然而，在古代，离婚并非今日这般轻而易举之事。在那个时代，婚姻的终结须由丈夫出具休书，女性则无权单方面提出离婚，即便提出也需得到男方的同意。然而，张汝舟并不愿意放弃这段婚姻，因为那将意味着失去探寻你身后金石文物的机会。

你决不忍受屈辱和痛苦的生活，下定决心排除万难，必须迈出离婚的步伐。于是，在世上无难事、只怕有心人的信念下，你做出了一次举世震惊的行动——你告发了自己的丈夫张汝舟。你秘密收集证据，向官府揭发了张汝舟在科举考试中作弊的罪行，并提出了离婚诉讼。这一事件引起朝廷的震动，宋高宗派遣廷尉对张汝舟进行审判，而你也因此被牵连入狱。

按照宋代法律《刑统》规定，妻子告发丈夫，若丈夫因罪获刑，妻子也将同样受罚，被迫坐牢两年。

在公堂上,你戴着手铐和脚镣,与丈夫张汝舟对质。你坚决主张与张汝舟划清关系,唯有这样,你才能解脱自己。最终,你成功脱离婚姻的枷锁,这可谓一场"闪离",整个婚姻仅维持了短短的一百多天。然而,你也因此陷入囹圄。

在好友的帮助下,你只在狱中度过了九天便得以重获自由。走出牢狱的你回首往事,牢狱之灾和短暂的婚姻如同一场难以醒来的噩梦。张汝舟入狱后,你开始了清苦的独居生活。你不再梦想再次遭遇像赵明诚那样的良人,也不再寄望于找到一个能为你晚年带来幸福的伴侣。

时至绍兴十七年(1147)秋,你已经迈入了六十四岁的高龄。那一年的秋天,似乎比平常更显得孤寂荒芜。黄昏降临,你独自靠在陈旧的木窗前,心头涌上一阵忧愁。你匆匆走向案前,快速挥毫,铺陈出一首千古绝唱——

声声慢·寻寻觅觅

寻寻觅觅,冷冷清清,凄凄惨惨戚戚。乍暖还寒时候,最难将息。三杯两盏淡酒,怎敌他、晚来风急!雁过也,正伤心,却是旧时相识。

满地黄花堆积,憔悴损,如今有谁堪摘?守着窗儿,独自怎生得黑!梧桐更兼细雨,到黄昏、点点滴滴。这次第,怎一个愁字了得!

到了迟暮之年,你写下《武陵春·春晚》来表达自己的忧愁:

武陵春·春晚

风住尘香花已尽,日晚倦梳头。物是人非事事休,欲语泪先流。

闻说双溪春尚好,也拟泛轻舟。只恐双溪舴艋舟,载不动,许多愁。

尽管生活清苦,你仍然坚韧不拔。你继续整理着赵明诚留下的金石文物,并着手校订《金石录》。你清晰地认识到,这项工作是你丈夫留给后人的一项未竟事业,是一部关乎金石的专著,是夫妻二人留下的珍贵遗产。为了完成赵明诚未竟的心愿,南宋绍兴十三年(1143),你完成了对《金石录》的校订工作,并将其呈交朝廷。这是你用最真挚方式纪念你与赵明诚那深刻而永恒的爱情。后来,你为赵明诚留下的《金石录》写下了一篇深情的序言——《金石录后序》。

在序言中,你表达了对过去三十四年来生活中无数忧患得失的感慨:"这段时光里,困扰和失落无数,犹如起伏的波涛。然而,生活中总有得与失,聚与散,这是自然的规律。人丧失一张弓,另一人得到,又何必计较!"

三十四年之间,忧患得失,何其多也!然而有有必有无,有聚必有散,乃理之常。人亡弓,人得之,又胡足道!

你以跌宕起伏的生活经历,看透了世事的无常,晚年已经洒脱豁达。你深信福祸相依,一切皆是命运的安排,那还有什么值得过多言说呢!

你晚年定居临安,频繁参与友人聚会,同时积极参加皇室活动。每逢重要节日如立春、端午、中秋等,你都会献上颂诗,供皇帝和皇妃们作消遣娱乐之用。

在《永遇乐·元宵》中,你描绘了元宵佳节的美好场景:"元宵佳节,天气温暖宜人,美景次第,风雨不可避免。友人驾着香车宝马前来邀请,以酒为盟,共赏诗篇。"

这一插曲展现了你与友人欢聚的情景,尽管你在诗中拒绝了邀请,但这也映射了你在临安时拥有真挚友谊,经常与朋友相聚。

绍兴二十五年(1155),七十二岁时,你离世了。原因不详,具体时间也不详。你跌宕起伏的一生,在这一刻画上了句号。

一口气概述

李清照被后人称为"千古第一才女",到底担不担得起,我想,是担得起的。

第一,在赵明诚逝世后,为保护与他一同收藏的文物免受战火侵害,李清照毅然全力维护大局,决定再嫁给张汝舟。然而,婚后她才发现,张汝舟对她心仪的并非她本人,而是手中的那些珍贵文物。这些文物承载着她与心爱之人的回忆,她宁愿捍卫这份记忆,甚至宁愿选择死亡,也不肯将文物交予张汝舟。不幸的是,为了获取这些宝贵的文物,张汝舟甚至对李清照施加了虐待。

当李清照发现自己的婚姻并非出于真爱,而是建立在物质利益上时,她毫不犹豫地站了出来。在宋朝,女性跨越礼法束缚的行为并非常见,然而,李清照勇敢地选择了用法律手段向官府告发自己的丈夫。这种挑战传统观念的举动在当时社会引起轰动,尽管面临着牢狱之灾,但李清照毫不畏惧。她超越了封建社会对女性的期望,大胆地打破旧有规范,表达了她对平等和尊严的追求。

对比之下,班昭作为班固的妹妹,确实有着令人敬佩的事迹,如为兄续写《汉书》。然而,她在《女诫》中不断强调男尊女卑的观念,主张女性应当顺从、侍奉丈夫。当时这或许符合社会潮流,放到现代却令人嗤之以鼻。在评价社会现代化进程时,男女是否平等成了至关重要的标准。相比之下，李清照的观念更加符合现代价值，她敢于挑战传统，争取女性的平等地位。

李清照的休夫举动不仅在当时受到赞誉，也体现了她在社会中的影响力。尽管她因告发而面临囹圄之灾，但广泛的百姓纷纷为她求情。这反映出她在当时社会的崇高地位和众人对她的尊敬。她为建立男女平等社会贡献了一份力量，成为那个时代的独特风景。

第二，李清照的姻缘可谓佳话传世。她与赵明诚情投意合，一见钟情，堪称才子佳人的传世之恋。这段美好的婚姻为李清照提供了爱情的滋养，激发了她更多的创作灵感。其中最脍炙人口的莫过于《一剪梅》："此情无计可消除，才下眉头，却上心头。"她与丈夫的深情厚谊久久萦绕，刚从眉间消逝，又涌上心头，这种坚韧而深沉的爱情着实令人向往。而其他才女，相比较而言，反而没有这般坚定的爱情向往。

第三，李清照的文学才情无可否认，她留下的不朽名篇层出不穷。相较之下，蔡文姬、卓文君等女才子的诗作却鲜为人知，我们对她们深刻的印象似乎仅限于蔡文姬的《胡笳十八拍》和《悲愤诗》，以及卓文君的《白头吟》。

李清照的诗词广受传颂，其中"物是人非事事休，欲语泪先流"表达了深沉的无奈之情；"帘卷西风，人比黄花瘦"描绘了憔悴之美；"寻寻觅觅，冷冷清清凄凄惨惨戚戚"传达了深沉的悲苦；而"何须浅碧深红色，自是花中第一流"则展现了豪放的气魄。这些名句我们耳熟能详，其中"知否知否，应是绿肥红瘦"甚至成为小说题目，并被改编成电视剧，影响深远。

相对而言，卓文君的《白头吟》中的"愿得一人心，白首不相离"虽然也动人，但知晓者相比上面几首诗词而言，寥寥无几。与之相比，张爱玲、萧红等近代女作家虽然小说艺术高妙，却未能超越李清照。张爱玲的作品虽传世有年，但其影响力和涉及范围不及李清照的诗词。萧红因疾辞世，留下的作品有限，名气也远不及李清照。

值得一提的是，李清照与丈夫赵明诚共同热衷于收集古文物，二人合作完成的《金石录》是中国最早的金石目录和研究专著之一。评论独具卓识，对中国古文物的研究产生深远影响。李清照亲自撰写的《金石录后序》更成为历代史学家研究的焦点。与其他女性才子相比，李清照的诗歌传播更广泛，她对中国古文物的研究更为突出，这正是她在文学史上卓越地位的最大原因。

最后，李清照，作为一位婉约词人，**不仅表达了深沉的女性柔情，更展现了与豪迈词人相匹敌的雄心壮志。**她在《夏日绝句》中强烈批判了宋朝政府在金人入侵面前无所作为的态度，同时激励当时有识之士勇敢反抗。而她的《渔家傲·天接云涛连晓雾》更是古往今来激励人们勇往直前的经典之作。

李清照尽管柔弱，却在她的词中流露出巾帼不让须眉的豪情气势。她的侠骨之志，尽管未能亲身实践，却在她的精神境界中得以显现，展现了"侠之大者"的威严氛围。与之相比，卓文君、谢道韫等少有涉足世事的才女，在为国为民方面显然不及李清照。即便是深受武则天宠爱上官婉儿，在国家大事上有过卓越贡献，被誉为"巾帼宰相"，但在诗词传世方面却不及李清照，她的才情为李清照的声势所掩盖。

李清照，她不仅是一个热爱诗词、追求儿女情长的形象，更是一位胸怀远大抱负和理想的巾帼英雄。这使得她的人格魅力在文学的殿堂中得以升华。只可惜，这位传奇女子，世人往往只知道她的"婉约"，只听说她的"忧愁"，却不了解她多彩的一生。这不能不说是一种遗憾。

大家可能不知道的是，李清照乃酒中奇才，与大文豪李白、杜甫齐名，皆是"酒鬼"。在古代，女性饮酒罕见，李清照却以打破常规而著称。据不完全统计，李清照的现存作品约有五十首，其中有二十三首与饮酒相关，比例甚至超过了李白。文学巨匠们在酒后可能狂欢、疯狂，而李清照能在醉酒时创作传世之作，如《如梦令》。

"昨夜雨疏风骤，浓睡不消残酒。试问卷帘人，却道海棠依旧。知否？知否？应是绿肥红瘦。"又如《浣溪沙》中的描写："莫许杯深琥珀浓，未成沉醉意先融，疏钟已应晚来风。瑞脑香消魂梦断，辟寒金小髻鬟松，醒时空对烛花红。"这些作品流露出李清照的豪迈与不拘小节，尽管是一位身份显赫的女子，她却以行走江湖、酒量过人的形象展现出与传统少女截然不同的一面。

与此同时，李清照钟情于赌。当时，一种名为打马博弈游戏风靡一时。这种棋局涉及赌注，赋予了整个游戏更多的看点。宋代的打马类似于唐代的双陆棋，即现代的飞行棋。参与者各执若干棋子，从起点开始，掷骰子行进，按点数移动棋子，首先将全部棋子走到终点者胜利。游戏允许两人到五人同时参与，并为增加难度，在棋盘上设置了各种障碍，棋子的制作也颇具精致。

李清照，身负高超才智，对于这个游戏颇有心得，她创作了三篇攻略:《打马图经序》《打马赋》《打马图纮命词》。这位高手更进一步，创新了"命辞打马"或称"易安马"，在经典打马基础上进行了改进。

陶宗仪评价她的《打马图经序》："李易安依循经马之法，巧妙地结合奖励与惩罚，每事用短语表达，精致而工巧。她在此领域独步当时，不仅受到博徒们的欢迎，实为同好者的宝贵财富。她的才情奇绝，留下的影响将不朽。"

李清照的攻略使宋代打马游戏更具知名度，可谓为这一娱乐活动代言，如果没有她的攻略，这个游戏可能不会如此广泛传播。而且，李清照年轻时胆识过人，这在她敢于酒后驾舟前往江中的举动中得以体现。但她最为引人注目的一举是专门著写《词论》，对当时的文坛风云人物毫不客气地进行了批评，挑战了一众文学巨擘，令人瞠目结舌。

　　在《词论》中，李清照提出了"词别是一家"的主张，强调了词牌与曲调演唱的密切关系。接着，她毫不留情地批评了一些前辈：

　　对于柳永，她批评其文字过于俗气，认为其作品虽然在音乐上有所创新，但词语平庸普通。

　　张先、宋祁等人被指责称不上名家，李清照认为他们虽然常有妙语，但整体而言，并不足以被称为名家。

　　晏殊、欧阳修、苏轼则被指责五音不通，她认为虽然他们在小歌词方面表现得如饮水于大海，但往往不符合音律。

　　甚至连王安石、曾巩等文学巨匠也未能幸免，被批评其词作不够押韵，难以引起读者的共鸣。

　　这一系列的批评遭到了当时文学界的质疑和反感，有人认为李清照的评价是妄论。然而，以现代的眼光来看，《词论》并非完全无理。四川省社会科学院文学研究所研究员谢桃坊认为，《词论》在苏轼改革词体后抵制词的非音乐化与诗文化的过程中具有合理的意义，同时也反映了当时宋词尚未解决词体固有特性与社会现实生活矛盾的状态。

　　可惜，李清照前半生的辉煌并未延续至后半生。在靖康之变之后，她无奈南渡，生活发生天翻地覆的变化。她失去了心爱的收藏，失去了深爱的丈夫，失去了宁静的生活。尽管后人更关注她的改嫁和凄惨晚年，却遗忘了她曾是一个最为骄傲旷达的少女。

惜春离去，几点雨催花，那是易安的寂寞时光。花香浓郁，瘦弱的花蕾透露着她的淡淡忧郁。薄汗透过轻衣，映照着她的青涩与稚嫩。绣面芙蓉含笑绽放，宝鸭斜飞映衬着她娴雅的面庞，她如一幅风情万种的画卷。寒日凄凄，窗上蒙尘，梧桐树在夜霜中黯然凋零，她的清冷和惆怅在这时愈发明显。维纳斯因残缺而美，而易安则因才情而饱经孤寂。

时光匆匆流逝。她是名门之女，高贵而美丽。她的父亲与苏门四学士交好，雅士文人频频登门，无形中为易安创造了一个诗意的境地，培养了她卓越的文学才华。她天资聪慧，心思细腻，与寻常女子迥异。归舟晚，她喜欢与知己同游；嗅青梅，她的少女情怀溢于言表。于是，她在芳华之时遇到了他，是缘分？是巧合？还是命中注定？他们相遇，心心相印。

她是世间绝美女子，嫁给了懂得欣赏她的杰出男子。易安与明诚的爱情故事，在婚姻全凭父母之命、媒妁之言的年代，成为让多少有情人羡煞的佳话。婚后生活幸福美满，易安与她的如意郎君琴瑟和谐，相敬如宾。明诚因工作常往外奔波，但这些分离并未冲淡他们的感情，反而让他们在思念中更加珍惜相守的时光。如花美眷，似水流年。这是她一生中最美好的时光，执子之手，与子偕老，这或许是她最美好的愿望。

然而，命运的轨迹远非他们当初所憧憬的那般美好。好景不长，金人入侵南宋，时局动荡不安，他们只得携带着金石文物，离开故土背井离乡。刚刚安顿下来没几日，明诚便在赴任途中因病辞世。易安心如刀割，悲痛欲绝，却勉力振作，带着夫君留下的微薄遗物四处流离，寻找一片可以栖身的地方。可是，命运弄人，屋漏偏逢连夜雨，许多珍贵的金石文物在途中被窃，几乎一无所有。身心俱疲的她终究支持不住，患病卧床。

我一直不能理解，为何这样一个才情横溢、温柔多情的女子，命运却如此对待她，让她经历国破家亡的沉重打击。渐渐地，我开始明白，她的前半生，是幸福美满的，是一种寻常女子难以企及的幸福。或许是因为如此，上天在她后半生中留下了悲伤的经历，让她在颠沛流离中度过余生。原来，她一生的幸运早已在与爱人共度甜蜜时光中得以实现。

明诚，你是否知晓，在你离去的那一刻，一位惊艳绝伦的女子，她的灵魂也随你而去了？从此，不再年轻的她独自飘零尘世，每一刻都是煎熬。一场疾病，让易安一夜之间苍老。病榻之上，她静静地凝望残月透过窗纱。可怜那位一代才女李清照，才情动人，却再无所寄托。

花自飘零，水自流。虽爱人已故，生活仍不停歇。易安孑然离故土，天涯漫长而困倦，只能忍受着寂寞的笛声。流离无依，金人的烽火让她的憔悴更加深刻。她深爱过，却也渴望独自面对生命的征程，这并不矛盾。然而，她却不曾料到一步错足，成为永远的遗憾。

绍兴二年（1132），易安轻信谎言，改嫁张汝舟，对晚年的自己深感无奈。原来，那个最合适的人早已与她隔绝，再也找不到可以填补心灵空缺的人。于她而言，其他人只是匆匆过客，注定只是生命中的配角。

易安与张汝舟最终裂痕愈发明显，却在意料之中。她心系一人，容纳的位置永远只属于那个特定的灵魂。生活渐趋平淡，琴棋书画、诗酒花、柴米油盐酱醋茶，失去了爱情的余味，她只得与诗情相伴。易安晚年在挣扎、冷清、孤寂中度过，内心深处涌动着悲伤、苦闷和忧虑，她在"寻寻觅觅,冷冷清清,凄凄惨惨戚戚"的哀叹中,以及"这次第,怎一个愁字了得"的呼喊中,尽情宣泄着她内心的复杂情感。

风止尘香,花谢殆尽,她最终与这世界别离。易安以她传奇的一生,为后人创作了一首悠扬的别歌。

人生如梦,一半飘忽于尘世,一半陶醉于幻境。

往事烟云散尽,一生爱恨交织,一生悲欢离合。

王维

被称为『诗佛』的我,
将人生智慧融于一首首诗中

题记

味摩诘之诗，诗中有画；观摩诘之画，画中有诗。

——苏轼

唐代，被誉为中国文学的黄金时期，而王维的诗歌则如同一幅细腻的山水画，有着一种温柔的意境。王维，他的一生也充满了波折与坎坷，或许正是这些经历赋予了他的诗歌更深的内涵。超越表面的平静，深入了解他一生当中的大起大落，或许，我们能从中汲取更多的感悟。

武则天登基为女皇的那一年，即长安元年（701），见证了太原王氏和博陵崔氏两大世家的联姻，他们迎来了一个备受期待的天才——王维。

（一）

你的名字，叫作王维。

你的出生，似乎注定了你将成为一位卓越的人才。

你家世显赫，祖父王胄是宫廷著名的乐官，母亲则是一位擅长绘画、精通佛法的画家，同时是当时备受尊敬的高僧大照禅师的弟子。而父亲王处廉更是一位通才，不仅在文学上有着卓越造诣，还担任了汾州司马的要职，延续了家族世代为官的传统。

你从小就接受了最顶尖的教育，继承了家族卓越的基因。你不仅精通诗文，更是一位出色的画家，同时还具备卓越的音乐天赋。除了才华横溢，你的外貌也令人倾倒，身形高大，容貌俊逸，堪称一表人才。尽管你的家境富足，父母用心呵护，本应享受优越的人生，然而命运却总是充满了戏剧性的变化。

在你九岁那年，刚和弟弟王缙放学回家，突然传来了令人震惊的消息：父亲因突发疾病不幸离世，王家失去了坚实的支柱，你无忧的童年也戛然而止。这成为你人生中的第一场沉重打击。

在家庭变故之后，母亲不得不变卖所有家产，带着你和你的五个弟弟妹妹返回蒲州老家生活。你的母亲是一位虔诚的佛教徒，这点从你的名字"摩诘"中也可窥见一斑。她除了日常的拜佛念经，还以刺绣为生，勉力维持家用。而你则在家门口摆摊卖画，比你年幼一岁的弟弟王缙则充当枪手，为人写稿以赚取些微薄的收入。

尽管生活清苦，但你的母亲从未忽视过对孩子们的教育，深知知识改变命运的道理。

而你也从不辜负母亲的期许。十五岁时，你已经成为一个"妙年洁白，风姿都美"的俊秀少年。尽管年纪轻轻，你已知识渊博，对于诸子百家都能游刃有余，展现出了卓越的学识。那时，你独自一人来到东都洛阳城参加科举考试。你豁达的侠气在一句"新丰美酒斗十千，咸阳游侠多少年"中展露，令人为之惊叹。

你，王维，堪称毫无瑕疵的人才，成为当时令人瞩目的风采之一。之后，你写出了那首著名的《相思》。

相思

红豆生南国，春来发几枝。

愿君多采撷，此物最相思。

随着时光的推移，你创作的《相思》传遍大江南北。这首诗在被当红艺人李龟年深情翻唱后，更是在京都掀起了热潮。年方十七，少年的你心怀着对家乡的思念，迎来了你早熟的成名时刻。那时，你在心灵深处已泛起乡愁的涟漪：

九月九日忆山东兄弟

独在异乡为异客，每逢佳节倍思亲。

遥知兄弟登高处，遍插茱萸少一人。

这是你十七岁时写出的《九月九日忆山东兄弟》，正是这首充满深情的诗歌,让你一炮打响,迅速走红文坛。这也从侧面映衬出了你的文学天赋和情感表达的深邃。然而,相同的天赋之下,你与其他文人的经历差异颇大。与李白等人相比,你的成名之路似乎更为顺遂。家庭的背景,对于一个文人而言,确实有着深远的影响。在你的成长环境中,艺术、音乐、文学似乎就是生活的一部分,这或许也为你的早熟与成功埋下了伏笔。

(二)

在唐玄宗开元九年(721),年方二十岁的你名震京城,一举成为科举状元,成为全州的骄傲。登科,如同一颗璀璨的明星升起,为你的未来描绘了一幅辉煌的画卷。

十五岁,你豪爽地书写下了"新丰美酒斗十千,咸阳游侠多少年",声名鹊起,名噪京城。

十七岁,你于重阳节登高,凭一首《九月九日忆山东兄弟》独步长安。

二十一岁,你创作的琵琶曲《郁轮袍》成功将岐王李范和玉真公主纳入粉丝团,得到他们的应援。

二十三岁,你以科举考试第一名的成绩在长安城崭露头角,成为备受瞩目的新星。

在少年时期,你用豁达豪情的文字赢得京城的瞩目;在青年时期,你以深情至诚的诗篇征服了长安的高台;而在步入成年后,你以音乐才华和卓越智慧将贵族和公主们聚拢在你的粉丝团中。科举考试的辉煌成绩更是为你锦上添花，使你在长安城崭露头角，成为备受瞩目的新星。你的一步步成就，如同才子佳人的传奇故事，将你的名字镌刻在了时代的记忆中。

在那时，成绩斐然的你被封为太乐丞，负责宫中的音乐和礼仪。

这个职位很好，不仅突显了你在文学艺术上的卓越才华，同时也让你走进了宫廷的深邃殿堂。因为才气和名望，你频繁出入于王公贵族的社交圈，为你的人生增色不少。随着官职的不断晋升，你为国家贡献着自己的才华。你的诗歌在朝野间传颂，你也成为文人们仰慕的楷模。这位风度翩翩、挥笔成诗的少年，前途一片大好，成了长安城内无数少女的倾慕对象。也正是在这样的芳华岁月里，你初次踏入了人生的爱河。

那位姑娘姓甄，是公主的贴身侍女。少年骑着一匹洁白的马，身披花朵与珠宝，而少女则婀娜多姿。二人情愫绵长。这对如仙子一般的伉俪，成了人们传颂的佳话。人生在此刻荣华富贵，金榜题名，佳人依偎。似乎，你的人生已然圆满。

但世间风云变幻，恶势力悄然袭来。成也萧何，败亦在萧何。而你的荣光乃源于音乐，却也因音律而陷入无尽的苦痛。

起因乃是皇室后裔之间的政治斗争。你身为宫廷音乐官，本与这场政治旋涡无涉，但因与岐王关系密切，莫名其妙地被牵连其中。于是，在一场奉命排演的过程中，你被加上了无端的罪名——对皇帝不敬。原来，有人举报称你私自让手下的伶人舞起了黄狮子。在这里，"黄"被解读为"皇"，而这种狮子舞只有皇上才能观赏，一个小小的乐官也敢欣赏？你感到心头苦涩难言。事实上，这明明是岐王在醉酒时提出的要求，而且你的上司刘贶也点头答应了。你岂能有什么异议？

初涉社会的你怎能明白，年少成名最容易招致同行的嫉妒。再加上皇上对岐王心存猜忌，而你与岐王关系密切，所谓的舞狮子只是个借口罢了。一切都如同一场冤屈的闹剧，让你感到无法启齿的无奈。一方仍然宣称：黄色象征着皇室的尊崇，而你在排练的"五方狮子舞"中使用了黄色的狮子，而你独自观看，这岂非对皇帝的冒犯？说来冤屈，作为演出的总导演，不看又如何能进行排练？但这些论调无人理睬，看了就是对皇帝的不敬。

你前去申诉，要说明自己的冤屈，等来的却是一句："看了就是大不敬，又有何辩解的！"如此一来，你陷入了无法自拔的困境，你的命运由此蒙上了阴霾。在蜜罐里长大的你，自然无法预料到人心的险恶。整日沉浸在音乐之中的官员，怎会陷入如此纷争之中呢？

官场的险象就如同一张无情的网，你无法回避，只能默默接受着被流放的命运。你被调往山东的一处偏远地区，负责管理一个脏乱差的小仓库。这个新的生活环境让你感受到社会的残酷。

曾经兄弟情深的朋友们如今纷纷离去，仿佛鸟兽散去一般。你渐渐明白，原来在这世间，感情也有一种名为"利用价值"的标尺。

仕途一去不复返，你心中最牵挂的，却是那位深得你宠爱的姑娘。一个是公主身边的人，一个是被流放的罪人，两者之间的鸿沟是无法逾越的。世事变幻莫测。几日前，王府门庭若市，高朋满座。你还是长安城那位如玉的少年，与美丽的姑娘相互倾心。然而，眨眼之间，这里门可罗雀，无人问津。姑娘离去，兄弟离散，昔日显赫的高官身份也荡然无存。曾经读书十余年，如今只是一个仓库管理员。如此跌宕起伏的人生，让你在这无情的官场和世道中品味了人生的辛酸和无奈。你选择漫游江南，试图在自然的怀抱中找到心灵的宁静，修复那颗破碎的心。这

段时期的诗篇中,你的心境尽显其中:

鸟鸣涧

人闲桂花落,夜静春山空。

月出惊山鸟,时鸣春涧中。

桂花随风飘零,夜晚春山空阔。月光映照下,山鸟惊起,时而鸣唱在春涧之间。这些诗句透露出你内心深处的孤寂和沉痛,仿佛是对生命起伏的无奈吟唱。在江南的游历中,你的心情如同江水一般流淌,荡涤着那颗曾经受伤的心。

(三)

开元十三年(725),你在仓管的职务中度过了四年的平凡时光,终于迎来了解脱的时刻。

这一年,唐玄宗大赦天下,你如释重负地回到了家中。

你娶了一位温柔贤淑的妻子,红袖添香,琴瑟和鸣,虽未有初恋的深刻,但生活充满了宁静和温馨。本以为,此后将能过上宁静祥和的日子。然而,命运的捉弄总是无情的。当它决定戏弄你时,抗拒的念头甚至都来不及涌现。而立之年的你,正满心欢喜地准备迎接新生命的降临,命运却以残酷的方式,夺走了你深爱的妻子和尚未谋面的孩子。你的妻子跟孩子皆因难产而死。这一次艰难的生产,成为你生命中无法磨灭的伤痕。

你的日子变得更加沉重，痛失爱人和期待中的孩子，使你的心灵沉浸在无尽的哀伤之中。过去四年的仓管生涯，似乎成了世间艰辛的预演，而你在新的人生阶段，不得不面对这无情的变故。岁月的洗礼并未让你得以安宁，反而留下了一段辛酸的回忆。上苍在你一生的起点给予了你多少甜蜜，就在这一年将多少珍贵的东西夺走。对于诗人来说，丧妻的经历往往会化为悲切的句子。

元稹曾写下"曾经沧海难为水，除却巫山不是云"。

苏轼感慨过"十年生死两茫茫，不思量，自难忘"。

归有光的"庭有枇杷树，吾妻死之年所手植也，今已亭亭如盖矣"也流露着对逝去爱人的思念。

然而，你的悲痛与众不同。你是一个行动派的爱人。没有一字留给亡妻，只有默默坐在庭前，静静凝视着远方。你选择终身不再续弦，将每一分每一秒都献给亡妻。或许，在你的心中，爱情的两个字，专属于她。这样的悼念，胜过千万滴泪，超过千万首诗。你不同于其他诗人，在诗歌中留下思念，却在生活中以行动表达。这种深情厚谊，是一种对爱情最真实的表白。

就在你寄情于自己的诗作和画笔的时候，却传来了一个令人振奋的消息——张九龄成了宰相。深信这是个靠谱的大佬，你毫不犹豫地递交了自己的简历。你以卑微的姿态写下了求职信："贱子跪自陈：可为帐下不？"你恳求着张九龄能够收留你。

这种卑微的姿态源于当初，正是你从玉真公主手中夺走了张九龄弟弟张九皋的举荐名额。然而，张九龄并不是小心眼的人，他看重人才，因此答应了你的请求,任命你为右拾遗,并常常与你共同饮酒、出猎。

你也不负众望,很快从一个八品小官晋升为正五品的给事中,成为张九龄的得力助手。

在这段时光里,你结识了孟浩然,也就是后来田园农家乐代表团的一员,共同构成了"王孟"组合。**你们两位文人直接将山水田园诗推向了文坛的巅峰。**有了伯乐的提拔,有了真挚的友情,你似乎终于在命运的波折中找到了好运的起点。然而,好景不长,仅仅三年后,张九龄便被李林甫排挤下台。伯乐离开了官场,小伙伴孟浩然因长久未能入朝为官,深感心灰意冷,最终也挥别了长安。你再次陷入了孤独无依的状态。

更糟糕的是,作为张九龄提拔的人才,你成了李林甫的眼中钉。你再次被发配到边疆,身份是监察御史,负责出使边疆凉州。这一切似乎是命运对你的又一次考验,让你在风雨飘摇中重新找寻坚韧与勇气。踏上通往边疆的路途,你感到自己宛如飘摇不定的蓬草,一种被抛弃的凄凉从内心升腾而起。然而,忽然间,一缕孤烟直冲云霄,仿佛是从你的心灵深处升腾而起。在那一刻,你豁然明了一切。既然人生注定要在大漠中颠沛流离,为何不尽情挥洒呢?于是,你挥毫在沙漠中写下:

使至塞上

单车欲问边,属国过居延。

征蓬出汉塞,归雁入胡天。

大漠孤烟直,长河落日圆。

萧关逢候骑,都护在燕然。

这是你对尘世浮华的告别,一种毅然决然的宣示。

在辋川,你写下了《终南别业》:

终南别业

中岁颇好道,晚家南山陲。

兴来每独往,胜事空自知。

行到水穷处,坐看云起时。

偶然值林叟,谈笑无还期。

(四)

天宝十四年(755),"安史之乱"肆虐,在烽火狼烟中,你经历了生命中最为艰难的考验。唐玄宗弃城逃亡,百姓和大多数官员被抛弃,只为保全自己的性命。安禄山乘虚而入,俘虏官员们,强迫你们效力。安禄山听闻了你的声名,欲借用你的文学才华来安抚知识分子,希望你投效。

你宁愿选择屈身于病榻,自行煮药,投下几颗巴豆,让自己连日拉肚子,声称患上痢疾。你还假称嗓子哑了,以手势表达无法言语。尽管安禄山珍视你的文学才情,却将你软禁在东都洛阳的普施寺中,不顾一切地想要迫使你屈服。在这个困境中,你选择接受了伪职,逃过了生命的危机。

在此期间,好友裴迪前来探望你,并告知发生了一场"凝碧池血案"。原来,为了庆祝战果,安禄山设宴在凝碧池畔,邀请将士们共饮欢乐,竟将梨园子弟——即皇家乐队的成员押来为其表演。这些本是宫中的乐手,如今却被迫为逆贼演奏,这对于那些男子汉大丈夫来说,是何等的屈辱?一名叫雷海青的乐手毫不畏惧,直接将乐器摔在地上,痛哭流涕,却遭到安禄山的残酷刑训,以儆效尤。

你得知此事,心中悲痛无比,于是写下了《凝碧池》:

凝碧池

万户伤心生野烟,百官何日更朝天。
秋槐落叶空宫里,凝碧池头奏管弦。

这首诗写得很好,但是,好在哪里?在那个年代,唐玄宗钟情于音乐艺术,慷慨蓄养了一众才子,自谓梨园天子。然而,当安禄山带兵攻占长安,这些曾受宠的乐工却被遗弃,堕入叛军之手。安禄山效仿唐玄宗的故事,强迫这些乐工为他奏曲。这些艺术家曾目睹大唐繁荣盛世,享受过皇帝的宠爱,不愿效忠于安禄山,奏出的音乐中充满了悲愤之情,眼泪滑落无法自控。

安禄山渴望的是欢庆之音,却听到了如同丧葬乐的凄凉旋律,怒火中烧,他被这些人哭哭啼啼的样子弄得头昏欲裂。

于是他下令:"还有哭泣者,斩!"

即便以生命威胁,一位名为雷海清的乐工仍然义愤填膺,将乐器摔向地面,并朝唐玄宗逃离的方向跪拜,痛苦至极。安禄山见状,于是用各种酷刑折磨他,然后冷酷地将其杀害。

"不喜欢演奏?不喜欢演奏就是这个下场!"

消息传到了你的耳中，你的悲愤之情溢于言表，遂有了这首诗的问世。诗篇以痛心疾首之态势开篇，描绘了故都失守后的心情。接着，诗人表达了自己和其他在伪职上尽忠职守的百僚一样，都在默默等待改变命运的机会，却只能忍辱负重，等待时机的转变。最后两句可谓全诗的高潮，长安城易主，但为何形容为"空宫"呢？原来，诗人并未将安禄山及其从属视为真正的主宰，而是将这些背叛者视若无物。在你眼中，他们如同不存在，自己只是为了保卫这座空荡的宫殿而奋不顾身。

"凝碧池头奏管弦"则是指乐工为保卫而勇敢抵抗。考虑到当时的政治环境，你不能过于直白地表达，只能以这种庄重悲怆的语境赞美忠臣的坚贞之心。后来叛乱被平定，唐肃宗开始清算叛乱的罪魁祸首，出任伪官的卖国贼大多付出了生命的代价。

轮到了你，幸好有好友裴迪为你求情，呈上你的诗作《凝碧池》，证明你是被迫而为。

正是由于领悟了这首诗的深意，唐肃宗才决定原谅你，命令将你释放，降为太子中允。但即便如此，你依然保持了高位，并在之后步步高升，似乎未受到这次事件的影响。但对于你来说，曾经充当伪官的经历成为你一生的污点。尽管朝廷对你优待有加，你却越发愧疚。尽管弟弟王缙在平乱中立下了大功，愿意削减官职为你赎罪，但这个黑点一直萦绕着你。

已年近六旬的你经历了风风雨雨，对官场早已不再留恋。你自知无法做出更大的贡献，因此决定谦让退位，以此回报皇上的宽宏大量。自此以后，你改变了穿着，换上了素雅的服装，每天都过着清心寡欲的生活，只食用简朴的斋饭。**在宁静的日子里，你突然想起了自己另一个名字——"摩诘"。**

一切都变得如明镜般清晰！原来，你笃信佛教的母亲早在你生命初启之际，就赋予了你一颗禅心。这颗禅心，在你历经坎坷后，方才茅塞顿开。

你来到了一座名叫蓝田的县城，这里青山叠嶂，花草丛生。你频繁造访这里的禅院，与僧人深入讨论佛法。从此以后，你眼中的山水变得宁静淡雅，不再有艳丽的繁花，只有空灵的云雾和宁谧的山川。你的衣着素雅，生活简朴，仿佛是另一个摩诘，一个扫除心灵杂念，追求内心宁静的存在。

你一生经历了幼年失去父亲，中年丧妻丧子的痛苦；曾经怀揣怒马鲜衣的辉煌，也历尽被贬边塞的低谷；你见证了大唐盛世的繁荣，却也亲历了国破家亡的安史之乱。年轻时，你满怀豪情，以为凭借自己的志向，一定能够宏图大展；然而到了晚年，你才明白，那些功名利禄都不过是转瞬即逝的云烟。人生，是一个不断失去又不断收获的循环过程。

"但去莫复问，白云无尽时。"你放下了对官场的执念，最终获得了内心的平静。

上元二年（761），你从容地告别了这个世界。你的一生，如同一幅山水画，饱经风霜，却在岁月深处找到了宁静的归宿。

一口气概述

在外界看来，王维是一个无比成功且引人羡慕的人物。然而，在"安史之乱"过后，经历了亲人的生离死别之后，王维将他的辋川别墅转变为寺庙，同时上书唐肃宗请求将自己的职分所得全部施舍给穷人。此后，王维搬到了长安城中一座小屋，虽称之为小屋，却是颇具褒义。这间住所几乎一无所有："唯有茶铛、药臼、经案、绳床。"王维每天生活简朴，只吃素食，不食肉血，过着清净宁静的生活。他专心念佛，独坐焚香，同时向学生传授佛法。

对于大多数人而言，这种生活方式或许让人难以理解，甚至会觉得"王维这是疯了吧？"毕竟，他拥有一座美好的别墅，拒绝了补助和额外的收入，舒适惬意的日子可以过，却选择了过上苦行僧的生活。在很多人眼中，这样的决定似乎是在暴殄天物，放弃了许多人梦寐以求的幸福生活。

然而，仔细观察王维的一生，深入思考他的内心世界，再加上他从小就接触佛理的经历，或许可以找到这一切的答案。王维的生活选择似乎是他深思熟虑的结果，他在富裕和舒适之外寻求着更为深刻的内心平静。这种对世俗的超脱，或许在他的心中具有更高的价值。

在《礼记·大道之行也》中有一句"矜寡孤独"的表述。其中，"矜"指年老无妻，"寡"表示年老无夫，"孤"指幼年丧父，"独"表示老而无子。王维一个人经历了其中的三种境遇。想象一下，沾染上这四个字中的任何一个，都足以给一个人的一生留下"不幸"的印记，更何况是同时拥有三个呢？

那个时候的王维，经历了这些事情，他所承受的孤独和痛楚，该是怎样的呢？这不仅仅是个人层面的考验，更是一场生命的沉浸与反思。在岁月的打磨中，他或许在孤独中寻找到了内心的坚韧与深度，抚慰着那颗历经磨难的心灵。这些字背后，是一个人一生的坚强与沉静。

纵观王维一生，他生来就是神童，然而父亲早早离世。少年时登科，却遭遇了黄狮子案的困扰。娶得娇娥，却又早早失去妻子。即便在某种程度上得到了横财，但他的辋川别墅和田产最终也全部施舍出去，他最终一无所有。若说他不幸，名誉地位和财富都非寻常人可及；若说他幸运，却又历经诸多磨难，最终几乎一无所有。他在《叹白发》中写道：

叹白发

宿昔朱颜成暮齿，须臾白发变垂髫。
一生几许伤心事，不向空门何处销。

我一直认为，王维的一生都在隐忍，或者说在克制自己的情感，不让内心的苦楚和委屈过多显露出来。他的性格让他与同时代的诗人如李白、杜甫等截然不同，他的情感更为内敛。然而，人的情感是需要宣泄的。在年少至中年，他将痛苦投注于佛道之上，没有过多表露出来，因为他需要承担家庭的责任和重担。至暮年，当他回顾一生，回忆起遭遇的困苦，他终于可以将多年来压抑的苦楚倾诉出来。或许在那个时候，他已无须过多顾虑，可以真实地宣泄出内心的痛苦。这种性格的转变，使得他的大部分诗作都显得清淡平和，仿佛一杯凉白开，饱含着淡淡的寡淡。

在生命的最后时刻，王维坐在那里，盘膝而坐，给家人写下了诀别信。据《旧唐书·王维传》的记载："临终之际，以缙在凤翔，忽索笔作别缙书。又与平生亲故作别书数幅，多敦厉朋友奉佛修心之旨，舍笔而卒。"这番动作看似平淡，实则蕴含着深沉的内涵。在生命的尽头，他用文字表达了对亲人和朋友的深深思念，同时传达了修心奉佛的信念。坐在那里，临终之际，他安然从容地结束了自己的一生。

王维是很多人最喜欢的诗人，不同于李白的豪放奔放，也非杜甫的沉郁沧桑，他的诗歌充满了禅意，如一幅宁静的画卷，徐徐展开，细腻地述说着。遥望天空辽阔无垠，夕阳辉映苍茫无际。眼前的景象有松林、野鹤、寂寂的门扉，竹节嫩嫩地发芽，荷花在凋零。在采菱人归家的路上，有渔火点亮夜空。他的心灵沐浴在澄明的境界之中，将微小的事物和幽静的景致尽情展现在笔端。对他而言，世俗的名利如同梦幻般虚幻，何必追逐？唯有眼前所见，心中所感最为珍贵，值得铭记。

十丈软红遽然易逝，人生万象如烟云般匆匆而过。他只愿在这一瞬间享受宁静和安详，欣赏自己的心境，静观辛夷花的盛开和凋谢。一提起王维这个名字，便勾勒出了一片隐居在桃林中的意境。但是，我实在是很好奇一个诗人，他到底有什么特殊魅力，能被称为"诗佛"？

我做过很多视频，也知道诗人都有很多绰号，但是"诗佛"二字，未免太过独特。在我看来，佛教中的佛是一种无相的存在，超越具象化的概念。当人们尝试为佛赋予形象时，往往会选择符合神圣形象想象的某一特质。而王维的诗作则被认为带有明显的佛家禅意。

我作为一个普通人，最初对王维的理解仅停留在机械的背诵中，只知道他的名字、字号及与山水田园诗派的关联，却对其中的深意并不甚了解。尽管在谈论王维时口中轻松地述说这些概念，但实际上，我对他的理解显得肤浅，缺乏深入的领悟。这似乎是一种表面的熟悉，而非对其诗歌所蕴含哲学与灵性内涵的真正理解。

现在我才明白，他被称为"诗佛"，原因有三点：

首先，王维的"佛系"性格成为他命运的决定因素。性格在很大程度上塑造了个人的命运。有人不禁思考，为何同一时代的伟大诗人李白和王维未能成为朋友，甚至有传言称两人因玉真公主而成为情敌。虽然具体细节难以考证，但单从性格角度来看，两者确实难以交心。

李白豁达奔放，不拘一格，而王维谨慎小心，顺应世俗，渴望远离纷争。李白在"安史之乱"中挺身而出，抽剑四顾投笔从戎，而王维选择逆来顺受，担任伪官。王维的性格似乎与他的才情不太相称。作为家中长子，王维在父亲早逝后不得不扛起家族的责任，照顾几个弟妹。也许正是这份家族重担塑造了他那"佛系"的性格。

其次，王维的"佛系"政治生涯也是他人生轨迹的决定性因素。凭借卓越的才华，王维早早成为一位进士，然而，他的政治生涯在"黄狮子"事件中遭遇挫折，他被罢官并列入唐玄宗的"黑名单"。这一打击让王维对仕途失去了热情，随之而来的是他对待政治事业的"佛系"态度。中年之际，他变得纯粹为了俸禄和家族责任而在官场度日。虽身居朝堂，但内心追寻田园生活，过上了被时人戏称为"吏隐"的生活。在"安史之乱"时，甚至被迫在威逼下担任伪官，是一种顺从命运的"佛系"心态。

王维的"佛系"生活态度贯穿其一生。在当时的人看来,他缺乏野心和抱负,对生活持无所谓的态度,他的人生哲学如同当今一些人,追求轻松自在,只为谋取一些必需的财富,用以实现内心想做的事情。在感情方面,早年丧妻后,三十多年未再婚,表现出真正的清心寡欲。

最后,文化上的"佛"对王维的影响深远。受佛学影响,王维在田园山水诗上表现最为卓越,创作丰富而意境深邃,因而被尊称为"诗佛"。然而,并非仅仅局限于佛学,王维是个全面发展的文化人,精通琴棋书画,广涉儒释道三家学问。虽然受"佛学"最为显著,从小学习佛学,甚至在生命的最后阶段,"作文辞亲友,笔停而化",初名摩诘,圆寂时彰显出深深的佛家影响,也体现了他对多元文化的包容和理解。

世人只知王维是诗佛,可他的山水画成就更高,可惜少有人知。中国文化中,农耕与土地有着深厚的联系,反映在人们对土地的浓厚亲切感。这种情感在魏晋时期表现得尤为显著,正是在这个时代,山水田园诗的兴盛推动了一种全新的艺术形式——山水画的诞生,丰富了世界艺术的格局。中国古代社会以农业为主,人们对土地有着深刻的感情和依赖。农耕文化在社会生活中扮演着至关重要的角色,人们倚仗着丰富的土地生产食物,维系着家园的安定。这种与土地的紧密关系,深深植根于中国人的文化观念之中。

王维以其卓越的才情,将诗歌的意境巧妙地融入画卷之中,创造出了简淡而抒情的艺术场景。同时,**他开创性地采用了"破墨"山水的技法,为山水画的发展开辟了新的境界**,被认为是山水画史上的重要先驱。明代书画家董其昌在《山水南北宗论》中曾指出,王维"始用渲淡,一变勾斫之法"。

这里所谓的"破墨"并非简单的"泼墨",而是一种运用浓墨与水的相互渗透,以此来表现山石的阴阳向背。这种技法的运用丰富了画面的层次和表现力,使得山石之间的纹理、质感更为丰富生动。王维以其独创的手法,通过泼墨技法赋予山水画更为丰富的情感和意境。这种渲染之法的引入,被认为是对山水画传统技法的一次重大创新。

苏东坡曾言,"味摩诘之诗,诗中有画";欣赏摩诘之画,画中流淌诗情。而董其昌在《画旨》中更是明确表示,"文人之画,自右丞(指王维)始",将王维奠基为南宗山水画的奠基人。

王维之卓越艺术成就,既源于其天赋才情,亦与其生平经历密切相关。"安史之乱"中,他被迫在叛军中任职,而平叛之后,官场险途重重。王维深信佛教,甚至被尊称为"诗佛",渐渐看透尘世纷扰,选择在长安城外隐居,专注于个人情感和内心境界的艺术表达。在王维之前,佛学的理念尚未被中国知识界完全领悟,画家们也未找到合适的艺术语言传达之,只能通过宗教画及人物画表达。然而,王维将佛学融入山水画中,通过平远的构图传达出空灵宁静的冥思之感,以清新隽永的自然启示达到宁静致远的境地。

王维之所以能够达到如此高度的艺术境界,不仅因其天赋卓绝,更因他并非靠画画为生。与吴道子不同,吴道子若不绘画,就无法谋取生计。因此,吴道子的画作主要以"客户需求"为导向。而王维则以个人情感为出发点,将绘画功能由面向公众、服务政教逐渐转向面向个体和心灵,成为文人艺术理想的开端。

王维的画作功能逐渐演变,从服务政教转向服务个体和心灵,奠定了中唐以后中国视觉艺术的发展方向。其诗境更成为画家追求的最高理想，为后世文人画的繁荣铺就了道路。令人遗憾的是，王维的真迹至今未有传世，我们只能通过史料记载和其文学作品进行推测和感悟。网络上流传的王维《辋川图》《雪溪图》《江山雪意图》等作品，多为后人摹本或伪作，与原作相去甚远，无法计入真迹之列。

有人说，王维晚年学佛入了魔，从不在意百姓跟身边人。

他从不曾为自己辩解。王维深陷于山水之境，并非因为他漠视世间疾苦，而是因为他选择默默行动，不以诗文夸耀自我。他的善举在《请回前任司职田粟施贫人粥状》中得以体现。面对道路上的冻馁之人，他直接捐出自己全部的田产，呼吁将一司职田用于施粥之所。

母亲离世后，他再次展现了深沉的感情与悼念之心。他直接捐掉辋川大别墅，以《请施庄为寺表》表达了对亡母的思念之情。

面对丧妻之痛，王维同样没有通过悼亡诗表达心境。然而，在妻亡后，他选择了孤居一室三十年，坚守守寡的决定，彰显了他对亡妻的深情厚谊。这种沉默而坚定的表达方式，体现了王维内心深处的坚守和对逝去亲人的默哀。

纵观王维的生平，虽然他不善言辞，但他用实际行动在济世救急、孝敬亲人方面付出了巨大努力。他是那种不言而善行、默默奉献的人，通过实际行动展现了他的济世之心。

在历史的长河中，王维并非倍受欢迎的人物。

他虽未有李白豪放的恢宏气势，也未曾展现杜甫那种对国家社会的深沉关切。

王维宛如生活在自己的小天地，却不敢将心灵全然奉献。他深陷羁绊之中，做出了独特的选择，为我们呈现了一种宁静温润的生活方式。

大多数人无法毫不犹豫地远离社会，隐居山水之间，亦难以在社会浮沉中不失底线，成为精明强干之人。因此，王维的存在为中国人提供了多样的人生路径选择。

发现并拥有一片属于自己的心灵净土，也许需要很多年。但如今的我们，挣不脱这浮世。

王维也明白："这个世界上唯一不变的，就是变化。"

杜甫

比自身生命更重要的,
是我的国家与无数的百姓

题记

韩愈：独有工部称全美，当日诗人无拟论。李杜文章在，光焰万丈长。

白居易：（杜诗）贯穿今古，缕格律，尽工尽善。

元稹：杜诗浩荡津涯，处处臻到。

司马光：古人为诗，贵于意在言外，使人思而得之，故言之者无罪，闻之者足戒也。近世诗人惟杜子美最得诗人之体。

苏轼：古今诗人众矣，而杜子美为首，岂非以其流落饥寒，终身不用，而一饭未尝忘君也欤？

陆游：文章垂世自一事，忠义凛凛令人思。

许顗：老杜诗不可议论，亦不必称赞，苟有所得，亦不可不记也。

叶梦得：诗人以一字为工，世固知之，惟老杜变化开阖，出奇无穷，殆不可以迹捕。

杜甫，万千赞誉之词下的你，到底经历了什么样的一生？

在一个世纪前,命运之神似乎为画家凡·高编织了一段独特的人生故事,然而,这个剧本在千余年前曾被另一位文人演绎过,那就是唐朝的文学巨匠杜甫。尽管后来的世人尊崇杜甫为"诗圣",与李白齐名,被誉为李杜,然而,回顾杜甫有限的五十八年光阴,其生命多是饱经世态炎凉的辛酸历程。

这段时间里,杜甫才情横溢,却也深受命运的摧残。百年后,凡·高在他的画布上挥洒着独特的艺术之光,而杜甫用诗篇勾勒出的画面似乎成了一种寓言。这个故事,跨越了时光的河流,映照着艺术家灵魂深处的共通之痛。**杜甫的生平,虽然因为其杰出的文学成就而留下了浓墨重彩的一笔,却也饱含了人世沧桑的沉痛。**

（一）

你的名字，叫作杜甫。

太极元年（712），你踏上了盛世唐朝的土地。

然而，命运在你幼年投下了沉重的阴影，母亲英年早逝，使你成为姑母家的寄养子。传闻中，曾有一次你和表兄同患重病，姑母得知将病人置于家中东南角能活命的说法，于是毫不犹豫地将家中唯一的东南角留给了你。奇迹发生了，你康复了，而可怜的表兄在病痛中离世。年幼时的这一幕成为你心头永远的记忆，使你对姑母产生了深深的感激之情。

你的家庭背景饱含文人气息。祖父杜审言是一位品级较高的员外郎，尤以五言律诗颇有造诣，享有盛名。父亲杜闲虽然是奉天令，但到了你这一代，家境已有些中落。然而，家族依然是书香门第，祖父是一位杰出的诗人，家中的藏书丰富，为少年的你提供了充足的读书机会。虽然无法与初唐四杰那些天才儿童相媲美，据传，你在七岁时已经展现出作诗的天赋，九岁时更能熟练书写。

尽管你的幼时诗作已难寻踪迹，但在自己的诗篇《壮游》中，你回忆起自己七岁时的豪情壮志，开口吟唱着凤凰的咏史。九岁时，你更是能写下大小字体，成就非凡。这些早期的才华，为日后你的文学生涯埋下了坚实的基石。

壮游

七龄思即壮，开口咏凤凰。

九龄书大字，有作成一囊。

经历了多年的苦读生涯，十几岁的少年你踏入洛阳，身世显赫，出自官宦之家。你频繁往来于岐王李范和殿中监崔涤的府邸，聆听当时著名歌手李龟年的妙曲。这种阅历让你在年轻时就能领略到一些世故的风采，成为那个时代知识青年中的佼佼者。

出身官宦之家，你颇有机会接触到社交场合和文化盛宴，这成为你丰富见识、涵养情操的一部分。然而，尽管身世显赫，你心中却怀揣着对知识的渴望。你怀着国士之心，渴望通过读书、参加科举，为国家效力。在家中，你已经倾注心力阅读万卷典籍，如今你决定踏上千里之路，开始你的壮丽征程。

从河南漯河出发，弱冠的少年你穿越临猗、南京、苏州、杭州、绍兴、萧山、嵊州、新昌，最终抵达浙江。这几年的行走，让你见识了无数事物，拓宽了眼界，使你对功名利禄的渴望愈加强烈。充满自信的你于开元二十三年（735）回到洛阳，迎来了人生中的第一次重大考试——参加进士科考试。

这一年，仅有二十七名考生获得了进士资格，而投考的人数接近三千，录取率仅为百分之一，相较现今的高考更显艰难。

可想而知，年轻的你不出意外地，落榜了。

然而你并未沮丧，反而对自己的未来充满信心。你坚信自己还年轻，初次失败在所难免，于是决定通过更多的经历来丰富自己。你选择了泰山，一座雄伟壮丽的山峰，以期通过登山来找到人生的方向。在攀登的过程中，你感受到了身体和心灵的双重挑战。当你终于登上山巅时，眼前展现的是壮观而辽阔的景色，远离尘嚣的山巅让你感受到一种脱俗的宁静。在那一刻，你不再只是年轻的失败者，而是一个充满潜力和才华的年轻人。

眺望着远处的山川河流，你的心中涌动着对未来的憧憬。你深信，自己的才华将如同这座高山般巍峨，而你的自信和决心将是攀登成功的基石。

《望岳》诞生于此。

望岳

岱宗夫如何？齐鲁青未了。
造化钟神秀，阴阳割昏晓。
荡胸生层云，决眦入归鸟。
会当凌绝顶，一览众山小。

（二）

在你二十九岁那年，你的人生迎来了一个新的阶段，一个与家庭、责任和理想交织在一起的时刻。坐在你面前的老者：杨怡，是弘农杨氏家族的当家人，担任司农少卿的官职，家族历史悠久，可追溯到东汉时期，堪称"四世三公"，其地位相当显赫。你意识到，与这位家族传承深厚的老丈人见面，需要对自己做出详细介绍。你自信而坦诚地说："我叫杜甫,祖父是杜审言,父亲杜闲,现在在奉先担任县令。"

老者杨怡微笑着回应:"杜先生,您祖上的文章才华和奉先令的声望我们都有耳闻。那么,您如今从事何职业呢?"

你毫不犹豫地回答:"我擅长诗歌创作,尽管上次科举未能如愿,但我相信下次一定能够成功。而且,我将会对小姐(杨家小姐)好得无可挑剔。"

老者杨怡听了笑了笑。在唐朝,一个人自称擅长写诗可能让人觉得他是个奇人,或者是个天才。杨老先生看着眼前的你,或许觉得你可能就是那个既有着才情,又充满决心的人。

在二十九岁的时候,你成功地娶到了十九岁的杨家小姐,展开了新的人生篇章。你对她的承诺不仅仅是口头上的誓言,而是在行动上付诸实践。在唐朝,男人三妻四妾是寻常事,但你一生只对杨氏一往情深。

梁启超后来评价你为"情圣",就是因为你一心一意地守护着这段感情。

杨氏也完全配得上这份专一。二十九岁的你即将踏上后半生的征程,这段旅程注定充满了曲折、艰辛,甚至可能会面临贫困和生计的压力。杨氏原本是一个衣食无忧的千金小姐,然而,她选择了与你共同面对生活的困境,默默地支持着你的理想,忍受着艰难的时光。你们之间的情感,成了你后半生坚韧不拔的动力和创作灵感的源泉。

天宝三年(744),对你而言,仿佛是你人生中最后一段纯真快乐的时光。原因在于,你邂逅了自己的偶像——"谪仙人"李白。在那个时候,李白不仅仅是你的偶像,更是全国人民心中的传奇。他的传说不仅留存在江湖上,更在官场上独树一帜。在整个朝廷中,皇帝要开除任何一个人都是分分钟的事情,而李白成了唯一被开除还被赐予金钱的人,这在史书上被称为"赐金放还"。

带着遣散费,李白开始了他的周游全国之旅。在洛阳,你有幸与李白相遇。在相处中,李白那种超然洒脱、狂放潇洒的个性深深打动了你。很快,你由一个路人粉转变为铁杆粉。而李白也对你这位年轻的崇拜者寄予厚望,并相约过段日子一同结伴出游。而此时,你的另一位朋友高适也表达了加入旅行团的意愿,李白毫不犹豫地答应,于是,原本的双人行变成了一场三人的精彩之旅。这段时光,宛如一幅明亮的画卷,勾勒出你在李白身边感受到的欢乐与奔放。三人结伴而行,仿佛是一段闲适而畅快的旅程,让你品味到人生的美好。李白的风采和胸怀,让这段相遇成为你一生中最宝贵的回忆之一。

快乐的时光总是短暂,三人的旅行结束后,李白和你虽然只有两次再次相遇,却也构成了两位诗人一生中短暂而珍贵的交集。

你已是一家之主,对于当初对岳父的承诺,你感到有责任去履行。于是,你踏上了第二次"高考"的征程。在与李白等朋友的相处和游历中,你对诗的理解上升到一个新的层次。

令人沮丧的是,你这次考进士的结果依然是落榜。这次的失败对你来说可能是致命的打击,因为不是因为你的能力有问题。当年负责考试的是"奸相"李林甫,他对皇帝称"野无遗贤",也就是说,强者已在朝廷里了,所以当年的考生无一录取。

尽管通过考试入仕的希望破灭了,但你仍需照顾家庭,解决温饱问题。作为一位诗人,你又该何去何从呢?在这段困境中,你创作了一首著名的诗,献给当时的官员韦左丞。

奉赠韦左丞丈二十二韵

纨绔不饿死，儒冠多误身。

丈人试静听，贱子请具陈。

甫昔少年日，早充观国宾。

读书破万卷，下笔如有神。

赋料扬雄敌，诗看子建亲。

李邕求识面，王翰愿卜邻。

……

甚愧丈人厚，甚知丈人真。

每于百僚上，猥诵佳句新。

……

常拟报一饭，况怀辞大臣。

白鸥没浩荡，万里谁能驯？

那时的你觉得，那一年的冬天会很难熬，你可能不会想到，以后的无数个冬天都会比这更难熬。

（三）

天宝九年（750），一条消息传来：皇帝将进行盛大的祭祖仪式。这一新闻引起了你的注意。你迅速挥毫，创作了一篇名为《进三大礼赋表》的文章，怀着对皇帝的崇敬之情，将其献给了朝廷。你深知这是一个向皇帝展示自己才华的绝佳机会，渴望能够引起皇帝的关注。

果然，皇帝读后大喜，对你的文才赞不绝口。他认为你是一位才子，应该为国家效力。然而，皇帝本身并不过问具体的政务，于是将此事交由丞相处理。结果，你的命运落到了丞相李林甫的手中。

李林甫跟你因考试曾有隔阂，如今怎么可能重用你？你原本以为此番奉献会让自己得到皇帝的垂青，却未曾料到事与愿违。你被告知要等待，等到何时？

"有机会再说。"

尽管你成了等候官职的候补官员，但你并不知道自己何时才能如愿以偿。幸好，《进三大礼赋表》得到了皇帝的认可，使得朝野上下都了解到有这样一位杰出的文学家、诗人。

此刻，国家形势日益恶化，唐玄宗只知沉溺于享乐，对朝政漠不关心。唐朝内有许多节度使拥有巨大的权力，不听中央的号令。朝廷不得不派兵讨伐，但皇帝手头兵力有限。于是，唐朝只好让节度使之间相互攻打，其中最为依赖的是安禄山，却为唐朝的衰落埋下了祸根。

面对内忧外患，唐朝需要大量的兵源。然而，很少有人愿意参与战争。于是，一场抓壮丁的行动在城市间展开，你经常在街头目睹这一场景。对于国家的不幸命运，你心生感慨，也为之后创作的《兵车行》奠定了基础。这一切，是唐朝衰败的前兆。

兵车行

信知生男恶，反是生女好。

生女犹得嫁比邻，生男埋没随百草。

君不见青海头，古来白骨无人收。

新鬼烦冤旧鬼哭，天阴雨湿声啾啾。

在那个时代，普通百姓的生活愈发艰难，而与此同时，皇室亲属和贵族们却日益沉湎于奢华享受。一幕让人唏嘘的画面是，杨贵妃的姐妹——虢国夫人、韩国夫人、秦国夫人，以及她的哥哥杨国忠，一同前往华清池游玩。

他们的行进队伍几乎堪比过节时的盛况，显得排场豪华非凡。虢国夫人与唐玄宗的关系本就不明不白，而与杨国忠的交往更是毫不掩饰。这一幕令人感慨，也成了你创作《丽人行》的素材，通过这首诗来讽刺时局。

这首诗以优美的文学语言，深刻地揭示了社会的不公与贫富差距的悬殊。你以敏锐的观察力，通过诗歌表达了对当时社会风气的不满与批判，将贵族阶层奢侈享乐的场景描绘得淋漓尽致。

丽人行

后来鞍马何逡巡，当轩下马入锦茵。
杨花雪落覆白蘋，青鸟飞去衔红巾。
炙手可热势绝伦，慎莫近前丞相嗔。

在那时，你的候补生涯终于有了一丝音信，朝廷赐予你河西尉的官职。

然而，河西尉这个官职位于正九品下，主要负责审理案件、判决文书，还要承担赋税征收的责任。你却毅然拒绝接受这个官职，原因并非官职小微，而是这个职务根本无法维持一个家庭的正常生计。琐碎的事务繁多，想要兼职几乎是不可能的，简直就是断粮之道。朝廷随后为你提供了右卫率府兵曹参军的职位，即武器库管理员，幸好是个相对清闲的差事。当时的时局兵荒马乱,你在长安还有朋友们接济,但是一家老小在奉先,日子实在难以维持。令你悲痛欲绝的是,十一月初,你的小儿子竟在家中饿死。

你翻越了千山万水,历经艰险,终于回到了久违的家中。在漫长的旅途中,你的心一直牵挂着那个家,那个被岁月沧桑打磨过的温馨角落。你怀揣着对妻儿的思念,憧憬着推开家门,却被一阵哭泣声深深震撼。你的心猛地一颤,不安的情绪涌上心头。你跟随着哭声走进屋内,那是一阵深沉的呜咽声,搅动着你的心弦。

原来,你的小儿子,你那个曾经活泼可爱的孩子,竟然在你还在漫漫归途中时因为饥饿而死。你的眼前一片模糊,你不敢相信眼前所见,仿佛这只是一场残酷的梦境。

妻子泪眼婆娑地站在一旁,透露着无尽的悲伤。小儿子因吃不饱饭而瘦弱的身躯让人心酸。他是家庭的一分子,却在你踏入门槛的时候,以一种默默的方式告别了这个世界。

你心如刀割,一时间无法言语。这个你深爱着的孩子,却在等你归来的过程中默默离去。你想象不到,你的离别竟然要付出如此沉重的代价。你的眼泪混杂着对家庭的愧疚和对逝去儿子的无尽思念,流淌而下。你想到从长安回家时,途中却目睹着玄宗和杨贵妃在华清宫尽享奢华乐趣。这一幕让你悲愤交加,你提笔写下《自京赴奉先县咏怀五百字》,用诗歌表达着内心的苦痛:

自京赴奉先县咏怀五百字

……

凌晨过骊山,御榻在嵽嵲。

蚩尤塞寒空，蹴蹋崖谷滑。
瑶池气郁律，羽林相摩戛。
君臣留欢娱，乐动殷樛嶱。
赐浴皆长缨，与宴非短褐。
……
朱门酒肉臭，路有冻死骨。
……
入门闻号咷，幼子饥已卒。
吾宁舍一哀，里巷亦呜咽。
所愧为人父，无食致夭折。
……
默思失业徒，因念远戍卒。
忧端齐终南，澒洞不可掇。

（四）

转眼到了新的一年，你的好友郑虔突然闯入，紧急报告说安禄山已经发动反叛，长安陷入了混乱之中。王公贵族们纷纷准备逃离京城，郑虔劝告你早做打算。面对这突如其来的变故，你毫不犹豫地决定将一家老小迁移到鄜州羌村，即现在的富县。为了维持生计，你决定冒险前往寻找肃宗，因为那个时候，任何没有投降安禄山的官员，只要到肃宗那里投靠，都有可能得到加官晋爵的机会。于是，你与妻儿告别，踏上了未知的征途。

然而，你在路途中遭遇了安禄山的叛军抓捕。尽管你已经做好了誓死不降的决心，被抓后依然对叛军进行了激烈的口头抗议。然而，想到家中妻儿的艰难境遇，你决定守住底线，只要不降，就尽量减少抵抗。尽管如此，被困在敌营，你依然不知何时才能与家人团聚。想到妻子原本是千金小姐，却跟随着你一路颠沛流离，从未过上一天好日子，你的心情愈发沉重。思及妻子独自一人照顾年幼的儿女，悲从中来，你在心底埋下深深的忧虑。于是，你在此时创作了《月夜》，倾诉着心头的苦楚和对家人的深深思念。这是一曲流淌着悲怆之情的诗篇，见证了你生命中的苦难与坚持。

月夜

今夜鄜州月，闺中只独看。

遥怜小儿女，未解忆长安。

香雾云鬟湿，清辉玉臂寒。

何时倚虚幌，双照泪痕干。

到了第二年春，仍不知何时是归期，于是便有了这首诗：

春望

国破山河在，城春草木深。

感时花溅泪，恨别鸟惊心。

烽火连三月，家书抵万金。

白头搔更短，浑欲不胜簪。

至德二年(757),你终于在他人的帮助下成功逃脱囹圄,回到了羌村。推开家门的一刹那,你看到杨氏站在那里,怔怔地凝望着你。

你激动地说:"是我啊,我回来了。"然而,杨氏半天说不出话,她的眼泪却如泉涌般止不住地流淌下来。

两人分别已有两年,这两年的兵荒马乱令你们背负着太多的思念和不安。

你和杨氏相拥而泣,情不自禁地让泪水湿润了你们久别的相逢。在这抱头痛哭的瞬间,所有的忧虑、苦楚、彷徨都被释放出来。家门敞开,成了心灵的港湾。你侧身一看,发现围墙上挤满了人。邻里们纷纷聚集过来,唏嘘感叹。

这几年,杨氏的坚强和不屈让整个村庄都为之动容。有的人在悄悄抹去眼泪,深知这一切不易。在这个平凡的羌村,两个平凡的人因为坚守、等待,终于在困境中重新相聚。

羌村

峥嵘赤云西,日脚下平地。
柴门鸟雀噪,归客千里至。
妻孥怪我在,惊定还拭泪。
世乱遭飘荡,生还偶然遂。
邻人满墙头,感叹亦歔欷。
夜阑更秉烛,相对如梦寐。

你逃出叛军的魔掌后,仍旧坚持投奔肃宗。当肃宗见到你时,却发现你身上的衣衫已是破破烂烂,鞋子也早已消失不见。这一幕让肃宗深感感动，决定任命你为左拾遗。这个官职是为皇帝提供重要意见的职务，显示了肃宗对你的高度认可。可是你的官路并不顺遂，后来被贬为华州司功参军。

在前往华州的途中，你目睹了无数悲剧：刚成亲的夫妻，被征兵抓走；孩子早已战死沙场的老人却仍然被强行抓去充当兵役……这一路上的种种遭遇让你深感沉痛，你将所见所闻都记录下来，创作了不朽的三吏三别，包括《新安吏》《潼关吏》《石壕吏》《新婚别》《垂老别》《无家别》。这一系列的经历让你对国家和官场充满失望。正值史思明叛乱之际，为了躲避战乱，你带着家人迁往蜀地，在成都的浣花溪找到了安定的栖息之地。

一开始，你依赖着高适的帮助，但后来高适离任，你便依靠严武。然而，一天大风刮来，将你家的茅屋顶刮走，一家人只能在风雨中承受寒冷。更让人痛心的是，几个小孩竟将茅屋顶部掉落的茅草拿走，而你却无能为力。这一切勾起了你对过往苦难的回忆，于是你创作了：

茅屋为秋风所破歌

安得广厦千万间，大庇天下寒士俱欢颜，风雨不动安如山！
呜呼！
何时眼前突兀见此屋，吾庐独破受冻死亦足！

严武死后，你再无靠山，于是只能四处漂泊，大历五年（770），你遇到了一个人，竟然是著名歌手李龟年。两人相遇时，你可能会说这样的话：

"你说这是不是巧合，我们居然能在这里再次见到，李龟年啊，李龟年，你现在唱的这首诗我还记得呢，红豆生南国，春来发几枝，愿君多采撷，此物最相思，你看你现在怎么已经这么老了，不对，是我们都太老了。写下这首诗的王维，他在八年前就已经去世了，你说我第一次听你唱歌的时候，我才十几岁，如今你看看我们两个，竟然无法分辨谁更老一些，你说，我们以后还能再见吗？我想，可能是见不了了吧，你说这缘分还挺奇妙的，我给你写一首诗吧：'岐王宅里寻常见，崔九堂前几度闻。正是江南好风景，落花时节又逢君。'再见了，我的朋友。"

在这之后没多久，大历五年（770），你便走完了你自己的一生。

一口气概述

杜甫的人生，确实并非波澜壮阔，只可惜，他在当时的社会地位相对较低。大部分时候，他需要依赖他人的资助，不得不通过出售自己的才华来维持生计，同时还得顾忌他人的眼色。与李白的洒脱、王维的天才、高适的官场应对以及岑参的征战边疆形成了鲜明的对比。

杜甫并没有像李白那样豁达，也没有像王维那样天赋异禀，他没有适应官场的机智，也无法像岑参那样投身边关。但杜甫在他二十九岁时向岳父对妻子做出的两个承诺，是他一生的坚持：

"我一定会对小姐好。"

"我会写诗，我会努力写好诗。"

长河渐落，日月星辰皆在历史的长河中徐徐沉浸。杜甫，如同一盏孤灯，照亮着浩渺的时光。年轻时，他身着白衣，披发如云，锐意进取，登上泰山，展望着遥远的未来。他的脚步跨越齐鲁山川，西进长安，南下入蜀，辗转流离，一生在原则与选择之间徘徊。杜甫，面对生活的诸多抉择，不断在困顿与迷惑中坚守着自己的信念，身处理想与现实的交汇处。

青年时期，杜甫迎着朝霞，满怀理想，锲而不舍地攀登着社会的高峰。途中结识知音，与朋友共饮一杯又一杯，共同走上了追寻梦想的漫漫征程。以长安之大，杜甫仍未能找到立足之地。他不断踏上仕途，三进三退，生活如同一艘船，配以激进的帆，在风浪中颠沛而不安，却也塑造了一生的坚韧与不懈。这个身披白衣的青年才俊，披荆斩棘，奋发向前，如同一轮初升的太阳，驱散了黑暗，照亮了他的人生之路。他的征程上，除了理想与坚持，还有父母、妻儿的牵挂，使得生活的航船在逆流与迎风中前行。这一切，如同文学史上的一首乐章，让杜甫的人生在波澜壮阔中，愈加深沉而丰富。

在兵荒马乱的年代，在多舛艰辛的世道中，黎民百姓铺陈了挣扎摸索的生活。**盛唐的河山在风雨飘摇，而不屈的诗人们在摇旗呐喊，为信仰而仰望。**烽火三月的流年里，写满了人生的不幸，动若参与商；而家书万金的岁月中，则上演着"昔别君未婚，儿女忽成行"的戏码。时光的大手一挥，清秀俊雅、生气勃勃的昨日少年早已饱经沧桑，在穷困潦倒、庇佑苍生的信念中，度过了风烛残年，淬炼出更加坚韧的品格，诠释了更加坚定的品性，践行了济世惠民的理想。

老杜先生在岁月的洗礼中，两鬓斑白，早生华发，但他依旧高矗在人生的舞台上。长身玉立、长歌当风，他饱经雪雨风霜，沉淀出一个赤子原来赤诚的模样。在山川河岳、世事茫茫的提炼中，他的品格更加丰盈鲜活。

老杜先生，和光同尘，泽被苍生。他是少陵野老，茅屋虽破，广厦千间俱欢颜，他致君尧舜，民风淳朴海晏河清。他在一次次摸索前进中开拓进取，在一波波风浪中砥砺前行。

这个年代的风雨洗礼，塑造了老杜先生那如同山川河岳般坚定的灵魂。他在人生的舞台上独挡风雨，为信仰和理想而矢志不渝。这是一幅沉重而壮丽的画卷，描绘着一个诗人在历史长河中的生命征程，如同一盏明灯，照亮着那个时代的荆棘坎坷，为苍生谱写着一曲动人心魄的赞歌。最终，他站在千里悲秋的沧桑之地，手握着一杯沉醉的浊酒，沉浸在吴楚东南的广袤天地中，述说着寂寞的海鸥在苍茫中徘徊。理想一次又一次地死去，却在为天下操劳和守护个体自由之间，如涅槃般重生。

那位智者独自登上高峰，凝视着无尽的飘零落叶，漫步于贫瘠潦倒、夕阳映照苍山的画面中。他是否还能回忆起自己曾是那位骁勇少年，穿着鲜艳的戎装，眼中闪烁着生机的光芒。桃花在风中摇曳，戏蝶在花间嬉戏，娇莺在枝头自由飞舞。谁能举杯邀月，唤醒佳人共舞于华丽的宴席，这一切都曾是他的身影。窗外的雪覆盖着西岭千秋，门前的江水停泊着东吴万里船，所有的一切都是他的足迹。然而，这些只是曾经，虽然它们确确实实存在过。

罢了，如同诗中所言，他和他的名字都将随时间湮灭，但江河会奔流千古。总有一些人，一些事，值得被永世传颂，成为千古的经文。

他是"诗圣"，但为什么？

首先杜甫写诗写得确实好。

杜甫，才华横溢，诗歌涵盖各种体裁，展现出全面的文学造诣。不仅在厚重的《全唐诗》、略显庞大的《唐诗别裁集》中，而且在较薄的《唐诗三百首》中，杜甫的作品横跨五绝、七绝、五律、七律、五言古诗、七言古诗、乐府等多个诗歌体裁。在这众多诗歌体裁中，杜甫的作品几乎无一不是佳作。他的五绝或许不及李白，五古、七古则与李白齐名，各有千秋。而在五律方面，杜甫堪称其中之冠，而七律更是无出其右者。

若要评价杜甫的七律，它属于一种变态的诗体。起源于沈佺期和宋之问，最初主要用于应制奉和之作。这种诗体要求每首八句，押韵合理，而且在奇数句与偶数句、前后四联之间都有严格的对仗和平仄关系。初唐近百年，创作七律的数量也并不多，因为这种形式非常复杂，难以达到高水平。杜甫以其卓越的才华，使得这种形式变态的七律在他的手中焕发出异彩。在七律的世界里，他的作品宛如珍珠般璀璨夺目，其中最著名的莫过于《登高》。这首诗以其深刻的内涵和高超的艺术表现，使七律在杜甫手中不再只是炫技的工具，而成为真正展示才情的崭新画布。在这个复杂的艺术形式中，杜甫的七律彰显了他对诗歌艺术的深刻理解，使得这一诗体成为他不朽的艺术之作。

在杜甫之前，要写出优秀的七律诗是一种小概率事件。

唐代诗人崔颢曾中过一次大奖，他的《黄鹤楼》被认为是唐代最杰出的七律之一：

> 昔人已乘黄鹤去，此地空余黄鹤楼。
> 黄鹤一去不复返，白云千载空悠悠。
> 晴川历历汉阳树，芳草萋萋鹦鹉洲。
> 日暮乡关何处是？烟波江上使人愁。

传闻李白来到黄鹤楼，看到崔颢的佳作，有心也来创作一首。然而，在考虑之后，李白给自己找了个退路，以"眼前有景道不得，崔颢题诗在上头"为由，选择了回避。后来，李白在凤凰台写下了一首与崔颢的《黄鹤楼》有一定相似之处的七律：

登金陵凤凰台

> 凤凰台上凤凰游，凤去台空江自流。
> 吴宫花草埋幽径，晋代衣冠成古丘。

> 三山半落青天外，二水中分白鹭洲。
> 总为浮云能蔽日，长安不见使人愁。

崔颢虽然以《黄鹤楼》留下了千古佳作，却只传世两首七律。相比之下，李白传世的诗歌超过九百首，其中只有十首七律，而最著名的一首便是《登金陵凤凰台》。崔颢和李白的七律都是杰出之作，然而深入探究其格律，不难发现它们同样存在一些瑕疵。这也从侧面表明，创作一首出色的七律诗确实十分不易。对于杜甫而言，他却将其他诗人的高难度动作视为家常便饭，仿佛是习以为常的行为，将创作七律的难度降至平凡。在他的创作中，这并非购买彩票，而更像是直接领取了彩金。

杜甫的七律作品高达约一百五十首，几乎没有一首不是佳作，每一首都是古代诗歌的精品之选。《唐诗三百首》中选入了他的十三首七律，而《唐诗别裁集》更是收录了他的五十七首七律。

杜甫的七律，以其丰富的表现手法和精湛的技艺，呈现出多种多样的写法和精彩纷呈的作品。相较于其他诗人一生中难得几首杰出之作，杜甫却能在一个题材上写上五首、八首，其作品变化多端，每一首都令人拍案叫绝。他的创作不仅是对七律这一形式的精通，更是对各种题材的娴熟运用。杜甫的诗篇宛如一幅幅绚烂的画卷，展示了他在诗歌领域的卓越才华。这种创作的多样性和出色之处，使得杜甫在七律的领域中独步天下。

蜀相

> 丞相祠堂何处寻，锦官城外柏森森。

映阶碧草自春色,隔叶黄鹂空好音。
三顾频烦天下计,两朝开济老臣心。
出师未捷身先死,长使英雄泪满襟。

闻官军收河南河北

剑外忽传收蓟北,初闻涕泪满衣裳。
却看妻子愁何在,漫卷诗书喜欲狂。
白日放歌须纵酒,青春作伴好还乡。
即从巴峡穿巫峡,便下襄阳向洛阳。

登高

风急天高猿啸哀,渚清沙白鸟飞回。
无边落木萧萧下,不尽长江滚滚来。
万里悲秋常作客,百年多病独登台。
艰难苦恨繁霜鬓,潦倒新停浊酒杯。

登楼

花近高楼伤客心,万方多难此登临。
锦江春色来天地,玉垒浮云变古今。
北极朝廷终不改,西山寇盗莫相侵。
可怜后主还祠庙,日暮聊为梁甫吟。

相较于其他诗人在七律中苦苦求索的艰难,杜甫则如同舞者在舞台上自由起舞。他不仅能够应对严苛的格律要求,还能在其中展露出自如的创意，仿若将束缚变为彩带，舞蹈中透露出自由的韵律。初步探究律诗的根本，或许会认为这纯粹是文人们给诗歌戴上的不必要的枷锁。然而，一旦尝试诵读杜甫的七律，那铿锵的音韵让人觉得这些所谓的"枷锁"或许更像是赛车发动机的轰鸣声。

在杜甫之前，古体诗和近体诗基本上各占一半，没有分出高下，然而，随着杜甫的崛起，近体诗逐渐占据主导地位，而古体诗则逐渐式微。如今，只要呈现出八句的诗，专业人士首先会关注其律声的搭配是否合理，对仗是否得当——仿佛将其默认为律诗。在杜甫身上，人们找到了通向自由王国的捷径，找到了提高中奖率的秘籍。学杜甫，如同买中彩票。

杜甫的影响远不止于一时一地，他成为一代宗师，其文学传统代代相传，余波不绝。这一点颇为类似于圣人孔子。杜甫未入文庙，没有享受祭祀的荣誉。如果在平行时空中见到杜甫，你会发现他依然坐在简陋的草堂中，眯着笑容注视着你。他的身前是一生的诗篇，身后则是代代相传的师徒，二者皆达至境地。这样的境地，当然配得上"诗圣"的美誉。

我想，除此之外，从一首诗里就能看出来，这首诗的名字《茅屋为秋风所破歌》。

杜甫的诗歌，越是深入阅读，越能够深刻体味其内涵。随着见识的增加，对于杜甫笔下描绘的人生百态和社会风云会更加惊叹。他的作品中流露出的深沉情感和真诚表达，仿佛打开了人心的窗户，让人自然而然沉浸其中。杜甫的诗歌最为直观地展现了"已识乾坤大，犹怜草木青"的境界。他以真实、本能的情感书写诗篇，将内心的回响毫不掩饰地呈现出来。在他的作品中，伟大的情怀已经超越了言辞的桎梏，使得读者不禁为之感动。

《茅屋为秋风所破歌》这首诗让我仿佛亲历了一个人从下意识的情感流露,到认真思考的完整过程。杜甫以其卓越的才华,将个体的悲悯之情转化为对整个世界的关怀。他的真实赤诚,使诗歌超越了语言的束缚,成为一种感悟和共鸣的力量:

> 八月秋高风怒号,卷我屋上三重茅。茅飞渡江洒江郊,高者挂罥长林梢,下者飘转沉塘坳。
>
> 南村群童欺我老无力,忍能对面为盗贼。公然抱茅入竹去,唇焦口燥呼不得,归来倚杖自叹息。
>
> 俄顷风定云墨色,秋天漠漠向昏黑。布衾多年冷似铁,娇儿恶卧踏里裂。床头屋漏无干处,雨脚如麻未断绝。自经丧乱少睡眠,长夜沾湿何由彻!
>
> 安得广厦千万间,大庇天下寒士俱欢颜,风雨不动安如山。呜呼!何时眼前突兀见此屋,吾庐独破受冻死亦足!

在撰写《茅屋为秋风所破歌》时,杜甫毫不掩饰地展现了自己内心真实的情感,摒弃了任何自我修饰和美化的迎合。其中所描绘的场景,仿佛将我带入那个风雨飘摇的瞬间,感受到了他愤怒、孱弱、无奈的心境。在诗歌的初段,杜甫生动地描述了茅屋被秋风摧毁的情景,以及对抢夺茅草的群童的无奈。这种文字的写生,将他内心所有的细节状态还原得淋漓尽致。

老人愤怒、无助的心情让人为之动容,仿佛亲历其经历的苦痛。随着天气的持续恶劣,杜甫的情感逐渐发生了变化。在外面下着滂沱大雨的同时，家里正四面漏雨，他在这样的屋子里彻夜难眠。这时，他的心生出原谅之情。尽管他自己过得苦不堪言，但与那些为了生计偷茅草的群童相比，他的儿子仍然能在这样的环境下"娇儿恶卧"，虽然睡姿难看，但显得幸福。这种比较让杜甫看到了更为悲惨的命运，对他所面对的困境产生了更深刻的体悟。

在失眠的漫漫长夜中，杜甫不再只关注自己的窘境，而是透过屋漏风声，看到了九州四海的家徒四壁。他的悲悯之心，引领着他写下了那令人千古感叹的诗句："安得广厦千万间，大庇天下寒士俱欢颜，风雨不动安如山。呜呼！何时眼前突兀见此屋，吾庐独破受冻死亦足！"

在这段文字中，杜甫的悲悯超越了个人困境，转化为对广大苍生的深切关怀。在我们学习的诗句中，"安得广厦千万间，大庇天下寒士俱欢颜"是广为传颂的名句，但更值得我们敬仰的，是其中的"吾庐独破受冻死亦足！"这是一句真实而感人至深的誓言。这段文字的真正崇高之处在于，杜甫在此时此刻的境况确实是备受寒冷和饥饿的折磨。

若他过着锦衣玉食的生活，发出如此豪言壮语，或许并不足为奇，因为他可以随时轻而易举地改变命运，去帮助他人。然而，杜甫正陷于冻馁的境地，他并未表达对财富的渴求，也没有追求个人翻身做主的欲望。相反，他心甘情愿为了让他人过上更好的生活而冻死。这份深切的心愿着实令人肃然起敬。**在极度贫困的情况下，大多数人的心胸会变得狭隘，容忍度降低，但杜甫展现出了无私的胸怀。**

如若常观市井生活，就会发现许多熟悉的人在平时或许互相开玩笑，但一旦涉及利益、资源分配的争执，往往会变得冷漠甚至动用暴力。这种现象表明在困境面前，人们容易丧失宽容和善意。但杜甫的誓言却超越了这种狭隘，展示了一种在逆境中依然保持宽广胸怀的卓越品质，这样的心灵境界实属难得。

杜甫身陷困境，却超越了自身的本能和习惯性反应。在自己艰难的生活中，他想到了比他更加困顿的人，甘愿以自身的困境，成全他人的安逸。这体现了一种前后呼应的情感变化。

一开始，他对偷茅的群童感到气愤和敌视。然而，到了最后，他释怀了，原谅了他们，甚至还祝福他们，由衷地希望这些孩子拿了茅草也能免受寒冷之苦。杜甫用他内心深处的原谅之力，超越了在极端条件下自我保护的本能，将大爱和同情之心从狭小的群体扩展到更广泛的人群。

杜甫被后人尊为诗圣，然而在他所处的时代，并没有人设或偶像包袱。他的情感文字源自真挚而纯粹的内心。在这首诗中，他由怨转仁，一念成圣。这不是虚伪的呼号，而是经历了一系列本能反应之后，内心境界的真实升华。

杜甫的诗歌不受拘束，没有刻意的形式主义，而是在真实的生活中体验情感，从而达到一种真挚至极的境地。他的心灵之旅，由怨愤到宽容，展现了一种超越个体困境的高尚情操。

在当时当地，要找到拥有如杜甫般伟大胸襟和心境的人，实属不易。有多少开着豪车的绅士贵人，只因雨天被人堵一下就恨不能问候对方全家？又有多少功成名就的大人物，只要下属回复慢一点就会怒不可遏，恨不得把对方炒鱿鱼？终其一生，许多人在自己所能容忍的范围内为所欲为，但杜甫却能在自己难以忍受的境地中实现人格的升华，竟然愿意为了别人"冻死亦足"。

这或许正是我们称之为"诗圣"的意义所在。诗歌能够让你由衷地感到折服，引起深刻的反思，那是超越文字之外的东西。在这个世界上，有太多人追逐物质、追逐权势，却忽略了内在的伟大。杜甫的诗歌正如一面镜子，让我们看到了人性的真实和纯粹，他的人格升华成为我们思考和追求的楷模。这种渗透人心的力量，是诗歌所独有的，也是我们为之敬仰的原因。

杜甫之诗，才气横溢，将美好的诗句用以记录凄惨的现实，展现了一种独特的勇气。在黑暗的拷问中，他勇敢地进行艰难的探索，追寻光明的可能。这种正气，使得我们心慕不已，因而将他的诗歌誉为"诗史"。杜甫的才情不仅体现在他娴熟的用词、深刻的意境上，更在于他敢于直面社会的苦难和黑暗，毫不掩饰地将之呈现在诗篇之中。

这种敢于用美丽的诗句描绘严酷现实的胆识，展示了他超越寻常的勇气。他的探索不仅是对人性、社会的深刻思考，更是在黑暗中寻找光明的努力。这种正气所散发出的力量，让人为之折服，对他的敬仰溢于言表。

杜甫手握利剑，但这并非娱乐杂耍，而是与黑暗搏斗的利器。

众所周知，朱门酒肉臭，唯独他心怜那些在寒冷路上冻死的骨骸。

世人赞颂武皇开疆拓土之意未尽，却偏偏他心系青海无人悼念的白。世人都曾受过凄风冷雨，唯独他在黑夜中深感天下寒士的苦难。

李隆基和杨玉环的悲剧爱情成为世人谈论的话题。然而，石壕村那对离别的夫妇，难道不值得我们怜悯吗？**在我们人生的旅途中，李白永远是激励我昂首前进的灵感。而杜甫则教导我，要慢下来，等待那些未被看见的人。**回首过去，我看到了你，看到了我，看到了无数的众生。神、仙、佛，都不能完全形容人类。

但"诗圣"，永远在人间行走。

岑参

我曾两度出塞追梦,
不过千树万树梨花开

题记

  大历五年（770），岑参在成都的旅舍里离世，他的最后时光，淹没在朝廷与地方势力的纷争之中，深陷于进退两难、踟蹰不前的悲惨境地。是的，他是岑参，难道不是盛唐最著名的边塞诗人吗？他描绘塞北雪景时写下"忽如一夜春风来，千树万树梨花开"，那画面是何等壮美、磅礴。在茫茫沙海、风吼冰冻的夜晚，他描述军队行军的场景"汉家大将西出师，将军金甲夜不脱，半夜军行戈相拨，风头如刀面如割"，即使环境艰苦，他的诗篇中仍充满了高昂的战斗气魄。为何曾经充满激情、充溢斗志的诗人，此刻面对现实却满脸无力感，陷入这般无奈之境？

(一)

你的名字，叫作岑参。

你出身一个官僚贵族的家庭，家族三代宰相，堪称大唐的荣耀。然而，政治风云变幻，家族命运却如梦幻般无常。

曾祖父岑文本为太宗相，伯祖长倩为高宗相，伯父羲为睿宗相，家族世代为大唐效力。尽管你的父亲未成为宰相，但曾任晋州刺史，也是地方的一把手。然而，家族的辉煌荣耀在政治漩涡中变得复杂而无情。

岑长倩担任宰相时，武则天的侄子武承嗣妄图篡位，岑长倩不支持他，结果被诬陷谋反，遭到逮捕并最终被处死。岑羲后来成为宰相，却因与太平公主结党被灭族，身世坠落，岑氏亲族流亡数十人。

政局的变迁让大唐昔日的荣耀沦为过去，变成了一片冷寂。陶行知曾说：滴自己的汗，吃自己的饭，自己的事情自己干，靠人、靠天、靠祖上，都不算是英雄好汉。你原本有望成为官二代，然而命运无情，最终回归平凡。祖上的荣光之门紧闭，幸好科举考试的窗户仍为你打开。

你早年经历清苦，五岁便开始读书，九岁属文，而在十五岁便选择隐居于嵩阳。这让你成为当时年龄最小的隐居诗人之一，早于王维七年，比李白更早十五年。

尽管称为隐居，实际上只是十五六岁少年的天性，热爱游玩。在阴雨天，你宅在家中读书写文；而晴好的天气，则喜欢外出游玩。既冠之年，你觉得是时候谋取官职，展现自己的抱负。你前往长安，拜谒高官望族，献书给皇帝，希望能够获得机会。

然而，你的求官之路充满坎坷，与杜甫有着相似的遭遇。尽管你才情出众，却苦于得不到机会。你随性而为，暂时放弃了求官之事，回到家中迎娶了一位妻子。然而，半年之后，你又离家云游，奔走于京洛漫游河朔。你首站抵达冀州，站在黄河南岸眺望北岸，心中却忍不住思念在家守望的妻子。这段时期，你以情诗表达思念之情，描绘了一水之隔、两地相思的离愁别绪。

夜过盘石，隔河望永乐，寄闺中，效齐梁体

盈盈一水隔，寂寂二更初。
波上思罗袜，鱼边忆素书。
月如眉已画，云似鬓新梳。
春物知人意，桃花笑索居。

这是你少有的几首情诗之一，你表达了深沉而含蓄的思念之情。这一水之隔、两地相思的境况，让你的诗篇流露出深切的眷恋之情。在月色下，你将妻子的眉与明月相对比，见到云卷云舒时，则联想到妻子的发丝，将思念之情化为眼前的景色。这种思念的深度，似乎超越了时空和距离，将远隔两地的心灵牵引在一起。你的文字流露出对妻子的深情厚谊，仿佛每一轻柔的月光、每一片飘动的云彩，都承载着你对妻子的深深思念。

之后你继续旅行，写下了许多诗篇，见过最美的山河和城郭，却在某个夜晚深感对所爱之人的思念。你多次献书皆不如意，只好继续旅行，积攒名气。到达邺城，你目睹曹操曾经繁华的城池如今成为坟墓，生前的荣耀早已消逝。这让你深感生命的无常,以及一切繁华终将成为过往的淡然。你的诗中表达了对曾经繁荣的城市和宫殿的感慨,以及对岁月流转的深思。

登古邺城

下马登邺城,城空复何见。

东风吹野火,暮入飞云殿。

城隅南对望陵台,漳水东流不复回。

武帝宫中人尽去,年年春色为谁来。

《登古邺城》这首诗通过描绘邺城的荒凉景象,表达了对过往繁华的思考和对时光流逝的感叹。城空、殿空、水空、宫空,这四空的描绘,使整个邺城变得空寂无人。曾经辉煌的城池和宫殿如今已经荒废,河水也失去了昔日的生机。这种空寂的景象,使人不禁对曾经的荣耀产生深深的怀念和感慨。即便春天将至,这一切的美好是否还有人来欣赏,是否还有人能够领略曾经的繁荣,似乎成了一个无法回答的问题。

(二)

你在自由漫游的同时,心却受牢笼所困。随着年龄渐长,尽管诗名声誉渐起,但你仍然感到碌碌无为,焦虑填胸。然而,在那个时代,每个人都有自己的价值取向,每个人在追求中都会面临得与失的抉择。在你的诗作中，你三番五次地表达内心的焦虑和对富贵的渴望，展现了你对个人成就的不懈追求。

在《银山碛西馆》中，你写道："丈夫三十未富贵，安能终日守笔砚？"这句诗表达了你对自己在三十岁之前未能达到富贵地位的焦虑之情。你认为，一个男子汉在这个年龄应该已经取得了一定的财富和地位，而不能终日坐守于文房之中，荒废一生。历经近十年的漫游，你在天宝三载（744）以三十岁之龄中进士，踏入仕途，担任右内率府兵曹参军，成为皇家护卫队的一员。

"自怜无旧业，不敢耻微官"尽管官职只是八品小官，你充满信心，坚信只要努力工作，必定能够迎来出头之日。然而，在朝中担任微官并非易事，尤其对于一个处于冷职的小官而言，被皇帝发现并赏识的机会极为艰难。

你内心深处背负着沉甸甸的家族历史，对先辈曾经的荣耀充满热切的眷恋。因为"丈夫三十未富贵，安能终日守笔砚"，混不出头的话，你决定离开朝堂，投身真正的战场。怀着对功名的热忱、对自己在边塞戎马生涯的无限自信，你于天宝八年（749）投身安西四镇节度使高仙芝幕府，担任掌书记。掌书记的职责包括撰写奏章文檄，要求对草隶书法精通。这个职位主要由科举出身者、朝廷成员、地方官员和知名文士组成，是连接藩镇与中央的文职助手。掌书记常常晋升为节度副使、节度判官甚至是节度使，其命运与长官的官职升迁紧密相连。在这里，如果能干得出色，升职的机会是相当可观的。

安西四镇由安西都护府统辖，包括碎叶（今新疆维吾尔自治区库车市）、焉耆（今新疆焉耆西南）、于阗（今和田）、疏勒（今喀什）。虽然地理遥远，但出于对边塞的向往，你丝毫未觉路途遥远，脚步轻快：

初过陇山途中呈宇文判官

一驿过一驿,驿骑如星流。
平明发咸阳,暮及陇山头。
陇水不可听,呜咽令人愁。
沙尘扑马汗,雾露凝貂裘。
西来谁家子,自道新封侯。
前月发安西,路上无停留。
都护犹未到,来时在西州。
十日过沙碛,终朝风不休。
马走碎石中,四蹄皆血流。

前方将要进入无人区,这里只有西北大漠的枯草沙碛与冷月残雪。越行越荒凉,越行越茫然。

尽管面临西北大漠的苦寒,你却依然不气馁,哪怕是在荒凉苦寒之地,你心怀忠诚,只为报效国家。

说到你就不得不谈到另外一个人物:高仙芝。

高仙芝是玄宗时期的一位杰出将领,他镇守安西,为保卫唐帝国的西陲安全贡献良多。不仅在行军作战方面独具擅长,而且具备卓越的战略思维。身份显赫,手下亲随的三十人个个威风凛凛,想要成为你麾下的首席文官,不仅需要出众的文采,还需善于洞察其心思,以完成节度使与朝廷之间的信息传递。而当时担任这一职责的首席文官是节度判官封常青。

作为一个从文职调到军职的人,想要跻身安西将领的精英圈并非易事。职场上的打击使得你昂扬的斗志陡然消退,你写下了"沙上见日出,沙上见日没。悔向万里来,功名是何物!""穷荒绝漠鸟不飞,万碛千山梦犹懒"等诗句。在心情低落的同时,所见的风景也变得荒凉寂寞。

但即便是再厉害的将领,也难免会有吃败仗的时候。在天宝十载(751),高仙芝经历了一场重要的失利——怛罗斯之战。当时正值大唐与大食在中亚地区争夺关键领地的时刻,高仙芝率领军队进军大食国境七百余里(今哈萨克斯坦境内)。在双方精疲力竭之际,唐联军临阵倒戈,与大食夹击唐军,导致大唐溃败。

"士卒死亡略尽,所余才千余人",在塔拉兹河畔,一万多唐军沦为战俘,数千内地健儿被包围,不得不放弃抵抗。战败后,高仙芝被解除了安西四镇节度使之职。作为高仙芝的幕僚兼掌书记的你,于751年底回到长安,向朝廷述职。未能争取到战功,还要面对天子的问责,官职自然也没有得到提升。朝廷任命你担任大理评事,这是一个重要的职位。

(三)

经历了战败,你感悟颇深。尽管身在长安,但你仍然忧心忡忡地关注着西部边关。由于那场失利,周围的少数民族开始威胁,曾经辽阔的西域版图逐渐缩水。朝廷上,玄宗皇帝晚期对朝政怠慢,李林甫、杨国忠横行霸道,政局动荡。你预见到了大唐盛世背后的危机,心怀忧虑却无可奈何。庆幸的是,在长安城里你结交了众多好友。在闲暇时,你们常一同出游,排解心头郁闷。你的朋友圈中包括高适、薛据、储光羲一天，你们来到长安城南的佛教圣地——慈恩寺，寺中矗立着一座当时最高的建筑物——慈恩塔，即后来的大雁塔。

文人登高游玩，自然少不了赋诗唱和。你登上孤高的佛塔，四周古朴幽静的寺庙环境尽收眼底，空灵超脱的氛围让你突然领悟禅理，生发出超越尘世的念头：

与高适薛据同登慈恩寺浮图

净理了可悟，胜因夙所宗。

誓将挂冠去，觉道资无穷。

你感受到佛家的清净之理说得十分明白，你想放下一切，出家当和尚，追寻无边的佛法。

众人纷纷拿出自己的境遇来安慰你。高适表示自己已近五旬仍不知前途在何方，而杜甫则诉说找工作的艰辛，表示不能轻易辞去职务。你深知，他们只是在嘴上说说而已。你自己心中背负的家族使命尚未实现，怎能轻言放弃，归隐山林。

"我要完成我心中的梦想，我不会放弃。"在那一刻，你这么对自己说道。

天宝十三载（754），昔日的朋友兼上司封常清进京述职，皇上将他封为正三品御史大夫。封常清的儿子也因此获得官职，即便是已故的父母也被赠予封爵。这一切都深深触动了你，内心充满了羡慕、嫉妒和愤怒。

原来，高仙芝败战后，节度使一职由高仙芝推荐的王正见接任，然而不到一年，王正见因病去世。天宝十一年（752），封常清接替了这一职务。在边疆，封常清表现出色，建立了不少战功，最终被任命为北庭都护伊西节度使。你心中的小火焰再次燃起，你渴望建功立业，重振家族的荣耀。怀着雄赳赳、气昂昂的壮志，你再度请求出塞。这次，你担任了节度判官，这是由节度使选拔的职务，地方长官的副手，辅助处理政务，权势地位远高于你第一次出塞时的职务。你再次挺身走入西北大漠。

这次，你的情绪高涨许多。边关的景致由"九月天山风似刀，城南猎马缩寒毛"变为"轮台九月风夜吼，一川碎石大如斗，随风满地石乱走。匈奴草黄马正肥，金山西见烟尘飞"。

不仅是你个人，你身边的战友同事们也对未来充满了信心。

在任职的闲暇时光，你在庭院里培植树木和药草。一位当地小吏送来了一株美丽的小花植物，据说是从天山南麓带来的。在如此恶劣的环境中发现如此美妙的花朵着实不易。你对这小花情有独钟，于是写下了这首：

优钵罗花歌

白山南，赤山北。
其间有花人不识，绿茎碧叶好颜色。
叶六瓣，花九房。
夜掩朝开多异香，何不生彼中国兮生西方。
移根在庭，媚我公堂。
耻与众草之为伍，何亭亭而独芳。
何不为人之所赏兮，深山穷谷委严霜。
吾窃悲阳关道路长，曾不得献于君王。

诗人从花的各个方面描绘了它的奇丽之处，虽未见其真容，却似乎是佛经中所描述的优钵罗花，即今天我们所称的蓝莲花。文人善于以物言志，你也不例外。你以如此美妙的花为比，表达了对才情横溢却默默无闻、在深山穷谷中自生自灭的遗憾。这朵花之命运犹如自己，怀才不遇。它孤独高傲地绽放在幽远僻静之地，不肯与寻常花草为伍。你因此感慨万分，心有所感。

封常清作为你的上司，深知你的才华，给予了你鼓励和安慰。他告诉你不必心急，专心工作，等到回朝述职之日，一定会向皇上举荐你的才华和业绩。这番鼓励让你倍感温暖。你开始为出征的将士们送行，迎接他们的凯旋，与战友们在大漠中畅饮豪情，生活充实而有朝气。你在这个时期的边塞诗歌创作达到了巅峰。你的文字中充满昂扬向上的精神和豪情，展现出对事业和军旅生涯的无尽热爱。这一段时光，是你诗篇中灵感迸发的黄金时期。

你在这一时期迎来了你创作生涯的巅峰，而《白雪歌送武判官归京》是你的代表作之一。这首诗以雄浑的豪情和深沉的意境，描绘了北风卷地、白草折的苍凉冰雪景象。

白雪歌送武判官归京

北风卷地白草折，胡天八月即飞雪。
忽如一夜春风来，千树万树梨花开。
散入珠帘湿罗幕，狐裘不暖锦衾薄。
将军角弓不得控，都护铁衣冷难着。
瀚海阑干百丈冰，愁云惨淡万里凝。
中军置酒饮归客，胡琴琵琶与羌笛。

> 纷纷暮雪下辕门，风掣红旗冻不翻。
> 轮台东门送君去，去时雪满天山路。
> 山回路转不见君，雪上空留马行处。

你以卓越的才华和深沉的情感，让世人发现，你的确在描绘雪景方面表现得非常出色，将边塞壮丽的风景与一天雪景的变化相融合，尤其是将雪花巧妙地比喻为梨花，展现了你的独到的艺术境界，给人深刻而美妙的感受。可惜的是，你尽管才情横溢，却在封侯拜将的路上屡屡受挫，这使得你对自己的追求产生了怀疑和无奈。

你满怀希望地迎接着每一个明天，渴望着属于自己的春天到来。然而，你却未曾料到，意外却在你预期之前降临。在天宝十四载（755）十一月初九，安禄山以"忧国之危"之名起兵讨伐杨国忠，爆发了"安史之乱"。

高仙芝和封常清作为边疆的名将，第一时间奔赴长安，试图阻止叛乱。然而，由于仓促之间招募的士兵大多是市井子弟，缺乏战斗经验，难以敌过安禄山的骄兵悍卒。屡次战败后，洛阳失守，高仙芝和封常清只能退守潼关，采取守势以抵挡叛军的攻势。只要能守住潼关，叛军将无法攻克，无法后撤，或许安史之乱也不至于持续八年。

只是当时的监军边令诚却对战争毫无了解，他因几次提出建议都未被采纳而心怀不满。于是，他向玄宗密报，以谗言诬陷高仙芝和封常清。战局的连续失败让玄宗急不可待，心急火燎之下居然听信了这些谗言，下令诛杀了封常清和高仙芝。你远在西北大营等待听令回中原，一心想着能够追随上司保家卫国，建功立业。然而，你未等来捷报，却等来了两位上司的冤屈之死。你只能长吁短叹。这一时期的变故让你对未来的走向感到迷茫，你不知道，迎接自己的，将会是什么样的明天。

（四）

"唉……"那时的你，也只能长叹一口气。在乱世之际，英雄们命运多舛，他们在风云变幻的历史洪流中展现了不同的面貌与命运。

高适与哥舒翰同仇敌忾，却因大将战败而陷入困境。高适敏锐地把握战局，迅速回到长安向玄宗皇帝禀报，并得到嘉许。随着玄宗的避地西蜀，高适继续在肃宗灵武的时局中发挥着重要作用，成为肃宗心腹的谋士，官运亨通。

与此同时，杜甫在长安的混乱中奔波逃命，甚至一度沿街乞讨，但他展现出忠诚与坚韧，最终赢得了肃宗的感动和重用，任命他为左拾遗，为国效力。

你却对在边关混日子感到无奈。你深感功名之重，认为边关岁月已将前途荒废。因此，你决定投奔新皇帝。肃宗赏识你的才智，封你为右补阙。可惜你心态并不乐观，功名之重成为你心头的包袱，让你对自己的奋斗感到沮丧，甚至有些悔不当初。

你在诗中抒发心声，对朝廷的不满溢于言表。你与杜甫一同发牢骚，指责朝廷的种种不公。你形容自己每天跟随天子入朝，黄昏则沐浴御香而归，除此之外，一无所获。你感叹圣朝无阙之事，却自觉谏书稀少受重视。这种对时局的不满和无奈，化作你诗中的豪情壮志。尽管你曾是边关的风云人物，但你与朝廷格格不入，遭遇的命运颇为坎坷。被调往外地任职，地位逐渐低迷。然而，你并未因此而发疯，而是将郁闷与失落化为诗篇，咏史抒怀，表达着对时局的深沉思考和对个人命运的无奈。唐玄宗对你不屑一顾，肃宗也不欣赏你的忠贞谏言，而随后的唐代宗同样对你不予重用。

在关键时刻,你未能展现出及时而锐利的反应,也未能表现出草根们那种执着顽强的精神信念。你与朝廷之间的矛盾日益加深,导致你被调任到外地担任虢州长史,成为地方的二把手。随后,你又在太子中允、虞部、库部郎中等五品六品的官职中度过了几年,功名离曾经的辉煌追求似乎越来越遥远。大历元年(766),你被任命为正四品的嘉州刺史,这是你一生中最高的官职,你也被尊称为"岑嘉州"。然而,你并未因此而感到欢欣鼓舞。相反,你在这个时候对自己一直以来的追求产生了深深的疑虑:

> 行军诗二首(时扈从在凤翔)
>
> 干戈碍乡国,豺虎满城隍。
> 村落皆无人,萧条空桑枣。

"安史之乱"让盛唐大地满目疮痍,战火导致了人民的离散,河山失色。你在漫长的征途中,不禁开始质疑自己一直以来的奋斗是否值得。战乱的阴霾笼罩下,你对过去的功名与荣耀是否真正具有意义产生了深深的思考。岁月的洗礼似乎让你对曾经追求的梦想失去了信心。你的身世一波三折,经历了动荡之后的群雄割据,盛世沦为一片疮痍。功名的追求在你心中渐失光彩,如同河山失色般淡漠。

你在蜀地担任刺史仅一年,却因不肯与西川节度使崔旰同流合污、敛财伤民而被罢官。此时,你内心平静如水,对于功名已不再有乐趣。

在山色之间,滩声之间,你的心境如同悠然的诗意。草生在公府静地生长,花落在讼庭宁静无事之时。这种宁静中带有陶渊明式的豁达,又不乏边塞风沙一般的坚韧。你的生平或许在你看来是一段失败:梦想无法实现,故土难以回归,甚至在世时也未能如愿以偿。你在大历五年(770)冬离世,五十五岁的寿命里,成为一个彻头彻尾的异乡人。

一口气概述

也许,正是这种异乡人的境遇,赋予了他生命中的沧桑与坚韧,如同滚滚长江水,不惧岁月的冲刷。但是,千百年的岁月更迭昭示着岑参的一生是成功的!

我眼中的岑参,宛如"忽如一夜春风来,千树万树梨花开"般浪漫豁达,令人惊叹。他又如"功名祇向马上取,真是英雄一丈夫"般英雄豪气,让人热血沸腾。岑参之"故园东望路漫漫,双袖龙钟泪不干"表达了深切的思乡之情,让人心生凄然。而"一生大笑能几回,斗酒相逢须醉倒"则展现了他豪放畅快的一面,让人甘愿同醉。

他两次出塞,创作了七十多首边塞诗,成为盛唐诗坛中最多产、最卓越的边塞诗人。岑参一生似乎只有边塞,才是真正属于他的归宿。提及岑参,常令人联想到他那些描绘边疆景色的诗篇。这些作品意境新奇、气势磅礴,风格奇峭,词采瑰丽。火山云、天山雪、狂风卷石、黄沙入天、热海蒸腾、瀚海奇寒、边关苦寒、塞外冷月,皆成为他诗篇中的鲜活元素。

行千里路,写万卷诗,岑参可以被视作一位用双脚和纸笔丈量世界的旅游"博主"。他不停地穿越大地,不辍笔耕,一生飘零在外,始终追逐心中的抱负和理想。然而,值得注意的是,岑参尽管大半生都在"平沙茫茫黄如天"的大西北留下足迹,最终却选择在"锦城丝管日纷纷"的成都画上生命的句号。这位边疆行者成为一位彻底的异乡人，这个结局不禁让人唏嘘感慨。

岑参的诗歌表达了慷慨报国的英雄气概和对艰难境遇的乐观精神，与高适并称为"高岑"。他的诗歌风格雄伟豪放，想象丰富，夸张大胆，色彩绚丽，风格峭拔。岑参擅长运用七言歌行，通过描绘壮丽多姿的边塞风光，展现出豪放奔腾的感情。

相较于高适，岑参更侧重描绘边塞生活的丰富多彩，缺乏对士卒的同情，这与他的出身和早年经历有关。岑参的诗歌充满了浪漫主义的特色，展现出气势雄伟、想象丰富、色彩瑰丽、热情奔放的艺术魅力。他的诗歌形式丰富多样，但以七言歌行最为擅长，通过转折跳跃的结构，使诗歌充满生气。

在《凉州馆中与诸判官夜集》等作品中，岑参展现了对民歌的借鉴，使诗歌更具活力。他的诗歌广泛传播，被各族人民所喜爱，被誉为"每一篇绝笔，则人人传写，虽闾里士庶，戎夷蛮貊，莫不讽诵吟习焉"。杜甫、殷璠皆对他的诗歌赞誉有加，宋代的爱国诗人陆游更直言他的笔力追随李杜。岑参的诗歌深深触动人心，展示了其在当时文学界的卓越地位。

不可否认，岑参是极为出色的边塞诗人。作为唐代著名的边塞诗人，岑参以其辉煌的创作展现了边疆战斗生活的壮丽与辉煌。主要以边塞诗为主的岑参，在安西、北庭的新天地里度过了充满鞍马风尘的战斗岁月，使其诗歌表达呈现出空前的开阔与深邃。岑参深受新奇事物的吸引，这一特点在他的创作中得到了更进一步的发展。他的边塞诗歌充满雄奇瑰丽的浪漫色彩，成为其创作的主要风格之一。

例如，《轮台歌奉送封大夫出师西征》以宏大的笔墨描绘了唐军出征的场景，而《白雪歌送武判官归京》更是这一领域的杰作之一。岑参的诗篇也广泛描绘了西北边塞奇异景色。《火山云歌送别》和《热海行送崔侍御还京》充满了奇异的情感和异彩。

岑参的创作深受边疆战事的影响，两度出塞，长期在边疆军队中生活，使他对于鞍马风尘的征战生活有着深刻的观察与体验。岑参热情洋溢地歌颂了边防将士的战斗精神，如《轮台歌奉送封大夫出师西征》中所描绘的将士们奋勇直前的场面。他不仅赞颂将领的英勇，同时也揭示了军中生活中苦乐不均的现象，反映出战士们在艰苦环境下的生存状态。

岑参对祖国西陲的壮丽山川进行了生动夸张的艺术描绘，如《白雪歌送武判官归京》中的"忽如一夜春风来，千树万树梨花开"，将边塞风雪与春意融合，展现了诗人丰富的想象力和独特的艺术表达手法。岑参的诗歌风格独特，具有浪漫主义的特色，他被后来的爱国诗人陆游誉为"太白、子美之后一人而已"。

在唐帝国内政腐败的时期，安西边塞的兵力仍然强大，岑参的《北庭西郊候封大夫受降回军献上》一诗生动地描绘了唐军的雄姿，反映了当时边塞的强盛局面。然而，这样的形势在"安史之乱"爆发后逐渐改变。岑参以其独特的艺术表达和丰富的想象力，创作了一系列边塞诗歌，描绘了边疆战斗生活的壮丽画卷，成为唐代边塞诗派的杰出代表之一。

回望历史，岑参依然站在大漠深处，看着千年来形形色色的人。时光荏苒，边塞的风沙早已将他的英姿吹散，但他的诗歌留存在岁月的涤荡中，永远激荡着后人的心灵。千年后的今天，人们依然追溯岑参的足迹，寻觅他留下的诗篇中的英雄气概。大漠深处，传说着一个为了边疆安宁而奋斗的诗人，他的诗歌仿佛是一支穿越时光的箭矢，直击人心，激发着对家国的热爱。

他的故事，已经成为历史的瑰宝，他的诗篇是一幅幅绘画，描绘着边疆的风霜雪雨，表达着对家园的深情厚谊。在大漠深处，他成为一个永恒的旅者，透过千年的风尘，注视着后人的坚韧与勇敢。如今，人们依然在边疆深处感受岑参的存在，他就如同一颗永不磨灭的星辰，照亮着边塞的夜空。他的故事，是历史的一页，也是文学的瑰宝。历史没有尽头，岑参的传奇依然璀璨，他站在大漠深处，见证着岁月的更迭，激荡着人们对家国的深沉情感。

令人感到遗憾的是，岑参似乎没有过多少岁月静好的日子，一生流离飘零，一世都是异乡人。或许在边塞的某个黄沙如天的夜晚，岑参曾在梦中想起故园，对着远方黯然神伤："洞房昨夜春风起，故人尚隔湘江水。枕上片时春梦中，行尽江南数千里。"

是啊，千里江南，两度边塞，不过千树万树梨花开。

李贺

被称为『诗鬼』的我，也只活了二十七岁

题记

> 长吉穿幽入仄,惨淡经营,都在修辞设色,举凡谋篇命意,均落第二义。
>
> ——钱锺书

贞元六年(790),一位名为李晋肃的小官迎来了家庭的新生命,李晋肃欢喜地宠溺着这个孩子,史书记载李贺相貌:"为人纤瘦,通眉,长指爪。"虽然身体瘦弱不堪,但在父亲的悉心呵护下,他仍然被捧在掌心,得到了最美好的祝福。

(一)

你的名字，叫作李贺。

命运似乎并不如人意。你长大后，仍旧体弱多病，时常发烧咳嗽。十几岁的你已经离不开药物，青春年华早早显露白发，宛如一个小老者。

根据朱自清先生的《李贺年谱》考证，元和元年（806），十七岁的你竟然已经两鬓现白发。《春归昌谷》云："终军未乘传，颜子鬓先老。"**疾病，成为你生命中的第一个艰难考验。**

你不喜欢嬉戏，不喜欢言谈，更倾向于独自一人待在书房，沉浸在楚辞、乐府、六朝志怪的世界里。一旦踏入奇妙的文学殿堂，你的整个人仿佛焕发出光彩。频繁的病痛并没有阻止你，反而激发了你对文学的热爱。你骑着父亲送的小毛驴四处游历，穿越神秘的女几山，登临奇异的银屏山，参拜缥缈的兰香神女庙，捕捉那瞬间即逝的灵感。夜深人静，你整夜不眠，将灵感化为诗歌的篇章。

> 每旦日出，骑弱马，从小奚奴，背古锦囊，遇所得，书投囊中⋯⋯及暮归，足成之。非大醉、吊丧日率如此。过亦不甚省。母使婢探囊中，见所书多，即怒曰："是儿要呕出心乃已耳。"
>
> ——《新唐书》

母亲心疼不已："这孩子，非得将心思都呕心沥血地写出来才肯罢休。"家人也曾多次劝阻你,劝你别再如此拼命。然而,你总是置若罔闻,埋头于书海,写下属于自己的诗篇。

十八岁时,你初抵洛阳,但你丝毫未歇。当你踏上洛阳这片文学沃土时,你深知这座城市才子辈出,成功不仅仅仰仗才学,更需倚重人脉。怀揣着代表作《雁门太守行》,你怀着对文学梦想的执着,径直走向文坛泰斗韩愈。即便面临坎坷险阻,你心怀壮志,将一生的诗篇整理得井然有序,将满头的白发掩藏在帽子下,义无反顾地踏上了征途。不远的未来,你将把自己的得意之作呈现给这位文学泰山,以表达对前人的敬仰和对文学的热爱。那首描绘边塞激战的诗歌,仿佛将征战的战鼓声和戈壁滚滚黄沙的景象生动呈现在韩愈眼前。

雁门太守行

黑云压城城欲摧,甲光向日金鳞开。
角声满天秋色里,塞上燕脂凝夜紫。
半卷红旗临易水,霜重鼓寒声不起。
报君黄金台上意,提携玉龙为君死。

韩愈是当时文坛的巨擘,他那雄伟的身姿和深邃的学识让人敬仰。很快,你家中迎来两位贵客,骑着高头大马,衣着华丽,气质非凡。其中一位相貌奇特,面容和蔼,见到你,口中轻念了一句诗:"黑云压城城欲摧。"

你随即接口念道:"甲光向日金鳞开。"

这时你方才恍然大悟,原来这位相貌奇异的贵客正是韩愈韩院长,古文运动的倡导者,门生故吏遍布天下的文学泰宗。这意外的相遇,让你深感三生有幸，你明白这是前行道路上的一片鼓励之风，为你的文学梦想点燃了新的希望。你沉浸在创作的狂喜之中，毫不掩饰内心的激动。挥舞着宣纸，你构思着一幅绝妙的诗词画卷，题名为《高轩过》。

高轩过

华裾织翠青如，金环压辔摇玲珑。

马蹄隐耳声隆隆，入门下马气如虹。

云是东京才子，文章巨公。

二十八宿罗心胸，九精照耀贯当中。

殿前作赋声摩空，笔补造化天无功。

庞眉书客感秋蓬，谁知死草生华风。

我今垂翅附冥鸿，他日不羞蛇作龙。

在这首诗中，你以二十八宿为笔墨，勾勒出罗心胸的神秘氛围，九精照耀如夜空中的繁星，贯穿其中。殿前作赋时，你的声音如鸿雁般摩拜苍穹，笔端仿佛描摹着造化的奥妙、无所不能的天工。当然，《新唐书》中存在许多较为随意引用的地方。这个故事源自《太平广记》引用的《摭言》，后者被认为在一定程度上缺乏真实性。有关著名的《高轩过》的创作时间，大多数学者倾向于将其归于你十九岁时期。话说回来，韩愈看到这首诗后，由衷地称赞你为天才少年，一个文坛新星即将升起。

（二）

在韩愈的推荐下，你的名声传遍文学界，你充满自信地准备参加科举考试，渴望一展才华。然而，命运出人意料地向你投下沉重的一击。你接到了一则噩耗：父亲突然离世，你必须回家守孝三年。这个消息如同晴天霹雳，让你目瞪口呆。眼见着自己的好友王参元、杨敬之、权璩都功成名就，金榜题名，你却无法追逐梦想。在家守孝的三年里，每一天对你而言都如同冗长的岁月。你满腔热血，渴望冲破束缚，腾飞青云，却不知道，更为残酷的命运或许在未来等待着你。千余日夜匆匆过，你整理心绪，携带着才情与诗稿，再度踏上征程，誓言要夺回属于自己的荣耀。

顺利通过了河南府试的第一轮考验后，你信心百倍，迎来下一场更为严峻的考验——前方是帝都长安。你心怀雄心壮志，深信自己眼光独到，胸怀大志，更是名副其实的歌人，姓氏中藏着自己的命运。你自信地认为，蟾宫折桂的荣誉近在咫尺，封侯拜相、美人在侧都是你不久的未来。谁曾想到，梦想的前程因一场无情的打击戛然而止。

古代有一奇异规定，对于帝王和尊长的名字要避讳。你的竞争者借此规矩大肆渲染，指责你父亲名为李晋肃，而"晋"与"进士"中的"进"谐音，因此，你考进士是对父亲不孝的表现。

据朱自清先生在《李贺年谱》中所引：唐人应试，极重家讳。宋钱易《南部新书》丙云：凡进士入试，遇题目有家讳，谓之文字不便，即讬疾，下将息状来（求）出，云："牒，某忽患心痛，请出试院将息。"

一时间，舆论将你推至风口浪尖。在以孝治国的时代，不孝的罪名足以让一个人无法立足社会。面对舆论的巨大压力,韩愈为你发声,撰写了《讳辩》一文:"父名晋肃,子不得举进士;若父名'仁',子不得为人乎?"尽管这番言辞刻画得深刻,却未能改变当时的舆论。同一时代的白居易也因爷爷名字中的"锽"和"宏"谐音,中进士后不能考"博学宏辞科",只能改考"书判拔萃科"。

绝望的仕途前景宣告了你命运的第二个难题。年少轻狂的时光里,前途被判了死刑。你只得带着病体黯然回归故里,在志向远大、正值盛年的时刻,你却遭遇此等不幸,内心的怨恨和愤怒可想而知。

致酒行

零落栖迟一杯酒,主人奉觞客长寿。

主父西游困不归,家人折断门前柳。

吾闻马周昔作新丰客,天荒地老无人识。

空将笺上两行书,直犯龙颜请恩泽。

我有迷魂招不得,雄鸡一声天下白。

少年心事当拏云,谁念幽寒坐呜呃。

脱离京城,返回昌谷的你,无助地写道:

出城

雪下桂花稀,啼乌被弹归。

关水乘驴影,秦风帽带垂。

入乡诚可重,无印自堪悲。

卿卿忍相问,镜中双泪姿。

其悲苦绝望、黯然神伤,可以说跃然纸上。父亲辞世后,家道渐显贫困,姐姐嫁与他人,弟弟也背井离乡谋生,留下你与年迈的母亲相依为命。生计压力逐渐成为你生命中的第三道难关。为了谋生,你不得不远离家乡,凭借韩愈的关照,成为一名"奉礼郎",身份仅为从九品的小官,负责祭祀和灵巡仪式的调度。这首著名的《李凭箜篌引》乃是你在任奉礼郎期间创作。

李凭箜篌引

吴丝蜀桐张高秋,空山凝云颓不流。
江娥啼竹素女愁,李凭中国弹箜篌。
昆山玉碎凤凰叫,芙蓉泣露香兰笑。
十二门前融冷光,二十三丝动紫皇。
女娲炼石补天处,石破天惊逗秋雨。
梦入神山教神妪,老鱼跳波瘦蛟舞。
吴质不眠倚桂树,露脚斜飞湿寒兔。

这首描写梨园子弟李凭弹箜篌的诗篇,想象丰富,色彩瑰丽,可谓感染力极强。被清人方扶南推崇为"摹写声音至文"。工作单调乏味,薪水勉强够得上医药费用。然而,由于身体状况欠佳,你无法胜任这份职责。经过半年的休养,你面对日益苍老的母亲,决定再度远行。这一次,**你的目的地是潞州,心怀期望的你自勉道:也许我的转机就在战场。**

"男儿何不带吴钩,收取关山五十州?"你在心中激励自己,渴望能够在战争的烽火中找到改变命运的机会。只是理想再崇高,现实却残酷。

大唐帝国江河逐渐衰落，藩镇割据日益加剧。所在的部队在支撑了三年后被解散，你再次面临失业的困境，只得无奈返回故乡。又一次的失败，令人沮丧。命运的坎坷之路让你感慨万分，生活的波折成为你心头难以抹去的烙印。在备受推崇的《苦昼短》中，你将目光聚焦于追求长生不老的唐宪宗。

苦昼短

飞光飞光，劝尔一杯酒。

吾不识青天高，黄地厚。

唯见月寒日暖，来煎人寿。

食熊则肥，食蛙则瘦。

神君何在？太一安有？

天东有若木，下置衔烛龙。

吾将斩龙足，嚼龙肉，使之朝不得回，夜不得伏。

自然老者不死，少者不哭。

何为服黄金、吞白玉？

谁似任公子，云中骑碧驴？

刘彻茂陵多滞骨，嬴政梓棺费鲍鱼。

神君究竟在何方？太一是否实在存在呢？有谁亲眼见过任公子，骑着碧驴飞升上天？秦皇汉武，你们追求长生，却最终只能在棺椁中慢慢腐烂，发散出难闻的臭气。随着时间的推移，死神的脚步逐渐逼近你，一年后，你的生命仿如油尽灯枯，最终辞别人世，享年二十七岁。

（三）

疾病、贫困、仕途绝望如同三座巨大的山峰，将你深深地压得动弹不得。这一生，你总是在事与愿违中徘徊。自以为皇室宗孙，却沦为落魄子弟；渴望金榜题名，却被剥夺参加考试的资格；梦想封侯拜相，结果只是个九品小官；追求出人头地，却在每一步都承受沉重的打击；希望光芒万丈，却只能在韩愈的赏识中找到人生最大的亮光。

从世俗的角度看，你的一生短促而黯淡，再普通不过。然而，在另一个世界中，你以一支笔为武器，凭借惊人的想象力，在纸上构建了一座奇异而瑰丽的艺术殿堂，供世人瞻仰。这个世界，是你的文学创作之境，是你用才情绘制的另一片天地，使你在艺术的殿堂中留下不朽的光芒。

你的诗风确实独特，你在唐诗的江湖中独树一帜，展现出非凡的魅力。与众不同的是，你爱写那些他人平时不太关注的事物，用他独特的视角赋予寻常事件以不同的诗意。无论是神话典故、鬼蜮传说，还是日常生活中的琐事，都成为你诗歌创作的素材，被巧妙地融入你神奇的想象之中，经过精工细雕，裁剪成美妙的篇章。你的音乐描写，仿佛让人沉浸在昆山碎玉、凤凰高鸣的幻境中："昆山玉碎凤凰叫，芙蓉泣露香兰笑。女娲炼石补天处，石破天惊逗秋雨。"

你对宴席的描绘，如同玉脂泣的烹龙炮凤，让人感觉围绕在绣幕围香风中："烹龙炮凤玉脂泣，罗帷绣幕围香风。"你甚至能够让伤心感动上苍，以一种深刻的方式表达衰兰送客、天若有情天亦老的哀思："衰兰送客咸阳道，天若有情天亦老。"女鬼哀怨的形象，在你的笔下也变得绝美而深邃：幽兰露，如啼眼。无物结同心，烟花不堪剪。

你的诗歌构思精巧，充满了极富想象力的表达，被称为"长吉体"，你得以与诗仙李白相提并论，形成了太白仙才和长吉鬼才的对比。

你在短短的二十七年里，能够在唐诗的高手云集之地硬生生地闯出一条属于自己的路，开创宗派，熠熠闪光。或许，正是面对死亡的存在，激发了你诗歌创作的无穷灵感和力量。死亡也许是他短暂而辉煌的生命中最为重要的原因之一。临终前，你笔下的鬼诗凄厉而绝美，散发着阴气的森森寒意。

"石脉水流泉滴沙，鬼灯如漆点松花。"你描绘了一个神秘而幽深的景象，石脉间水流潺潺，泉水滴落如沙，而鬼灯犹如漆黑的点点松花，在这阴森的氛围中形成了一种独特的美感。

"呼星召鬼歆杯盘，山魅食时人森寒。"你通过咏史表达了对死亡的向往和迎接。星辰之呼、鬼魅之歆、杯盘之间、山魅的存在，让整个场景更显神秘，让人感受到一种鬼魅的寒意。然而，在更早的时候，你就感受到死亡逐渐逼近。冥冥之中，有个声音不断问着你："如果这一生很短，只够做好一件事，你想做什么？"

你毫不犹豫地回答："我要写诗。"你深知诗是最短暂的花朵，却也是最长久的琥珀。你决心向死而生，为诗而活。在生活的失意和绝望中，你过着庸碌的日子，但从未忘记写诗。相反，面对困境，你迸发出更大的激情和热情，将诗歌作为生命的寄托，让美好在笔下得以永存。

元和十一年（816），年仅二十七岁的你因病不得已返回昌谷，身染重病的你便在这片故土整理着自己留下的诗作。时光无情，一代天才诗人的生命即将谢幕。病榻上的你，虽然身体虚弱，却仍然保持着对艺术的执着。你心系家人，特别是年迈的母亲，为不能远离她而感到内疚。然而,在这生命的最后时刻,奇异的景象却映入了你的眼帘。

李商隐在《李贺小传》里曾这么写道:长吉将死时,忽昼见一绯衣人,驾赤虬,持一板,书若太古篆或霹雳石文者,云当召长吉。长吉了不能读,欻下榻叩头,言:"阿弥老且病,贺不愿去。"绯衣人笑曰:"帝成白玉楼,立召君为记。天上差乐,不苦也。"长吉独泣,边人尽见之。少之,长吉气绝。常所居窗中,勃勃有烟气,闻行车嘒管之声。太夫人急止人哭,待之如炊五斗黍许时,长吉竟死。王氏姊非能造作谓长吉者,实所见如此。

呜呼,天苍苍而高也,上果有帝耶?帝果有苑囿、宫室、观阁之玩耶?苟信然,则天之高邈,帝之尊严,亦宜有人物文采愈此世者,何独眷眷于长吉而使其不寿耶?噫,又岂世所谓才而奇者,不独地上少,即天上亦不多耶?长吉生二十七年,位不过奉礼太常,时人亦多排摈毁斥之,又岂才而奇者,帝独重之,而人反不重耶?又岂人见会胜帝耶?

你的房间中,窗户上升腾起一缕烟雾,轻轻飘散而去,空中传来行车的声音和悠扬的奏乐声。这一幕仿佛是一个神秘的仪式,伴随着诗人灵魂的升华,将你带向天界。这一刻,你成为天上新楼的文学守护者,你的诗篇,将永远在白玉楼上奏响。你走了,你一生坎坷,但堪称仙人之才,仿佛是来人间渡劫的仙者。你的生平充满了辛酸,但创作如天籁之音,超越尘世烦扰。或许,你是一位仙人,从天国降临凡间,只为经历世间的红尘沧桑。

一口气概述

我们更愿意相信,李贺并非凡人,而是一位仙人,他在人间经历凄苦,才华卓绝,最终事了渡劫,飞升回归上天。他的一生如诗如梦,流转于人世之间,留下了令人陶醉的文学传世。他或许早已返乡仙界,只留下他的诗篇在人间回荡,让人们追溯那位仙人的足迹,感叹其凡尘间的辛酸与辉煌。

在文学史的长河中,李贺被认为是继屈原和李白之后,又一位备受推崇的浪漫主义诗人。

杜牧曾以"骚之苗裔"赞誉他,将他视为传承屈原骚体诗风的继承者。李贺存世的两百多篇诗文几乎都被奉为经典,但据考证,实际上他的创作应该更为丰富。有一位名叫李潘(或许是李潘)的人,深深热爱李贺的诗文,决心整理并编辑这位诗人的作品。得知李贺的表哥曾与他有过诗文往来,李潘找到了这位表哥,并请求他协助寻找李贺遗失的诗文。表哥欣然同意,并表示自己对李贺的诗文了如指掌,甚至还见过他的一些草稿。他诚挚地邀请李潘分享搜集到的诗文,以便核对和完善。

李潘兴高采烈地将所有搜集到的诗文交给了这位表哥。然而,过了一年多的时间,令人震惊的是,这些珍贵的诗文竟然全部失踪了!李潘愤怒不已,追问表哥缘由。表哥毫不掩饰地承认,他与李贺一同成长,对李贺的傲慢情态颇为反感,因此心生报复之念。于是,他将李潘提供的和自己拥有的所有李贺诗文，毫不留情地抛入了污秽的臭水沟中。李潘愤怒无奈，对这位表哥的背叛深感痛心。

这一段文学轶事被载于《幽闲鼓吹》，后来的学者认为其较为可信。李贺的一生颇为坎坷，也许他的奇特境遇和内向忧郁、孤僻的性格密切相关。天妒英才的说法或许恰如李商隐所言，天高任鸟飞，天地间本应有许多才情横溢的人物。为何偏偏眷顾李贺，让他才华横溢却生命短促呢？或许类似李长吉这样的天才在天际并非稀缺，因此，老天早早将他收回，以免他在尘世受尽纷繁扰攘。

李贺被称为"诗鬼"，是有原因的。这并非空洞的称谓，而是对他身世坎坷、命途多舛的真实写照。他生来便如枯枝败叶，在风雨中摇曳不定。少年失去父亲，科举失意，仕途坎坷，百病缠身，且因娇妻早逝、知己渐远，命运之苦难如影随形。令人惋惜的是，这位才情横溢的诗人在二十七岁时，命途多舛，寿命如薄纸一般脆弱，终究郁郁而终。

他的诗歌如同飞蛾扑打在即将熄灭的灯光上，充满了对生命脆弱性的感慨。李贺沉迷于古老的文学经典，潜心研习道教、佛学、楚辞等各种经典，深受宫体艳诗、游仙诗的启发。这位倒霉的诗人对虚幻世界充满向往，将所有的热情都倾注在诗歌创作中，试图在文学的空间里寻求心灵的慰藉。

现实的苦难让李贺感到无法承受，他用大胆而奇异的创意，构建了一个目眩神迷、弥漫着老、病、死、残、坟、血、鬼、魂、鸦等元素的灵异世界。在他的诗篇中，现实生活的阴影和幻想世界交织在一起，营造出一种独特而深沉的文学氛围。久遭厄运的人往往自嘲，李贺在《赠陈商》中直言自己"二十心已朽"，形容自己"憔悴如刍狗"。在《开愁歌》中更是坦言"我当二十不得意，一心愁谢如枯兰"，形容自内心愁苦的自己如同一枝干枯的兰花。

他的诗歌中充斥着阴郁的氛围，其中《秋来》可谓一篇诡异怪诞的恐怖故事。

秋来

桐风惊心壮士苦，

衰灯络纬啼寒素。

谁看青简一编书，

不遣花虫粉空蠹。

思牵今夜肠应直，

雨冷香魂吊书客。

秋坟鬼唱鲍家诗，

恨血千年土中碧。

秋风吹落梧桐叶，带来一种惊心动魄的哀愁。残灯下的络纬发出悲切的哀鸣，宛如在织布备冬，寓意一年又即将逝去。他忧虑自己辛苦创作的诗歌是否会得到欣赏，或许只能白白被蛀虫腐朽成粉末。在一个冷飕飕的雨夜中，他陷入了对生命和死亡的深思。仿佛古代诗人的香魂在雨夜凭吊他，坟场上的鬼魂也在诵读鲍诗，化血为碧玉，千年难以消散。

这首诗展现出李贺巧妙编织的诡异氛围。他将内心的痛苦表达得淋漓尽致，以一种独特的方式描述了肠绞痛的愁绪。通过对生死的思考，他勾勒出了一幅雨夜坟场上鬼魂凭吊的神秘画面，将恐怖与文学融为一体，让人读后心生凉意，仿佛看过一场恐怖电影的触动。

李贺频繁创作"鬼诗",凸显了对现实世界的深刻消极情绪。生存之艰辛令他无法忽视,于是他时常沉浸于对死后世界的遐想,这是对生命存在的一种深刻思索。在他运用死亡意象构建死境时,我们能够洞察到他对死亡的恐惧和厌恶。李贺的诗歌中,死后世界并非一片宁静的乐土,而是被描绘成一个充满阴森和不安的境地。这种对死境的描绘反映了他对死亡的负面情感,对于他而言,死并非解脱,而是另一种无法逃离的纠结。

　　李贺的诗歌中常常涉及牛鬼蛇神,他喜欢运用阴冷的字眼,编织出令人毛骨悚然的画面。这些句子一读之下,鬼气森森,仿佛能感受到阴森的氛围,因此,他被尊称为"诗鬼"。才高命薄的诗鬼李贺,生命只延续了短短的二十七岁。在他留世的两百四十多首诗中,有八十多首探讨了鬼魂主题,占据了创作总量的三分之一,充分展现了他对于神秘、超自然主题的独特钟爱,其中一些典型的诗句展示了他对荒怪诡异的描绘:

　　《致酒行》:"我有迷魂招不得,雄鸡一声天下白。"
　　《南山田中行》:"石脉水流泉滴沙,鬼灯如漆点松花。"
　　《秋来》:"秋坟鬼唱鲍家诗,恨血千年土中碧。"
　　《神弦》:"海神山鬼来座中,纸钱窸窣鸣旋风。呼星召鬼歆杯盘,山魅食时人森寒。"
　　《相和歌辞·神弦曲》:"桂叶刷风桂坠子,青狸哭血寒狐死。百年老鸮成木魅,笑声碧火巢中起。"

　　除此之外,李贺其他的诗写得也很好。在描绘战场时,许多文人多以挑灯夜战、折戟沉沙、羽扇纶巾为题材，然而唯独李贺以"黑云压城"的表达形式独树一帜。他不拘泥于抒情描写，而是以几个独特的意象勾勒出战争前的紧张氛围，仿佛一触即发的大战即将拉开序幕，这种紧迫感让人印象深刻。在这一切中，李贺展示了非凡的写作技巧，直截了当地勾勒出战争的前奏。

关于时间流逝的描写，其他文人多以描述白发戴花、英雄无觅、凤去台空等方式，而李贺则在其作品中探讨了劝飞光一杯酒的主题，并表达出"天若有情天亦老"的深邃哲理。这句话无论在何种环境下，都能引发人们对时间流逝和生命的共鸣，展现了李贺对人生深刻洞察的独到见解。在描写壮志豪情时，其他文人倾向于仰天大笑、览众山小、锦帽貂裘等表达方式，而李贺则以"我今垂翅附冥鸿，他日不羞蛇作龙"以及"何当金络脑，快走踏清秋"等形象的描写，将自己比喻成小鸟、贵人比作大雁，通过独特的比喻手法，使作品充满了豪气、悲戚和伤痛的复杂情感。这样的表达方式让人在读后感受到更加丰富而深刻的情感共鸣。

在描述音乐美的方面，其他文人多以弦如急雨、听松风寒、琵琶相思等来表达，而李贺则通过细腻地描写箜篌的美感，先写出"空山凝云颓不流""江娥啼竹素女愁"等，将箜篌的声音与大自然、神女的情感联系在一起。在高潮部分，他以"昆山玉碎凤凰叫，芙蓉泣露香兰笑"将听觉、视觉、嗅觉融为一体，勾勒出一幅绚丽的画卷，让人仿佛置身其中。总体而言，李贺以其独特的表达方式和深刻的主题处理，使得他的作品在战场、时间流逝、壮志、音乐美等方面都散发着独特的文学魅力。

在生命的长河中，悲哀的流逝是一种无法避免的常态，它既是人类的共同体验，又是一种深沉的精神触动。这样的体验往往在某一刻变得深刻而难以忘怀。就如同李商隐在乐游原山川之间，凝望夕阳西下，心头涌动出那感慨万分的一句诗：夕阳无限好，只是近黄昏。

我突然想起古诗十九首中那句真挚而深刻的描述：人生天地间，忽如远行客。有位朋友曾告诉我，有时候她会特意抽出时间去回到曾经居住的老房子，留心观察窗外蔓延的残绿，关注沙发上夹杂的旧照片，留意到尚未倾尽的牛奶盒，还有那些被遗弃在角落的玩具。这些琐碎的细节，让她的内心沉浸在一种莫名的悲伤之中，却又难以具体说清楚悲伤的根源。

这些物品仿佛是时间的见证，记录着岁月的荏苒，让人不由得感叹生命流逝的无常。窗外的绿萝、沙发上的旧照片，它们如同时间的镜子，映照着曾经的岁月，勾勒出一幅幅令人沉思的画面。未尽的牛奶、被遗弃的玩具，似乎成为时光的遗憾，令人在回忆中感受到那份难以名状的悲凉。

在中学时，我对李贺的诗一度感到难以理解，尤其是《雁门太守行》，那首诗似乎难以背诵。最近重新阅读李贺的诗歌，却发现其中蕴含着一种让人不忍深究的情感。或许是因为我生病了，身体上的不适让我的心灵变得脆弱。在床上疼痛难耐的时候，脑海中涌现出对生死和时光的思考。若是真的死去，我将不再能感知自己的存在，仿佛踏入一片虚空，不断坠落，无法思考、无法感受。

阅读李贺的诗歌，不禁让人思考生死与时光。或许感受不到李贺的悲哀是一种幸事，因为这意味着我们还能保持一份单纯，不被过多的思考所困扰。古代文人常以婉转之辞表达对生死之谜的思索。王羲之醉后于兰亭挥毫泼墨，留下"况修短随化，终期于尽"的文字。陈子昂登上幽州台，歌咏"前不见古人，后不见来者。念天地之悠悠，独怆然而涕下"。即使是诗仙李白，也情不自禁地感慨："吴宫花草埋幽径，晋代衣冠成古丘"，展现出对世事变迁的感慨。在面对死亡这个永远存在且无法回避的议题时，孔子曾以深思熟虑的语言表达："死生亦大矣！"这句话道出了死亡所蕴含的宏大深沉。

对于死亡这一主题，我无法进行深刻的讨论，因为我对它的理解有限。然而，我可以通过李贺的一首首诗，试图感受诗人的精神世界。李贺一生经历了巨大的苦难和挣扎，倾注了心血，但最终在二十七岁时辞世。他的生命充满了坎坷和贫困，使得他的诗歌中蕴含了深沉而激烈的情感。或许正是在这种生命的边缘，李贺对死亡产生了一种独特的感悟。他的诗歌可能是他对生命、对死亡的一种追问和表达。通过他的作品，我们或许可以窥见他内心深处对于生命短促、无常的思考，以及对死亡这一不可避免的命运的苦闷体验。

如庄子那样能豁达齐生死、鼓缶而歌的人，在世间实属罕见。李贺与其他文人不同，他的一生短促而曲折，上天对他的赐予似乎并不宽厚，未给予他足够的时间来在漫长岁月中达到一种释然的境地。他的诗歌中充满了生的欲望和死的逼迫，交缠在一起无法割舍。他写道："大漠沙如雪，燕山月似钩。何当金络脑，快走踏清秋。"表达着对美好生活的向往。他还写道："男儿何不带吴钩，收取关山五十州。请君暂上凌烟阁，若个书生万户侯。"展现了对豪情壮志的追求。同时，他也在诗中表达了对生命短促的不甘和对死亡的担忧："劝君终日酩酊醉，酒不到刘伶坟上土。""飞光飞光，劝尔一杯酒，吾不识青天高，黄地厚。唯见月寒日暖，来煎人寿。"

然而，即便在应该是意气风发的弱冠之年，他也不免表达了对时光无情的感慨。时光的无情,在他身上最为感触深刻,死后的荒芜,也在他笔下最为清楚。李贺的诗篇中充满了对生命、时间和命运的思考,让我们看到了他内心深处的纷繁情感。在与同龄人追求功业的时代,李贺却因为可笑的"避讳"而黯然失色。世俗之门紧闭,李贺的思想不愿妥协于凡尘,他将绚烂的幻想与空灵的神话融入诗篇,留下深刻的印记。

他倾诉道:"昆山玉碎凤凰叫,芙蓉泣露香兰笑。"这是他笔下的意象,如梦如幻,宛若画卷。而他再度陶醉:"烹龙炮凤玉脂泣,罗屏绣幕围香风。"这仿佛是一场华美的盛宴,奢华而虚幻。然而,最终,他发问:"神君何在,太一安有?"这是对于神性的质疑,对于天命的追问。他的思想超越尘世,远离世俗的琐碎,追寻着超脱的境地。

爱伦·坡曾言:"凡无意识薄弱之缺陷者,既不降服于天使,也不屈服于死神。"死亡的威胁并未使他屈服,但正是这份清醒,让他的灵魂备受折磨。敏感而深刻的他,以他独特的视角写下了《苦昼短》——这并非仅仅对追求长生的君王的嘲讽,更是他对人生的深刻体悟。这是对历史的审视,对权谋的嗤笑,以及对时光流转中人生短促的感慨。然而,李贺早已融入尘土,年方二十七岁,青春便被永远凝固。

他留给后人的,只是那已经腐朽的骨骼,曾经用一笔一画创作的、深沉而哀婉的字句。

这双曾经曼舞的手如今不过是灰尘,而他的诗篇则化作泣血的文字,留存在时间的长廊里。这残存的文学遗产,仿佛是一幅富有沧桑之美的画卷,记录着他逝去的二十七载岁月。

曾经对于"诗鬼"一词,我并未真正理解,因为在中华文明中,对待鬼神一直都是"敬而远之"的传统观念。对于"鬼"这个字眼,一直让人难以判断是褒义还是贬义。直到我深入了解李贺的生平,才恍然领悟后人取名字的深意。

作为我心目中最充满情感的唐代诗人,李贺在深夜走进坟地,写下"秋坟鬼唱鲍家诗,恨血千年土中碧"这样的句子,**其中的"鬼"一词不再让人摸不着头脑,而是成为表达其情感的独特象征。**

诗性美感的定义,曾在义务教育九年里被我忽略,然而直至今日,经历了人生中的诸多遗憾,我渐渐读懂了一些李贺的深意。

唯见月寒日暖,来煎人寿。

杨万里

隐藏在童趣之下的,
是我用一生践行的文化修养

题记

  当杨万里迎着满脸皱纹看到那份晋升为从四品太中大夫的诏书时，他心头涌上一阵深深的感慨，不禁舒了口长气："我都已经七十二岁了，你说这退休，真是一桩艰难的事情啊。"

  退休，这个念头最初在杨万里的心头萌芽是在他六十六岁的时候。当时，他担任江东转运副使，朝廷计划在他的辖区推行一项名为"铁钱会子"的政策。表面上，这是为了支付部分军队的军饷，实际上则是试图通过军人使用铁钱来改变江南地区只使用铜钱、不使用铁钱的现状。

  一旦毫无价值的铁钱在江南开始流通，朝廷再通过征税只收取铜钱，将人们手中有价值的铜钱重新回收。

  这一计划让性情急躁的杨万里无法容忍，他毫不犹豫地站了出来，坚决反对这一政策。

  最终，他与朝廷陷入了一场持久的拉锯战，而杨万里最终取得了胜利。朝廷未能在江南地区推行"铁钱会子"。可正当他对南宋朝廷彻底失望，准备递交辞呈回老家时，出人意料的是，朝廷居然驳回了他的辞呈。作为主战派老臣中威望最高的人物，他被卷入了右相赵汝愚和新主战派领袖韩侂胄之间的权力角逐。双方争相拉拢他，于是杨万里陷入了一个怪圈，每次提出辞职，官职都随之一涨再涨。杨万里看着眼前的这份"升职书"皱紧了眉头，你说，这到底去，还是不去？

（一）

你的名字，叫作杨万里。

靖康二年（1127），你出生了，那一年，没有记载什么天地异象，那一年，金兵攻破了汴京，那一年，北宋灭亡。在这个战火纷争的北方，相对安宁的江西成了一方净土。你自幼懂事，便跟随父亲杨芾学习，每天勤奋地在学堂里读书识字。

杨芾热爱藏书，喜爱读书，他对儿子的教育倾注了极大的心血。不仅向你开放了自己的藏书库，还常常带着你拜访各地名师。年幼的你感到困惑，明明家里已经穷得只剩下一屋子的废纸，为何父亲在外聊天时总能受到热情款待。后来你才明白，尽管生活贫困，父亲却有丰富的思想与广交名士的手段。

在父亲言传身教的影响下，你展现出异常刻苦的学习态度，少年时已经拜了许多当时备受尊敬的老师。然而，你清寒而温馨的生活并未能持续太久，一系列的打击接踵而至。先是你唯一的弟弟早夭，接着是母亲离世。那一年，你只有八岁。幸运的是，你的继母对你如同亲生子一般，使得你的成长过程中从未缺乏那一份来自母亲的爱。

绍兴二十四年（1154），年仅二十七岁的你进士及第，与你同一届的考生中包括了秦桧的孙子秦埙、同样是中兴四大诗人之一的范成大，以及大败金国后成为宰相的虞允文和著名词人张孝祥。此外，如果不是秦桧的干预，当时的陆游也可能成为其中的一员。

你踏入仕途，你的父亲杨芾一直牵挂着儿子工作经验的不足，因此再次陪同你拜访一些名师，包括张九成、胡铨等人。这些前辈不仅文才出众，而且都曾经抗击过金兵，坚持主张反对金朝的立场。这时的时局，近朱者赤、近墨者黑的言论深深烙印在你的心灵中，塑造了你刚正不阿的性格。

绍兴二十九年（1159），你被调任零陵县丞。你得知主张抗金的宰相张浚被贬到自己的辖区内反省思过，便频繁拜访张浚。尽管张浚每次都不愿开门，对地方官员几乎不加理会。但是，你不轻言放弃，你撰写了一封长信寄给张浚。张浚看完信后觉得这位年轻人颇有见识，不是轻浮之辈，于是，答应了你的拜访。

张浚对于你的坚持和见识深感欣赏，甚至用"正心诚意"四个字勉励你。

> 时张浚谪永，杜门谢客，万里三往不得见，以书力请始见之。浚勉之以正心诚意之学，万里服其教终身。
>
> ——《宋史·杨万里传》

你回到家后，将自己的书房取名为"诚斋"，这个名字也贯穿了你一生。

(二)

绍兴三十二年（1162），宋高宗让位给宋孝宗赵昚，宋朝皇位再度回归赵匡胤一脉。宋孝宗怀揣收复祖上基业的志向，将张浚召回京城任宰相。你也在张浚的推荐下，被任命为临安府教授。

命运的转折总是伴随着离别。你尚未走到京城，你的父亲就因病辞世。你因此未去赴任，回到家中守孝。你在家守孝的三年里，除了沉浸于诗词创作之中，还开始将自己的学识应用到治国策略上。南宋政坛即将迎来一位坚韧不拔、风云人物的崛起。

乾道三年（1167），你回到京城开始新的工作。这个时候，张浚已经去世，而你自己，被改派到奉新担任知县。在赴任的途中，经过首都临安城的郊区，你深刻感受到大宋百姓的生活困苦，于是心生感慨，写下了《悯农》一诗。

悯农

稻云不雨不多黄，荞麦空花早着霜。
已分忍饥度残岁，更堪岁里闰添长。

诗中描绘了稻谷虽然不受雨水滋润而黄得不多，荞麦花虽然开得早但很快被霜打凋谢。诗篇表达了对农民艰难生活的同情，以及对岁月流逝的深刻体悟。刚一抵达奉新地界，你就目睹到下乡收税的小吏在街头欺压百姓。那些官吏将逃税的农户捆绑在一起，准备押送到大牢。这一幕让你深感社会弊病，也为你后来对官场腐败的深刻认知埋下了伏笔。

你:"我们在开展工作的过程中,可不可以不打架?"

税吏:那些下层百姓、贱民,不打他们根本不老实。

你:那你有没有想过,为什么百姓宁愿坐牢也不肯交税呢,是不是因为税率太高了?

税吏:大人,这咱们也管不着啊……

你:奉新地界税率究竟是多少?

税吏:其实不高,只有五成而已。

你:五成?其中是否有人盘算剥削,你们自己清楚,这件事情,交由我处理。"

于是在那时,你采取了一系列独特而高效的措施,使得整个县城焕然一新。

你先是释放了满牢房的囚犯,同时严厉警告税吏人员不得胡乱加收。为了杜绝逃税现象,你公布了逃税人员名单,并告知居民只需按照正常额度缴纳税款。在短短一个月内,全县的收税难题得到了彻底解决。你不仅在基层治理方面有着娴熟的手段,还以其卓越的文才创作了三十卷的《千虑策》。这套治国策略深得虞允文的赞誉,经过虞宰相的推荐,你被调回了京城。

在京城三年间,你由吏部侍郎晋升为少监。与此同时,你的好友林子方也在皇帝身边担任贴身秘书。后来,林子方连跳两级,被派往福州上任。面对好友的春风得意,你感慨万分,挥毫写下了一首深情的送行诗。

晓出净慈寺送林子方

毕竟西湖六月中,风光不与四时同。

接天莲叶无穷碧,映日荷花别样红。

淳熙元年（1174），你因言辞直率而招致不少反感，被贬至遥远的广东。在你七年的地方官职生涯中，或许最为宝贵的经验莫过于突破了传统诗词写作的束缚。你初步接触江西诗派和王安石的理念，然后转向学习唐代各路诗仙和鬼圣。然而，随着学习的深入，你却发现自己在创作上的灵感愈发匮乏，仿佛陷入了学而愈疲于创的困境。

在一次愤怒之下，你毅然焚毁了自己的诗作。然而，意料之外的是，这一行为并未扼杀你内心深处的诗意。或许是因为豁然开朗，你竟然在焚毁后重新找回了创作的激情。

你一生中创作了超过两万首诗，其中大部分都采用即兴的手法。尽管风格略显通俗浅近，但你的诗歌流露出一种浓厚的文学氛围，展示出你独特而丰富的文学造诣。你被誉为"南宋中兴四大诗人"之一。你的出现，彻底改变了"诗至唐代已无诗"的尴尬局面，勾勒出一幅充满生活灵动的新诗篇章。在创作诗歌的空隙之余，你还以勇猛的军事才能，留下了一段惊人的历史篇章。当福建大盗沈师率领马仔入侵梅州时，你奋勇领兵，将敌军打得溃不成军，斩草除根。这一壮举赢得了宋高宗的赞誉，称赞你为"仁者之勇"，准备调你回京城再次重用。

当你刚踏上回程的道路时，家中却传来了继母离世的消息。你心生愧疚，毅然放下一时的功名利禄，回家守孝两年。对这位并非血脉相连的继母，你心怀感激之情，那母爱的温暖，一直以来支撑着你走过无数个晦暗的时刻。你一生经历了两位母亲的离世，这无疑是一种不幸，然而也是另一种幸运。

淳熙十一年（1184），五十七岁的你应召回京，担任吏部郎中一职。就在次年，一场巨大的地震袭击了当地，这个"天谴"，引起了宋孝宗的深思。在这个机会下，你毫不犹豫地提出了十条强国建议，这十条建议占据了《宋史》中你的列传的绝大部分篇幅。孝宗深感震撼，对于能够将问题扣上古今兴亡主题的你赞叹不已，决定将你调任为太子的导师。

当时的宰相王淮见识到了你的才智，提议你大力选拔人才，更是亲手呈上了一份包含六十多位杰出人才的名单，其中还包括理学宗师朱熹。

淳熙十四年（1187），南方遭受了严重的大旱，宋孝宗再次召开大臣会议研究此次旱灾的深意。

你直言不讳地上奏说："旱灾已经过去了两个月，到了现在，还没有制定应对方案，而且只允许县级以上官员发言，这有何意义？这能说出个什么所以然？"这番言辞让孝宗颜面扫地。但好在，你提出了四项补救意见，才稍微缓解了一些当时的情况。

同年，高宗皇帝辞世，宋孝宗打算亲自守孝三年，筹建议事堂，希望太子能代理国事。然而，你对太子赵惇提出了忠告："天无二日，民无二王。一履危机，悔之何及？愿殿下三辞五辞而不居也。"

代理皇帝可能会陷入尴尬、被动的局面，成功了也难以转正，所以绝不能轻率行事。

后来翰林学士洪迈在未经全民投票的情况下，私自建议将吕颐浩（宰相）等人列入配享太庙的名单。

你怒不可遏，公然斥责道："这种挟私排挤、捞钱扰民的人都能入太庙，将张浚置于何地！"

宋孝宗却无法容忍你既插手儿子的事，又干涉自己的事！他感到无比厌烦.面对这位老臣无法自退的态度，皇帝傲然质问："万里以朕为何如主！"

一时间，朝堂上沉寂无声，这个问题如同一枚重磅炸弹，震慑了整个京城。最终你被驱逐出京城，结束了在朝廷指点江山的日子。

（三）

两年后，宋孝宗提前退位，由光宗继位。光宗重新召回了你，再度倾听你的忠言良策，包括"一勤、二俭、三断、四亲君子、五奖直言"等。尽管光宗对你心怀敬意，但孝宗仍然对你心存反感。随后，你被委托修订《孝宗日历》。在完成修订时，你应该为此作序。但宰相得知太上皇不喜欢你，便找其他人代替完成了这项工作。

你怒火中烧，毫不犹豫地写了一份弹劾自己失职的奏章，甚至表示自己工作失职、渎职如此严重，应该立即被免职。宋光宗深陷困境，一个是太上皇，一个是自己敬佩的老臣，他不知该听信谁。你经过皇帝多番的劝说才勉强留在宫廷。然而，接下来，你面临着新的职责——管理，修改，编写《孝宗圣政》。这项任务令宋孝宗感到极度不适，他跟吃了苍蝇一样难受。无奈之下，为了保持太上皇的身心愉悦，你被派往江东，负责管理军马和财政。这一年，你已经年过六旬。

绍熙三年（1192），朝廷发布了铁钱的发行令，但面对这一决定，你仅以六个字回应："民不便，不奉诏。"

宰相及其团队都蒙了，他们费尽三个月的心血，最终设计出了一套完美的方案。然而，你将他们的计划一口否决了。

宰相怒火中烧，将你贬谪至赣州。你并不甘心，对贬谪之事置若罔闻。你给朝廷写信,以年迈为由,请求调离与政务相关的职务,给自己个清闲的官职干一干。就在三个月后,六十五岁的你毫不犹豫地辞去了职务,返回了你的故乡。此后,虽然多次有邀请你出任官职的帖子传至,但你一眼都不愿看。你想起自己小时候看过的书籍,捧起那本破旧不堪的《易经》,口中念叨着:"天下同归而殊途,一致而百虑。"

之后,你抛却纷争和烦扰,每天悠然地躺在椅子上品茗。你注视着门前池塘里自然生机盎然的景象,不禁随口吟咏起一首诗来:

小池

泉眼无声惜细流,树阴照水爱晴柔。
小荷才露尖尖角,早有蜻蜓立上头。

这是一位晚年的文人,逐渐远离世俗纷扰,沉浸在自然之美和诗意的境界中。

绍熙五年(1194),韩侂胄,权倾一时的权臣,逼迫宋光宗下台,推举赵扩为帝,也就是宋宁宗。

掌握朝政大权后,韩侂胄为自己兴建了一座豪华私人府邸,标志着他对权力的绝对垄断。他甚至向你发出邀约,表示只要愿意为他写园记,你就会得到丰厚的官位和奖金。然而,你对此嗤之以鼻,一口回绝,认为官位可以舍弃,但创作不能随便妥协:"官可弃,记不可作也。"

最终,陆游接手了这个任务,成为颇受争议的《南园记》的作者。这一时期,韩侂胄为了打压政敌,实施了名为"庆元党禁"的政治运动,几乎将理学派的代表人物全部摧毁,甚至连朱熹也在流放途中离世。这一事件让你深感愤慨,不久之后,你因愤怒而病倒。

开禧二年（1206），你已是耄耋之年的长者，你的身体逐渐衰老，家人都明白你无法承受情感的巨大波动。因此，朝廷上发生的重大事件都被隐瞒着，以免老人受到不必要的刺激。但命运的不幸仍然降临了。

五月初七，你的一个在外工作的族侄回家探亲，同时拜访了你。这位侄子并不知道家人一直在对老人隐瞒军政大事，于是不经意地谈到了邸报上记载的韩侂胄出兵北伐的消息。你闻讯后，痛苦地流泪，愤怒地呼喊道："奸臣妄作，一至于此！"

你深知韩侂胄想依仗运气获胜的妄想必定会以溃败告终，给国家和百姓带来灾难（而后事实证明你的判断是明智的）。你整夜辗转反侧，忧心如焚，彻夜未眠。次日早晨，你仍旧心情沉重，没有胃口进食，只是默默地坐在书斋里，一言不发。随后，你拿起纸笔，写下了慷慨陈词："韩侂胄奸臣，专权无上，动兵残民，谋危社稷。吾头颅如许，报国无路，惟有孤愤！"紧接着，你又写下了十四言的告别信，最终笔落而逝，享年八十岁。

一口气概述

在生命的最后时刻,杨万里为国家、为民族,表达了对奸臣的痛恨和对报国无路的绝望。他的离世,仿佛是对那个时代的无奈叹息。

先前,杨万里漫游各地任官时,他的行李箱里只装着足够回乡的路费,并且严禁家人购置任何财物,以免在离任时成为累赘。当他在六十五岁辞去官职回家养老时,只有一座老宅守望着他,提供了遮风挡雨的庇护。在他辞去官职之际,有人以诗歌形式描绘说他,名望崇高,身份尊贵,却自居小村深处。门户清雅如水,虽贫困,但藏有真正的财富:

见杨诚斋
宋·徐玑

名高身又贵,自住小村深。
清得门如水,贫惟带有金。
养生非药饵,常语尽规箴。
四海为儒者,相逢问信者。

在我看来,杨万里一生最重要的并非金银财富或丰富的土地产业,而是一种深深植根于骨髓的文化修养。他毕生致力于抗战事业,坚决反对任何向敌人低头的妥协。在上书皇帝的疏文中，他多次深情陈述着时政的利弊，坚定地排斥投降的错误选择，表达了深厚的爱国之情。面对中原失陷、国土半破的困境，他大骂放弃两淮、撤退长江的投降派，直言不讳地告诫孝宗皇帝必须时刻警惕敌情，制定明智的抵御计划，以取得战胜的先机。

除了爱国之心，杨万里还是一名充满童趣的诗人。杨万里是我国写诗最丰富的作家之一，其诗歌以山水自然景色为主题，贴近人心，让人在诗意的表达中感受到大自然的奇妙和生活的美好，深受人们喜爱，以独特的艺术手法塑造了自己独具特色的"诚斋体"。

宿新市徐公店

篱落疏疏一径深，树头花落未成阴。
儿童急走追黄蝶，飞入菜花无处寻。

这首诗是杨万里在一次外出途经新市时所作，他被美丽的田园风光深深吸引。在诗中，他通过细腻的描写，呈现了那个小村庄的静谧之美，仿佛让人身临其境。儿童们在大自然的怀抱中尽情嬉戏，捕捉蝴蝶的场景展现出孩子们的天真无邪。这一诗篇不仅展示了诗人对自然景色的独特感悟，更唤起了读者心中关于童年时光的美好回忆。

闲居初夏午睡起·其一

梅子留酸软齿牙，芭蕉分绿与窗纱。
日长睡起无情思，闲看儿童捉柳花。

慵懒的午后时光，杨万里正沉浸在自己的世界中，这份悠闲却被屋外儿童们捕捉柳花的嬉闹声打破。这首诗既突显了杨万里对乡村生活的享受，又通过幽默诙谐的描写展现了他对小孩子发自内心的喜爱。

晓出净慈寺送林子方

毕竟西湖六月中，风光不与四时同。
接天莲叶无穷碧，映日荷花别样红。

诗人在西湖送别友人，眺望四周，西湖中是一片无际的莲叶连绵至天边，呈现出无尽的碧翠。阳光的照耀下，荷花在湖面上盛放。这样的美景，只有在六月这个时节才能够得见。这正是荷花怒放时所呈现的绚烂，展现出一种阔达而热烈的美感，将人们带入了一片静谧与热烈交织的自然之境

小池

泉眼无声惜细流，树阴照水爱晴柔。
小荷才露尖尖角，早有蜻蜓立上头。

此诗描绘了初夏时分的景象，诗人以细腻的观察之笔，从"小"入手，描绘了泉眼流出的柔和无声的细流，树荫在水面的倒影，以及初生的荷花。这个世界被描绘得极为柔和、宁静，没有丝毫的喧嚣与打扰。"小荷才露尖尖角，早有蜻蜓立上头"更是精彩所在，一瞬间的灵动感被诗人巧妙地描绘出来。这种微妙而细致的感知，使整个景象更加生动而有趣。

当江西诗坛逐渐陷入低谷时,杨万里的才华在同行的衬托下愈发突显。他的诗歌不仅自然流畅,而且充满生活的韵味。时常,他的作品中透露着一丝小幽默。我特别喜欢他的这句诗:"却有一峰忽然长,方知不动是真山。"巧妙地捕捉住了那个"看错"的瞬间,引人轻笑,轻松愉悦。

或许是生活的压力使然,在现实生活中欢声笑语显得格外珍贵。杨万里描绘儿童形象极为贴近生活,他的诗歌清新活泼,充满生趣,字里行间处处展现出诗人开阔的胸怀和灵动的诗意。透过杨万里的诗作,我们仿佛能够目睹那个时代儿童生活中的点点滴滴。

文学作品常源于生活,而杨万里的诗歌正是这一理念的极好体现。我们可以这样表述:杨万里是一位专注于儿童生活、关切儿童成长的诗人。他的诗中呈现的生动儿童形象,以及一系列描绘儿童尽情嬉戏的场景,都是诗人亲身感悟、与孩子们交流的真实写照。

当然杨万里并非仅以自然、生活和幽默为代表,他更是一位不畏强权的人。在《宋史·杨万里传》中,他被赞誉为具有"仁者之勇"。这使我深感敬佩。**一位伟大的诗人,能够在工作与艺术之间保持明确的界限。**在工作中,他如金刚怒目,怒斥奸臣;在艺术创作中,他也能拈花微笑,欣赏自然,从而达到一种美妙的平衡。这种胆识与智慧令人赞叹。

回望杨万里的一生,承载着南宋兴起与衰落的历史沧桑。他于靖康二年(1127)出生,正值靖康之难,两宋交替之际。这个时期,国家风雨飘摇,他的童年便在国破家亡的苦难中度过。然而,杨万里的命运似乎注定了要与国家的命运紧密相连。幸运的是,他的成年时期正逢南宋承平之际,这段时光里,他以兢兢业业的态度在地方担任职务,同时以山水田园的诗歌表达了对国家和人民的深切关怀。然而，这段相对安宁的岁月并未能让他摆脱家族历史的阴影。

杨万里的家族，弘农杨氏，自他的祖先杨震时期就因得罪宦官、不阿权贵而饱受贬谪之苦。这种家族的历史传承，使杨万里在平静岁月中也时刻保持对时局的担忧。他在任职的同时，以敏锐的目光审视社会弊端，以时务策的形式表达对国家兴衰的深切思考。

当他在1206年辞世时，铁木真统一蒙古各部，崭露头角，为宋金两国敲响了丧钟。杨万里一生经历了国家危难，忧国忧民，成为南宋中兴四大诗人之一，更是一位具有士大夫风范的文人。他以家族的耀眼明星身份，留下了对历史悠久家风的延续，为后人铭记。

生余八年，丧先太夫人，一生饮恨。这，是杨万里。

小荷才露尖尖角，早有蜻蜓立上头。这，也是杨万里。

我或许记不清他创作的全部具体诗篇，但我永远铭记那句"吾头颅如许，报国无路，惟有孤愤"。

陆游

我一生万首诗词，
起起落落，
不过冰河入梦来

题记

爱国情绪饱和在陆游的整个生命里,洋溢在他的全部作品里。

——钱锺书

（一）

你的名字，叫作陆游。

宣和七年（1125），你成长在一个动荡的时代。

你出身名门望族，家世显赫。你的父亲不仅是朝廷重要官员，更是北宋末年备受推崇的藏书大家。母亲更是出自显赫家族，为神宗时宰相唐介的孙女。这一绵延的家族背景，深刻地影响了你的成长历程，为你的教育和生活奠定了坚实的基础。

这个家族背景，不仅仅是一份光荣的履历，更是你成长过程中的指引。父亲在朝廷的显赫地位和北宋末年的文学声望，使得你在一个知识渊博、文化底蕴深厚的环境中成长。母亲作为副宰唐介的孙女，更为你提供了深厚的政治背景和家族荣誉。这一独特背景，不仅塑造了你的学养，也为你的文学创作提供了丰富的灵感。

随着金国灭辽和靖康之难的爆发，北宋王朝的命运岌岌可危。在靖康之变爆发时，年仅两岁的你便陷入动荡之中。为了保护家人的平安，你的父亲陆宰决定将妻儿带回绍兴的山阴老家，远离战乱的纷扰。随着高宗南渡，陆宰又携着一家人转居金华的东阳市，为你们在乱世中找到一片相对安宁的栖息之地。

而在这个时候，年仅四岁的你已经开始了你在东阳市的成长岁月。这段历史对你的童年产生了深远的影响。**身处乱世，父亲陆宰的明智决策为一家人保住了生命，但也让你在早期经历了家族迁徙的辛酸。**

从小，你便伴随着家人四处逃亡，经历颠沛流离，目睹战乱中的破败之景、民不聊生之苦。父辈的爱国思想深深烙印在你年幼的心灵，让抗金复国的信仰在你心头扎下了根。由于聪慧的天赋、对书籍的痴迷和对诗文的钟爱，你二十出头时被乡人誉为"小李白"。束发之年，你是陶渊明、诸葛亮等巨匠的超级粉丝，风华正茂的你能够自如地吟诗作文。

你的少年时光在山阴农村度过，你展现出了早熟的才智。年仅十二岁，你已经能够写出脍炙人口的诗歌和文章，凭借出众的天赋引起了人们的注目。得益于祖上的功勋，你获得了南宋朝廷的"恩荫"，被任命为"登仕郎"。在十六岁时，你赴临安参加科举考试，与伙伴们畅饮欢笑，"酒酣耳颊热，意气盖九州"。

虽然你在考场上屡屡受挫，但在情场上，你赢得了令你铭记一生的爱情。在年方弱冠、花好月圆的元宵灯会上，你与表妹唐琬间，一场凤箫声动、玉壶光转的邂逅悄然萌发，两颗心悄悄地交融在这浪漫的夜色之中。双方父母皆看出了这份感情的深厚，为了永结同心，陆家当即取出家传凤钗为信物，为你们二人订婚。这份感情，成为这对夫妻心灵深处的悸动。

（二）

十九岁的你与唐琬步入婚姻殿堂，很快陶醉在二人世界的甜蜜中。二人常常吟诗作对，浸润在幸福的时光里。然而，命运无常。陆母怀揣着对儿子的殷切期望，渴望你能成就一番大业，光宗耀祖。

"你父亲是大家,我爷爷是宰相。你只是个九品官,要有所作为才行!"陆母对儿子的劝导充满了期望,无限的期望。只可惜,你一次又一次躲进了父亲的书房,对母亲的期望感到沉重。你只想读书,这或者也是一种逃避。与此同时,陆母对儿媳妇唐琬的不满也逐渐积累。她觉得唐琬成了儿子上进的绊脚石,开始后悔这门婚事。

三年后,陆宰离世,让你陷入深深的悲痛之中。在你还未从悲伤中走出时,母亲却催促你休妻:"你爹已经不在了,你那两个哥哥也指望不上,陆家的前途就靠你了!"

这突如其来的压力令你陷入两难的境地,你不仅要应对失去父亲的伤痛,还要面对母亲的婚姻压力,这让你的人生陷入了一片迷茫。父母之命大于天,面对母亲的严令,你满怀不舍,却无法逆反母命。

在一纸冰冷的休书中,唐琬被遣送回了娘家,与心爱之人无法再续前缘。此时,你在母亲的安排下另娶了王氏,成家立业,生儿育女。而唐琬只能在别离之际,重新振作,另嫁他人,开始全新的生活。至此,两情虽深,却因家族的命令被迫分离。你和唐琬各自走上了不同的生活道路,各自珍重这段难舍的感情,将它们深深地埋藏在心底,如同岁月中静静盛开的花朵,虽然不在彼此的视线之中,却永远散发着淡淡的芬芳。

英雄豪杰志在四方,或许是出于对故土沉沦的痛感,之后你毅然离开故乡,展开了一段游走天涯的生涯。从小,你怀揣着伟大的理想,那就是为了抗击金兵、拯救国家而奋斗,你在诗歌中表达:"平生万里心,执戈王前驱。"这种纯真而坚定的信念可见一斑。

为了这个信仰,你常夜读兵书:"孤灯耿霜夕,穷山读兵书。"你刻苦练习剑术:"十载刻苦攻读剑术,勇气滋长成为习惯,一纵身,冲上云霄三千尺。"此外,你还时常拜师访友,广交能人异士:"少时酒隐东海滨,结交尽是英豪人。"

你文武双全,性格豪放洒脱,众人皆望你有朝一日能有所成就。而在你心中,唯一的人生梦想就是拼尽全力,为国而战!为国而战!为国而战!情感的挫折使你跌入低谷,但也成为你日后辉煌的积淀时期。因此,人生的曲折变幻,时常需要换个角度去看待,去面对。在困境中,寻找新的方向,人生便会豁然开朗,犹如柳暗花明,新的村落又在等待着。江湖漫游十载,归航的游子踏上了故土。在沈园里,春光灿烂,花鸟喧闹,仿佛十年前的时光未曾流逝。然而,在这美景之中,你与你的前妻唐琬在无意间相遇。

曾经,两人相守相依,共赴风雨,共谱诗篇。花前月下,温柔如水,时光仿佛凝固在那段幸福的光阴里。然而,十年后的再次相遇,并未带来曾经的欢愉。沧海桑田,岁月蹉跎,唐琬已然不再属于你。眼前的她,依旧如故,却已经成了你心头的遥远记忆。你黯然发现,时光不会回溯,爱情也无法倒流。

唐琬身边的新伴侣赵士程展现出慷慨豪放的气度,甚至送来一瓶美酒,期盼着你能够"借酒消愁",也许赵士程认为,喝了这壶酒,你就能释然过去的情感纠葛。然而,对于你来说,这份酒如同口中苦涩的忧伤,让你难以言表。多少爱恨交缠,心海波涛汹涌,多少言语激荡,却无人可诉。唯有借着酒意,你用诗篇述说心中的情感:

钗头凤·红酥手

红酥手,黄滕酒,满城春色宫墙柳。东风恶,欢情薄,一怀愁绪,几年离索,错、错、错。

春如旧，人空瘦，泪痕红浥鲛绡透。桃花落，闲池阁，山盟虽在，锦书难托，莫、莫、莫。

回首往事，情难成眠。

看到你的题词，唐琬也回词一首，正如之前无数次小两口吟诗作对一般：

钗头凤·世情薄

世情薄，人情恶，雨送黄昏花易落。晓风干，泪痕残。欲笺心事，独语斜阑。难、难、难！

人成各，今非昨，病魂常似秋千索。角声寒，夜阑珊。怕人寻问，咽泪装欢。瞒、瞒、瞒！

（三）

唐琬归去后，不久便因抑郁离世。

活在人世间的人们，怀念和悔恨交织，时光已逝，无法回溯。

唯有整理心情，通过仕途实现英雄梦，继续前行。

只可惜，你的仕途方面也并不顺遂。二十八岁时，你赴京都杭州参加锁厅考试，尽管中头魁，却因宰相秦桧的孙子秦埙同年考试而遭遇不公。

在科举考试中，秦桧竭力游说主考官，力图让孙子秦埙取得榜首的位置。然而，这位主考官展现了卓越的正直品质，坚定如硬汉一般。他深谙公正之道，不为权谋所动。你的文章以卓越的才华和对北伐恢复中原的独到见解而脱颖而出，赢得了主考官的青睐。毫不犹豫地，主考官将你评定为第一，而秦桧孙子秦埙只能屈居第二。这个结果让秦桧怒火中烧。

据《宋史·陆游传》记载："锁厅荐送第一，秦桧孙埙适居其次，桧怒，至罪主司。明年，试礼部，主司复置游前列，桧显黜之，由是为所嫉。"

秦桧为了达到自己的目的，只得求助于皇帝，他巧妙地利用言辞，试图在皇帝心中种下对你不满的种子，他对皇帝说你"喜论恢复"，皇帝赵高宗并非志在统一天下的君主，他对安享偏安一隅的宁静生活更感兴趣。你跟皇帝的想法背道而驰，因此落第了。

你一直被拒于仕途之外，直至五年后秦桧去世。在三十三岁时，你才得以入仕，最初被宋高宗任命为福州宁德市主簿。四年后，宋孝宗赵昚登基，恩赐你进士出身，并任命你为枢密院编修。然而，你坚定主张抗金，这使你遭到当朝主和派的打压。一次对吏治军纪的建议不慎触怒了宋孝宗，你被贬任镇江府通判。之后，你因向枢密使张焘进言"罢黜广结私党的龙大渊之辈奸佞小人"而受责，再次被贬任建康府通判。之后，你因被主和派诬告"结交谏官，与北伐的都督张浚有勾结"而再次被免职，回到老家无所作为。

在你回到山阴老家赋闲的四年里，你沉浸在江南农家生活的情境中。乡隐生活是一幅恬静而深沉的画卷，由读书、写诗、饮酒、闲逛，以及欣赏儿童骑竹马、放纸鸢等精妙元素勾勒而成。在这宁静的角落里，天地间的大美无须言语，唯有在闲暇的时光里，方能领略大自然的悠然可爱。

读书成为生活的一部分，是乡隐者常常沉浸其中的活动。书中的文字如一幅幅风景画，将人带入别样的境地，让思绪在文字的海洋中漫游。写诗则是将心灵的涟漪凝结成文字，表达内心的感悟和情感，与大自然的和谐融为一体。饮酒成为一种放松和品味生活的方式，仿佛是品味岁月的琼浆，让心灵在醇厚的酒香中得以沉淀。闲逛于村间小道或田园小径，感受自然的气息，漫步在宁静的乡野，仿佛置身世外仙境。

看着儿童骑竹马、放纸鸢，是乡隐者最喜欢的时光。孩童天真烂漫的笑容，如同阳光洒在大地上的明媚，唤醒了生活最纯真的一面。这些童年的画面让人沉浸在岁月的温柔中，感受时光流淌的美好。在这个静谧而宜人的乡隐生活中，天地间的大美以无言的方式展现。只有在悠闲的时光中，人们才能细细品味，领略大自然的可爱之处。这样的生活，是一种对心灵深处的回归，是对岁月静好的珍视，更是对生命中最简单、最美好事物的赞美。以《游山西村》为代表，那段时间，你创作了大量反映农家生活的诗歌。

游山西村

莫笑农家腊酒浑，丰年留客足鸡豚。
山重水复疑无路，柳暗花明又一村。
箫鼓追随春社近，衣冠简朴古风存。
从今若许闲乘月，拄杖无时夜叩门。

你通过《游山西村》这样的作品，展现了对淳朴农家生活的深深眷恋，同时用诗歌表达了对生命起伏的理解。你的文字简朴而有古风，如同一幅宁静而恬淡的山水画，给人以宁静、宜人的感觉。这段时间的诗作成为你文学创作中的亮丽篇章，也为后来的文学传世留下了浓墨重彩的印记。

（四）

乾道五年（1169），四十四岁时，你再次踏入政坛，受宋孝宗之聘，担任夔州通判一职，主要职责包括管理学务和农务。在这个阶段，你深入了解当地的风土民情，创作了备受瞩目的散文巨著《入蜀记》（共6卷）。两年后，你积极响应时局的召唤，应四川宣抚使王炎之邀，转投军旅，担任办公事务，融入南郑的军事幕府生涯。

在此期间，你撰写了《平戎策》，主张驱逐金人、收复中原，提出北伐中原需先夺取陇右，同时加强粮食储备、强化士兵训练的军事战略。然而，宋孝宗未采纳你的建议，也未推动王炎的北伐计划。你仅在前线定军山、大散关一带体验了八个月的军旅生活，幕府最终解散。

四十七岁的你不得已奉旨骑驴入川，改任成都府路安抚司参议一职。随后，你于乾道九年（1173）转任蜀州通判，后又担任嘉州通判。在荣州，你曾短暂代理了一段时间的州事。淳熙二年（1175），你的好友范成大任四川制置使，力荐你为锦城参议。两人在成都以文学为纽带结成了深厚的友谊，成了"莫逆之交"。然而，你因主和派的指责而被迫辞职，随后在杜甫草堂附近的浣花溪畔以务农为生，自号"放翁"，通过檄文回应主和派的攻击。

淳熙五年（1178），你已经年过半百，再次得到宋孝宗的重用，被任命为福州提举常平茶盐公事，随后又在第二年调任江西常平提举，专责管理农务事务。然而，命运对你似乎颇为捉摸。在你刚刚就任江西常平提举的第二年，江西发生了水灾。你积极而果断地开仓放粮，展开救济工作，甚至亲自发放粮食。然而，恰逢主和派强调"越规"的时机，你再次遭到弹劾。第三次，你被迫辞去官职，重新回到故乡山阴隐居了将近六年的时间。

正是在这段自我沉思和隐居时光中，你创作了著名的《书愤》。这首诗以深沉的感慨述说了你早年军旅生涯的往事，表达了你对壮志难酬的郁愤之情：

书愤

早岁那知世事艰，中原北望气如山。
楼船夜雪瓜洲渡，铁马秋风大散关。
塞上长城空自许，镜中衰鬓已先斑。
出师一表真名世，千载谁堪伯仲间。

这段文字不仅仅是你个人历程的再现，更是对那个时代军旅生活和个人遭遇的深刻反思。以雄浑而富有文学性的语言，表达了你内心深处的沉痛和郁愤。在你六十一岁撰写《书愤》的那一年，宋孝宗再次召回你，任命你为严州知州。你再度踏入官场，执掌严州事务两年有余。在赴任之前，你前往京城杭州拜见宋孝宗。你寓居在西湖边的客栈，等待召见的时机。在这段等待中，你落笔创作了一首七言律诗，即《临安春雨初霁》：

临安春雨初霁

世味年来薄似纱,谁令骑马客京华?

小楼一夜听春雨,深巷明朝卖杏花。

矮纸斜行闲作草,晴窗细乳戏分茶。

素衣莫起风尘叹,犹及清明可到家。

这首诗中,你微妙地流露出对官场的厌倦,对纷繁世态的领悟。淳熙十六年(1189),宋光宗赵惇登基后,你的职务却再次变动,你被任命为礼部郎中兼实录院检讨官。不久之后,由于你坚持"广开言路"的谏言,遭到主和派的联合攻击,以"嘲咏风月"罪名被罢免,再度回到故里,度过了长达十多年的闲居岁月。

在那个时代,勤奋苦读的你通过自身的阅历,对人生有了更加深刻的领悟。你以饱含感情的文字,创作了许多令人铭记的名篇,其中《诉衷情·当年万里觅封侯》便是一篇让人肃然起敬的作品。在这首诗歌中,你回顾了自己曲折坎坷的经历,表达了空怀壮志、报国无门的苦涩之情:

诉衷情·当年万里觅封侯

当年万里觅封侯,匹马戍梁州。关河梦断何处?尘暗旧貂裘。

胡未灭,鬓先秋,泪空流。此生谁料,心在天山,身老沧洲。

绍熙三年(1192),在那个冬夜的深沉寂静中,六十八岁的你躺在屋内,窗外风雨交加,回荡着激烈的风声与雨滴的敲击声。你的思绪如同窗外的风雨一样纷飞,飘荡在祖国的风云变幻之中,也漫游在自己丰富而曲折的人生历程上。

这个时刻，雨水与回忆交融，将你引向一个梦幻的世界。你沉浸在梦的深处，追溯那些曾经的时光，这一夜，你的梦境成了一次与时光交汇的奇妙旅程。在这个梦中，已经年逾古稀的你书写了《十一月四日风雨大作》。这首诗实际上是你晚年坚定抗金、为国雪耻的宣言。

十一月四日风雨大作

僵卧孤村不自哀，尚思为国戍轮台。
夜阑卧听风吹雨，铁马冰河入梦来。

弗洛伊德曾言，梦境是一种对内心欲望的满足。然而，与梦中的完美满足不同，现实生活往往充满着未竟之事。

赵扩即位后的第八年，你已七十七岁，受聘入京同修国史、实录院。你一心投入编纂《两朝实录》和《三朝史》，同时兼任秘书监，肩负起这一重要任务。这标志着你在晚年依然备受朝廷信任，被提拔为宝章阁待制，相当于高级顾问，享受着省级官员的待遇。完成了这项重大使命后，你回到山阴老家，开始了一段深居简出的岁月。

你回乡后，比你小十五岁的辛弃疾登门拜访，两人结为至交。在这段时间里辛弃疾还多次提出要帮你修建草屋，被你制止才作罢。

（五）

开禧二年（1206），韩侂胄振臂北伐，发动了著名的"开禧北伐"，这让南宋主战派欣喜若狂，包括已经八十一岁高龄的你。你甚至还不顾人言可畏，给韩侂胄撰写了《南园记》《阅古泉记》，最终为天下清流所耻。那时，这位白发苍苍的老者失声痛哭，为北方的同胞欢呼：朝廷终究没有遗弃你们！

你内心的火焰，比六十年前的激情更加炽烈。然而，战场上的艰辛并非你所愿意看到的，有叛变的奸细在前线潜伏，而朝廷内部也有内奸拆台。次年，韩侂胄被暗杀，头颅被送到金朝请罪。南宋与金国签署了嘉定和议，南宋赔付军银三百万两。

你深感悲愤之情，从此卧床不起。你总会悲切地说道："老天让我活到如此高寿，莫非只是为了玩弄于我？"

北伐失败前一个多月，辛弃疾病逝，没有见到史弥远献韩侂胄头颅。而八十二岁的你亲眼见证了北伐失败。你这个一生都不得志的老头，留下了一辈子的遗憾。之后的日子里，尽管年事已高，但你并未就此隐退，而是专注于对子女的家庭教育。你在《冬夜读书示子聿》中写下："古人学问无遗力，少壮工夫老始成。纸上得来终觉浅，绝知此事要躬行。"这是一位年迈父亲对子女深切教诲和殷切期望的真情流露。

八十四岁时，你也曾回望过去，沈园一如既往，像一幅绚烂的画卷，花朵如锦，仿佛是你年轻时与新婚之际的那样。这片园中的花朵不仅是自然之美，更是时光的见证。你曾在春游归来时写下：

春游

沈家园里花如锦，半是当年识放翁。

也信美人终作土，不堪幽梦太匆匆。

这番文字流淌着岁月的沧桑，述说着你与沈园之间的深情。在这花锦如画的环境中，你或许想起了年轻时的激情洋溢，那段新婚宴尔的美好时光，有花相伴，有爱相随。然而，你也在这花海中回忆起曾经那个不得不离别的时刻。当年的辛酸和无奈，如今或许已被岁月柔化，但回首往事，仍然留有深深的烙印。

岁月如梭，漫漫一生，回首往事，你深感时光荏苒。或许你曾遇到过一段不期而遇的重逢，而这段缘分或已成为记忆中的一抹亮色。正如古人所言，年年岁岁花相似，岁岁年年人不同，生命中的人事物早已经历过繁华与荒芜，而沈园中的花朵，见证着岁月的更迭。

随着时光的流转，你或许有感于生命的短暂，深思未尽的爱意，或许在岁月的河流中流逝。一生如梦，你或许意犹未尽，却在这片花海中找到了岁月的温柔和沈园的恬静。生命中的每一个瞬间都是如诗如画，仿佛在沈园的花香中，你尝尽了爱与离别的滋味，留下了一首饱含心境的诗歌。

我用了我的一辈子，只想爱一个人。

当你得知太师韩侂胄北伐失败的消息后，忧国忧民之情使你愈发悲愤，这种痛苦最终化为疾病。嘉定三年（1210）一月二十六日，你辞世，享年八十五岁。在生命的最后时刻，你写下了绝笔之作《示儿》，表达了即将离去的你仍然充满深厚的爱国之情：

示儿

死去元知万事空，但悲不见九州同。

王师北定中原日，家祭无忘告乃翁。

一口气概述

我们眼中的陆游,身上贴着多重标签。首先,他是一位深沉的爱国诗人,被铭记为"王师北定中原日,家祭无忘告乃翁"之恢宏豪情。其次,他以"溪柴火软蛮毡暖,我与狸奴不出门"成了一位狂热的猫咪爱好者,深陷于与猫儿共度时光的温馨乐趣。最后,他的诗句"山盟虽在,锦书难托"也将他刻画成一个执着的爱情渣男。

但是在这些标签的掩盖下,我们往往忽略了陆游的另一个身份,那就是一个未曾考证的厨师。在他主战派的立场导致官职被贬的时期,陆游度过了四年的闲暇时光。之后,朝廷重新起用他,并安排他担任夔州通判,主管学事兼管内劝农事。这一时机,成了陆游探索料理世界的契机,开启了他在中华烹饪领域的征程。

陆游的餐桌上摆满了精致的料理,包括烤鹅、豆豉鸡、甘笋和炒蕨芽。他用诗意的语言描述这一餐:"白鹅炙美加椒后,锦雉羹香下豉初。箭茁脆甘欺雪菌,蕨芽珍嫩压春蔬。"

虽然制作过程并不复杂,但烤鹅用花椒调味,鸡肉羹加入豆豉,甘笋和蕨芽均取自当地,保证了食材的新鲜和原汁原味。

陆游在烹饪艺术上的创新让邻居们纷纷赞不绝口。除此之外,他以川蜀地区常见的烹鱼方法为基础,"玉食峨嵋栮,金齑丙穴鱼"中的"金齑"即陆游的创新之处。这一方法包括将大量的姜蒜捣烂,与鱼肉一同煮制，以提鲜去腥。而橙皮的加入则为这道菜添上了独特的风味。

橙皮不仅出现在烹鱼中，陆游在其他菜肴中同样巧妙地运用了它。无论是煮排骨，还是蒸鸡，他都喜欢在酱料中加入橙皮，使得味道更鲜美。他在诗作中，对蒸鸡更是给予高度评价："东门买彘骨，醯酱点橙薤。蒸鸡最知名，美不数鱼鳖。"这种独特的调味方式使得菜肴的美味超越了寻常。

在众多美食中，陆游最钟爱的是薏米粥。他不止一次在诗中推崇这道粥："初游唐安饭薏米，炊成不减雕胡美。大如芡实白如玉，滑欲流匙香满屋。"薏米粥的口感丝滑香甜，如同雕胡一般美妙。这种对薏米粥的钟爱，不禁让人对这道美味产生浓厚的兴趣。

他还写：

冬夜与溥庵主说川食戏作

唐安薏米白如玉，汉嘉栮脯美胜肉。

大巢初生蚕正浴，小巢渐老麦米熟。

龙鹤作羹香出釜，木鱼瀹葅子盈腹。

未论索饼与馔饭，掫爱红糟并缹粥。

他也曾写：

"三万里河东入海，万千仞岳上摩天。"

"楼船夜雪瓜洲渡，铁马秋风大散关。"

"古人学问无遗力，少壮工夫老始成。"

"位卑未敢忘忧国，事定犹须待阖棺。"

"伤心桥下春波绿，曾是惊鸿照影来。"

"小楼一夜听春雨，深巷明朝卖杏花。"

"山重水复疑无路，柳暗花明又一村。"

这些脍炙人口的诗句，都出自陆游之手。陆游一生笔耕不辍，他的诗歌涵盖了丰富的主题，从年轻时的儿女情长，如《钗头凤》，到生命最后的《示儿》，跨越了劝学、读书心得、游山玩水，以及小资生活的写照。他以"纸上得来终觉浅，绝知此事要躬行"表达对实践的重视，又以"文章本天成，妙手偶得之"彰显了文学才华。在他的笔下，山水交融，如"山重水复疑无路，柳暗花明又一村"，或是"小楼一夜听春雨，深巷明朝卖杏花"，展现了对自然景色和生活琐事的深刻感悟。

陆游并非只是个人情感的宣泄者，更是一位充满家国情怀的爱国诗人。他的诗篇中贯穿着儒家思想，表达了对国家兴衰的关切。陆游心怀收复故土的壮志，他的诗歌中透露出对国家兴盛的渴望。无论是在小康时期的宁静安逸，还是在被罢免时期的动荡不安，陆游的诗歌都是一幅热血沸腾、壮志难酬的画卷。他以诗为刀，直抒胸臆，带给后人深刻的思考和对当时社会状况的反思。

陆游是一个普通的人，同时也是位诗人，因此，他能够一直保持着乐观的态度，坚持不懈，使信念不动摇。

陆游的理想之光奇迹般地未曾黯淡。

即便它已经失去了实际意义，但它仍存在。我想，这也是为了能够给予自己一些慰藉吧……

孟浩然

一生没有入朝为官的我,
活在了永恒的山水里

题记

当明皇时，章句之风大得建安体，论者推李杜为尤，介其间能不愧者，浩然也。

——《全唐诗》

"春眠不觉晓，处处闻啼鸟。"
"绿树村边合，青山郭外斜。"
"野旷天低树，江清月近人。"
"气吞云梦泽，波撼岳阳城。"

这些诗句，想必读者都不会陌生。它们都出自一人之手——孟浩然。

孟浩然，一位来自襄阳的文人雅士，其风采风流，品性洒脱，以清新淡雅的诗风在盛唐时代独树一帜。他与王维并称为"王孟"，共同开启了盛唐山水田园诗派的风气之先。在大唐诗坛上，孟浩然的声名远播，李白、杜甫、王昌龄等文人都对他折服不已。

李白更是心生仰慕，曾有"吾爱孟夫子，风流天下闻"的赞誉传颂千古。而王维更是将他视作知己，二人情同手足，交谊深厚。这位文学巨匠的诗篇，如同一湖清泉，涓涓细流中透着隽永的意境，永远留存于华夏文学的史册之中。

尽管孟浩然才华横溢，却并非顺境中人。他的人生充满了坎坷和挫折。虽然他具备着风流倜傥的气质和文学天赋，却过着布衣简朴的生活方式。这样的选择，使得他一生都在贫困中度过。

杜甫曾感慨地称赞他："吾怜孟浩然，裋褐即长夜。"意味着他将孟浩然视作自己的知音，对他的遭遇深感同情。孟浩然的生平经历，或许是因为他对世俗规范的不拘一格，选择了与众不同的生活方式，但这也使他在历史长河中留下了不朽的印记，成就了他独特的一生。

（一）

你的名字，叫作孟浩然。

永昌元年（689），在湖北襄阳城的一个家境殷实的书香门第里，一位新生命悄然诞生了，这个孩子就是孟浩然。

自幼，你便与弟弟同心学习，操练剑术。十八岁那年，你在乡试中高中榜首，引起了襄州刺史张柬之的注目，受邀参加宴会。张柬之赞叹你的才华，而你也深深地敬佩着这位前辈。

然而，喜悦之后，命运转向了另一番景象。宴会结束后，张柬之被贬至岭南，不久后病逝了。这个消息如晴天霹雳，让整个襄阳城都陷入了悲痛之中。

你们的家乡英雄，竟然枉死在遥远的岭南古道上。

你受到了极大的打击。朝廷的乱象让你痛心不已：新皇无能、韦后干政、奸佞横行，连有再造大唐之功的一代名相张柬之也遭流放致死。你开始怀疑，这样的朝廷是否还值得效命。

作为抗议的一种表达，年轻的你不顾亲友的反对和地方官员的劝阻，果断放弃了襄州府试。你的行动很快传遍襄州，为此，你背负起"文不为仕"的名声。这一举动对你的人生产生了深远的影响，也让你的理想变得摇摆不定。

因为你和家人之间的纷争，你决定远离尘世，在襄阳城外的鹿门山寻找片刻的安宁。

不久之后，襄阳城内来了一位美貌绝伦的歌女，名叫韩襄客。她年方二八，婀娜多姿，弹唱之间仿佛仙音降临，襄阳城内的文人墨客无不为之倾倒。你，作为其中一员，更是深深地被她吸引，频频前往与她相会。

作为一位颜值出众的才子，你自然轻易地俘获了韩襄客的芳心。你们不仅志趣相投，更是心有灵犀，彼此间的爱情火苗在心灵深处迅速燃起。在一次难得的约会中，你们以诗文表达了对彼此的情感。韩襄客吹奏着《巫山曲》，你则用诗句回应："只为阳台梦里狂，降来教作神仙客。"韩襄客闻言，心中也涌起无尽的柔情，随即回答道："连理枝前同设誓，丁香树下共论心。"

你们二人心心相印，仿佛世间的一切都变得美好而圆满。然而，这样一段才子佳人之间的爱情故事注定要受到世俗眼光的指指点点。

你的父亲得知此事，大为震怒，坚决反对这段不合世俗的姻缘。在那个十分重视门第的时代，孟家对韩襄客的身份十分不满，认为她的出身不够高贵。

你岂是甘于被束缚的俗世少年？听到父亲的反对，你索性背起行囊，径直前往韩襄客的家中，决意与她结为连理，共度此生。

你义无反顾地选择了和韩襄客私奔，前往郢州（今湖北省钟祥市），与她成婚，成了她的丈夫。

不久之后，韩襄客怀上了孩子，你欣喜若狂地返回襄阳，想向家人宣布这个好消息。然而，孟家的态度一如既往地强硬，他们认为，娶歌女进门是对孟家声誉的侮辱，甚至孟父临终前也不肯接受这门亲事，一直交代着家人："绝不能让那个歌女入门，我死也不允许她在这里守孝！"

在这漫长的六年里，你只见过父亲一次，而父亲对你的态度依旧冷淡。面对家人的坚决反对，你心灰意冷，最终决定再度返回鹿门山，远离尘嚣。

（二）

鹿门山，位于襄阳城东南十五公里处，是东汉名士庞德公的隐居之地。庞德公以睿智的眼光评价了诸葛亮为"卧龙"、庞统为"凤雏"、司马徽为"水镜"，但对于荆州牧刘表的多次邀请始终坚决拒绝。

你仿效古人，在鹿门山筑起了自己的居所。你常常邀约一群志同道合的朋友，一起畅饮、吟诗、探讨天下大势。有时，你们会一同寻古探幽，游历山水之间。正是在这段时光里，你的许多名篇问世，如《春晓》《夜归鹿门山歌》《与诸子登岘山》等，成为后人传颂的经典。

与诸子登岘山

人事有代谢，往来成古今。
江山留胜迹，我辈复登临。
水落鱼梁浅，天寒梦泽深。
羊公碑尚在，读罢泪沾襟。

多年来，你对科举考试抱着犹豫的态度。首先，你深知朝政动荡，腐败横行，不愿卷入权力之争，拒绝与人钩心斗角。其次，你自知"文不为仕"的名声广为人知,这种声誉成为你内心的芥蒂,让你陷入了矛盾之中。

"你说这官,我到底求还是不求?"

经过三年的守孝之期,正值盛世开元,国泰民安,百业兴旺。你与当年的朋友早已各奔东西,有些人投身官场,尤其是你的好友张子容于太极元年(712)年出山后顺利考中进士,这让你心中掀起了不小的波澜。然而,你依然不愿走科举之路,你觉得这与你"文不为仕"的名声相悖。你更希望能有贤人引荐,让你得以做官。因此,你毅然踏上了寻求官职的艰难之旅。

离开襄樊之后,你游历了湖南、安徽等地,广结良朋益友,寻求机缘。直到开元十三年(725),唐玄宗准备前往泰山封禅,朝廷官员纷纷随行至东都洛阳。你写了一首诗,把这封"求职信"送至丞相张九龄手中(也有一说法是你于开元五年(717)将这首诗赠给被贬的前丞相张说):

望洞庭湖赠张丞相

八月湖水平,涵虚混太清。
气蒸云梦泽,波撼岳阳城。
欲济无舟楫,端居耻圣明。
坐观垂钓者,徒有羡鱼情。

张九龄向玄宗力荐你,然而,玄宗并未对你产生兴趣。尽管如此,你的一首诗却因此流传至今,成为"干谒诗"的典范。受此挫折,你应好友张子荣的邀请前往吴越。然而,你在异乡度过了长达三年的时光。

在异乡,你心怀思乡之情,写下了数首感伤之作,表达了对故乡难以回归的无奈之情。

宿建德江

移舟泊烟渚,日暮客愁新。
野旷天低树,江清月近人。

你不回乡,是为了奔赴外地求学问仕途。途中,你结交了各路豪杰,其中就包括著名的天台山道士司马承祯。这位道士受到玄宗和玉真公主的敬重,受邀至洛阳阳台修行,成为朝廷和道教界的重要人物。你深知与这样的高人交往有利于自身修养,于是选择与其门徒、同道交好,以图在仕途上得到更多机缘。

在游历吴越之际,你与另一位大名鼎鼎的"旅行爱好者"李白相识。二人皆为布衣之身,志趣相投,因而结伴同行,共赴江夏(今武汉)一游。后来,你离开江夏,前往长江下游的广陵(今扬州)。李白为你送行,留下了《黄鹤楼送孟浩然之广陵》这首千古绝唱,表达了深厚的友谊与别离之情。

黄鹤楼送孟浩然之广陵

故人西辞黄鹤楼,烟花三月下扬州。
孤帆远影碧空尽,唯见长江天际流。

在诗坛上声名鹊起的你比李白大十二岁。李白虽然在人前自诩"谪仙人",但毫不掩饰他对你的喜爱之情,甚至在诗作中表达出对你的倾慕。

李白在《赠孟浩然》一诗中写道:"吾爱孟夫子,风流天下闻。"这句话,直接表达了你对你的深深喜爱和敬佩之情。除此之外,李白以你为题材,创作了一系列的诗歌,如《黄鹤楼送孟浩然之广陵》《春日归山寄孟浩然》《淮南对雪赠孟浩然》《游溧阳北湖亭瓦屋山怀古赠孟浩然》等。

(三)

在经历了十年的求仕之路以后,你心情沉重,岁月的流逝,并未带来你所期望的成果。

然而,命运在你与李白相识的第二年,突然发生了翻天覆地的变化——你决定踏上前往长安参加科举考试的征程。

十八岁时的一次放弃科考的经历,成了你心头一块难以抹去的遗憾。如今已近四十,半生兜兜转转,仍未能摆脱内心的不甘。

这两年,科举大年,好友们纷纷金榜题名,你却一直处于观望之中。面对他们的成绩,你心中焦灼不安,最终决定前往长安一试。

虽然你是名满天下的诗人,但是写策论与写田园诗不同,你不是很会写策论。你开始怀疑自己是否能够胜任。也许是因为缺乏了解,又或许是运气不佳,你最终落榜了。

这次的失败对你来说是个沉重的打击,让你不禁自嘲是"自讨没趣"。

就在这时,两位唐代山水田园诗的代表人物相遇了。滞留在长安将近一年后,你正准备离去时,恰逢王维从淇上的隐居地回到长安。

你与王维的这段友情非同一般,最具传奇色彩的故事是王维曾给你画了一幅像,可惜这幅画最后丢失了。

关于王维为你画像的传说,流传甚广,却也有诸多版本,如同山间的云雾,时而散开,时而又重新凝聚。晚唐皮日休的《郢州孟亭记》、宋代葛立方的《韵语阳秋》,以及《新唐书》等文献都留下了各自的记载。

葛立方,那位在南宋填词颇负盛名的文人,在著书立说后隐居于吴兴汛金溪,专心著述。他的巨著《韵语阳秋》堪称一部文学珍品,其中十四卷中的"王摩诘自谓"一条详细记载了《孟浩然像》的相关事迹。据他所述,你曾在孙润夫家中一瞥王维所画的《孟浩然像》,上面更有王维亲笔题写的序跋,绘画极其精美。

另有茶圣陆羽的序题,谓之家藏有一幅古画《襄阳孟公马上吟诗图》,后因种种缘由而送给了他的好友中园生,这进一步印证了这幅画的真实性。

再有北宋的《张洎题记》,言及曾在京师见过吴僧楚南所收藏的《襄阳图》,描述了图中你的形象,并栩栩如生地呈现在读者面前。

> 颀而长,峭而瘦。衣白袍,靴帽重戴,乘款段马,一童总角,提书笈负琴而从。风仪落落,凛然如生。
>
> ——《张洎题记》

在历史迷雾的笼罩下,确实很难确定那幅画作的真伪,但我们可以确定的是，在开元十七年（729）的短短几个月里，王维用他的画笔记录下了你那优雅清秀的面容。

人们常说画虎画皮难画骨，但在这段短暂而珍贵的相逢中，敏感而富有灵感的王维捕捉到了你的人格魅力，勾勒出了你的风姿与气质。这不仅仅是一幅人物肖像，更是一种心灵的交流和理解。王维从你的容貌中看到了你内心的不羁与独立，这种心领神会的默契，使得两位文人之间的情谊更加深厚。

除了画像，王维对你怀有莫大的同情和欣赏，在那时，他正沉浸在系统学习佛学的过程中。王维劝说你回归诗酒牧歌，不再问世间烦恼。此外，他还邀请你参加了一次秘书省的诗会，你的一句"微云淡河汉，疏雨滴梧桐"，使你声名大噪。然而，这并没有为你带来任何出仕的机会。于是，你决定拂袖而去，重新踏上了游历江南的旅程。

开元二十二年（734），你做出了令人意想不到的决定——下定决心，重返长安，再一次追求仕途。这一决定引起了一些人的疑惑："孟浩然此前不是已经对功名不再在意，到底是因为什么，又突然想着再次追求功名呢？"

一年前，你的好友王昌龄在科举考试中脱颖而出，被人们广泛赞誉。他的成功让你觉得羡慕和惊讶，也让你重新审视了自己："我孟浩然，是不是可以再次参加科举，去搏一搏呢？"

与此同时，襄州刺史韩朝宗升任山南东道采访使，负责选拔人才。

这个人可不一般，李白曾以一句"生不用封万户侯，但愿一识韩荆州"表达了他对结交韩朝宗的向往之情。

在那时，韩朝宗把你推荐给朝廷，希望你能得到重用。然而，即便有这样的背景和推荐，你依然未能引起玄宗的重视。对此，流传了两种说法：

一种说法称：襄州刺史韩朝宗与皇帝事先约定了召见你的日期。然而，就在那一天，你因与友人畅饮而未能前往，从而失去了一次向皇帝展示自己的机会。这个错过，成了你一生中仕途的遗憾。

另一种说法则表示：在当时，王维在宫中值守，偶然将你带入内殿与你谈天说地。不料，正当两人交谈之时，皇帝突然到访。你慌乱之下被迫躲到床下，但你留下的茶杯还在冒着热气。王维不敢隐瞒，如实向皇帝禀报了情况。玄宗知晓后询问你的近作，并命你吟诵。然而，你在面对皇帝时不慎吟诵出一首带有讽刺意味的诗作《岁暮归南山》，讥讽了自己被明主弃用和与旧友疏远的境遇。你在诗作里写道："北阙休上书，南山归敝庐。不才明主弃，多病故人疏。"大意是在抱怨皇帝不识人才。

这首诗刚听完，唐玄宗就愤怒了，你因为你的不尊敬而愤怒。他认为，你在污蔑他的名誉，从而断送了你在朝廷中发展的最佳机遇。

维待诏金銮，一旦私邀入，商较风雅，俄报玄宗临幸，浩然错愕，伏匿床下，维不敢隐，因奏闻。帝喜曰："朕素闻其人，而未见也。"诏出，再拜。帝问曰："卿将诗来耶？"对曰："偶不赍。"即命吟近作，诵至"不才明主弃，多病故人疏"之句，帝慨然曰："卿不求仕，朕何尝弃卿，奈何诬我！"因命放还南山。

——《唐才子传》

（四）

开元二十四年（736），随着李林甫权势日盛，张九龄作为开元时期最后一位贤相，遭贬为荆州大都督府长史。在这个动荡时期，张九龄邀请了你加入他的幕职，虽然没有官衔，但这是你第一次进入朝廷。对你来说，这既是接近朝堂的时机，也是激起雄心壮志的一段时光。

然而，张九龄失势后，权力渐渐落空，荆州大都督府的地位已经不复当初。你在这个位置上所能做的，只有陪同张九龄游玩、赋诗、狩猎，已无机会再去参与国家大事。

随着时间地推移，你渐渐感到自己心有余而力不足，对于能够为国家社稷立功的雄心逐渐被磨灭。

两年后，你因背疽（一种皮肤和皮组织下化脓性炎症，严重时会诱发败血症）复发，不得不辞去官职，返回襄阳疗养。你的官场生涯因此结束。这段时期，是你官场生涯的最后一页，也是你对仕途的最后一次追求。虽然你心怀报国之志，但命运使然，最终让你无法实现自己的理想和抱负。

同一时期，你的好友王昌龄也遭遇了不幸。尽管王昌龄曾考中进士，担任过汜水尉，并晋升为校书郎。这本应是一个有望升迁的官职，然而他始终原地不动，最终因一些微不足道的事情被贬至岭南。路过襄阳时，你为他送行告别。

然而，命运似乎对王昌龄又一次转了弯。

刚抵达岭南，王昌龄便遇上了玄宗加封天下大赦的消息，于是再度被召回。

开元二十八年（740），王昌龄回到襄阳，你设宴款待他。尽管你病愈初期，医生嘱咐你不可饮酒或食用河鲜，但你怀着"今朝有酒今朝醉，朋友难得来一回"的想法，放下了对世俗规范的拘束，宁愿一醉解千愁，也不愿因避忌而拒绝朋友的情谊。淡泊名利，只图一份内心的宁静与自由，从容享受人生的美好，不受束缚，不留遗憾。

"这鱼吃就吃了，我不后悔！"

这样的任性恣意，正是你对自我真实态度的坚持，亦是你对生活的独特理解和追求。也因为如此，你——孟浩然——一个代表田园诗意的灵魂，永远成为世人铭记的传奇……

一口气概述

浪迹天涯,漫游岁月长河,或许就是孟浩然这位卓越文人的人生写照。在失败的阴影下,他并未沮丧沉沦,反而以一颗平和的心态,凝视着世间的种种美好。

岁月流转,求仕之路屡遇波折,但孟浩然并未因此而心灰意冷。他转而将目光投向了大自然的怀抱,倾心于山水间的清幽、田园间的恬淡。用一双善于发现的眼睛,细细品味着世间的美好,用文字将这些美好刻画得淋漓尽致。

孟浩然绝非能被失败击倒的人,而是一个学会从失败中汲取力量的智者。他将自己的心灵治愈之旅化作了文学的笔墨,让文字成了他治愈自我、感染他人的良药。

春晓

春眠不觉晓,处处闻啼鸟。
夜来风雨声,花落知多少。

春天的美好,绝不仅限于那满园的芬芳,还在于空气中弥漫的清新气息,以及随处可闻的鸟鸣声。每一声鸟叫,仿佛都是大自然奏响的动听音乐,轻快悦耳,令人心旷神怡。

淅淅沥沥的春雨，像是一位温柔的诗人，轻轻吟唱着天地间的情愫。它轻抚着枝头的花朵，使它们不禁摇曳着舞动。花瓣被雨水拍打着跌落，洒落一地，仿佛大地被铺上了一层柔软的花毯。漫步其中，处处可见这如诗如画的景象，都是春光灿烂的美好。

过故人庄

故人具鸡黍，邀我至田家。
绿树村边合，青山郭外斜。
开轩面场圃，把酒话桑麻。
待到重阳日，还来就菊花。

在平凡的日常中，常常隐藏着最真实的幸福。不需要追逐奢华的山珍海味，也不必迷恋繁华都城里那些精致的建筑。在青山绿水环绕的朴实村落里，人们享受着简单的生活乐趣。抬头望去，满眼皆是静谧平和的田园风光，这种宁静和和谐似乎能洗涤心灵的尘埃，让人心怀感激与满足。

夜归鹿门山歌

山寺钟鸣昼已昏，渔梁渡头争渡喧。
人随沙岸向江村，余亦乘舟归鹿门。
鹿门月照开烟树，忽到庞公栖隐处。
岩扉松径长寂寥，惟有幽人自来去。

黄昏时分，山寺中悠扬的钟声在空气中回荡，夜幕降临，皎洁的月光洒落在树影间，石子路在清冷的山间静静延伸……

当心情烦闷时，他就会来到这片山寺，仿佛置身于一片宁静的世外桃源。这里的钟声、月色和山间小路，都像是大自然赠予的治愈力量，它们安抚着心灵的波澜，让烦恼和焦躁烟消云散。

在襄阳附近的山峦之间，蕴藏着无数隐士的传奇。这片土地孕育了许多伟大的诗人，孟浩然从小就被自然包围。所以，他很喜欢写"山"。

对他而言，山水不仅是静谧的背景，更是生命的根基。然而，尽管他深深热爱着隐士的生活，却难以摆脱世俗的束缚，不得不面对入仕之途。

在孟浩然眼中，山不仅是静谧的存在，更是历史的见证者、公正的评判者。每当他面对山峦，不仅是欣赏景色，更是感受千年的沧桑变迁。"人事有代谢，往来成古今"，这句诗不仅是对生命的感悟，也是对历史的感悟。在山的怀抱中，一幕幕风流人物的命运交错，成了历史长河中的一抹亮色。岁月更迭，兴衰荣辱，皆在山的陪伴下悄然发生。若能穿越山的时间感受，这些变迁或许就是一场宏大的电影、一部精彩的历史巨著。

在凋零的岁月里，自然会涌现出新的生机，延续着名为"山"的永恒存在。

岁月流逝，韶华易逝，丰功伟业也随风而逝。曾经怀揣梦想的人们，如同流水般消逝在时光的长河中。但是，那一座座山依然屹立在那里，见证着一代又一代人的兴衰。

在孟浩然的一生中，政治挫折与家庭矛盾交织成了他内心的烦恼。年少时的他才华横溢，但对朝政的失望和同乡宰相的枉死让他心生迷茫，不愿步入仕途。尽管他在十七岁时参加县试，高居榜首，但仍选择了避世归隐。

在鹿门隐居期间，孟浩然结识了韩襄客，一位来自荆州的知音。即使父亲不同意他们在一起，但也不能阻止他与韩襄客结成夫妻。

遗憾的是孟浩然与父亲的关系并未修复。直到父亲去世，两个人始终未能化解心中的隔阂，彼此间的交流也是微乎其微。孟浩然为此感到深深的遗憾与痛苦，或许他开始怀疑自己的选择是否正确……为了弥补父亲的遗憾，他决定重新踏入仕途。

他左手是不尽如人意的仕途，右手却是难以割舍的山水田园。在官场与山水间，他挣扎着，犹豫着，似乎永远无法找到内心的平衡。

他曾写信给张丞相，表达了对自己人生的感慨："坐观垂钓者，徒有羡鱼情。"孟浩然的诗篇，不乏对人生冷暖的感悟。他曾背对着山水，俯身而下，也曾在长安考试落榜后，远赴吴越游玩，在"野旷天低树，江清月近人"的景致中，流露出生活的苍凉与无奈。

在这样的经历中，我突然发觉，不仅是孟浩然，或许每个人，都能在孟浩然的身上看到自己的无奈与孤独吧。

写在最后的话

当在键盘上敲下最后一个字时,我意识到这本书也在这一刻完结了。

在故事的最后,我还想问一个问题:对你们来说,什么是自由?

纵观全本书,每个诗人都有着自己向往的"自由",有人向往报效家国,有人向往逍遥自在,有人向往归隐田园,人们总是在孜孜不倦地寻找通往自由的阶梯,但若要认真描述何为真正的自由,大多数人却往往语塞。

生活的巨大压力,源自无数外界环境的干扰。在我看来,当代人所追求的所谓自由,不过是对世俗艰辛的不堪忍受,是自我逃避的借口罢了。我始终认为,生活本身便是自由的体现,自由绝非是遁入深山老林,看似无人约束,实则仍旧无法逃离现实的羁绊。因为只要你想活着,就不可能拥有那种完全的自由。

千年前,或许某个少年在夏日的傍晚,迎着夕阳余晖,一阵微风拂过,在那一瞬间,他仿佛捕捉到了自由的气息,那是一种来自灵魂深处的震撼。

因此,我始终坚信,真正的自由是灵魂的自由,而非肉体的解放。

纵马踏花,奔赴未来。

命运总让人无可奈何,但我们依然,要坚持最初的梦。